UMA
ROSA
NO CONCRETO

Obras da autora publicadas pela Editora Record:

O ódio que você semeia
Na hora da virada

ANGIE THOMAS

UMA ROSA NO CONCRETO

Tradução
Thaís Britto

1ª edição

— Galera —

RIO DE JANEIRO

2021

CIP-BRASIL. CATALOGAÇÃO NA PUBLICAÇÃO
SINDICATO NACIONAL DOS EDITORES DE LIVROS, RJ

T38r Thomas, Angie
Uma rosa no concreto / Angie Thomas; tradução Thaís Britto. – 1ª ed. – Rio de Janeiro: Galera, 2021.

Tradução de: Concrete rose
ISBN 978-65-55-87233-0

1. Ficção. 2. Literatura infantojuvenil americana. I. Britto, Thaís. II. Título.

21-71747 CDD: 808.899282
CDU: 82-93(73)

Leandra Felix da Cruz Candido – Bibliotecária – CRB-7/6135

Título original:
Concrete rose

Copyright © 2021 by Angela Thomas

Leitura sensível:
Ana Rosa

Todos os direitos reservados.
Proibida a reprodução, no todo ou em parte, através de quaisquer meios.
Os direitos morais do autor foram assegurados.

Texto revisado segundo o novo Acordo Ortográfico da Língua Portuguesa.

Editoração eletrônica: Abreu's System

Direitos exclusivos de publicação em língua portuguesa somente para o Brasil adquiridos pela
EDITORA RECORD LTDA.
Rua Argentina, 171 – Rio de Janeiro, RJ – 20921-380 – Tel.: (21) 2585-2000, que se reserva a propriedade literária desta tradução.

Impresso no Brasil

ISBN 978-65-55-87233-0

Seja um leitor preferencial Record.
Cadastre-se e receba informações sobre nossos lançamentos e nossas promoções.

Atendimento e venda direta ao leitor:
sac@record.com.br

*Para todas as rosas que brotam no concreto.
Continuem florescendo.*

PARTE 1

GERMINAÇÃO

UM

Nas ruas existem regras.

Não estão escritas em nenhum lugar, e você não vai encontrá-las em um livro. É uma coisa que você pega no ar assim que sua mãe começa a deixá-lo sair de casa. É como respirar, ninguém precisa ensinar.

Mas, se existisse um livro, haveria um capítulo inteiro só sobre o basquete de rua, e a regra mais importante constaria no topo da página, em letras grandes e em negrito:

Não leve uma surra na frente de uma garota maneira, principalmente se for a *sua* garota.

Mas é exatamente o que está acontecendo. Estou levando uma surra na frente da Lisa.

— Tá tudo bem, Maverick — grita, sentada na mesa de piquenique. — Você consegue!

Quer ouvir a real? Não vou conseguir nada. Eu e o King não fizemos nenhum ponto, enquanto o Dre e o Shawn marcaram onze. Mais um ponto e eles ganham. Do jeito que King é grande, seria de imaginar que conseguiria bloquear o magricela do Shawn ou algo assim. Mas Shawn passa por ele como se King nem existisse. Ataca de costas para a cesta, arremessa na cara dele… o pacote completo. Leva os parceiros que assistem ao jogo nas laterais da quadra ao delírio, deixando King com cara de bobo.

Não posso nem ficar com raiva do King. Não com tudo que está rolando. Minha cabeça também não está totalmente no jogo.

Hoje é um daqueles dias perfeitos de agosto, em que o sol está brilhando, mas não está quente demais para jogar basquete. O Rose Park está cheio de Kings Lords com roupas cinza e pretas — parece que todos os parceiros vieram curtir um jogo. Não que os King Lords precisem de um pretexto para vir ao Rose. Este é nosso território. A gente faz negócio aqui, relaxa aqui e leva surra na quadra daqui.

Jogo a bola para o Dre.

Ele abre um sorriso enorme e debochado.

— Qual é, Mav? Vai sair assim na frente da sua garota? Lisa devia ter jogado no seu lugar.

— Uuuh — ecoam os gritos nas laterais. Dre nunca me dá uma trégua, já que sou seu primo mais novo. Ele me destrói desde que aprendi a segurar uma bola.

— Você devia se preocupar é com a lavada que vai levar na frente das *suas* garotas. Keisha e Andreanna não vão nem querer te levar pra casa depois dessa.

Lá vem mais um "Uuuuh". Keisha, a noiva de Dre, está na mesa de piquenique com Lisa, rindo. A filha dos dois, Andreanna, está no colo de Keisha.

— Olha o parceirinho falando besteira — diz Shawn, dando um sorriso irônico adornado por grills de ouro.

— A gente devia chamar ele de Martin Luther King, porque ele tem um sonho, o de achar que vai ganhar — provoca Dre.

— Eu tenho um sonho que, um dia, você entrará nesta quadra e marcará a merda de um ponto! — diz Shawn, tentando soar como MLK.

Os caras riem. A verdade é que, mesmo se a piada de Shawn tivesse sido uma bosta, eles ririam. É assim que funciona quando você é o chefe dos King Lords, o César de Roma. As pessoas fazem qualquer coisa para ficar de boa com você.

Um deles grita:

— Não deixem eles tirarem sarro de vocês, Li'l Don e Li'l Zeke!

Meu pai está na cadeia há nove anos e o pai de King está morto há quase o mesmo tempo, mas não importa. Ainda são Big Don, o antigo chefe, e Big Zeke, seu braço direito. É por isso que me chamam de "Li'l Don" e o King, de "Li'l Zeke". Pelo jeito, ainda não temos idade suficiente para atender pelos nossos próprios nomes.

Dre bate a bola.

— E aí? Qual vai ser, primo?

Ele começa para a direita. Corro atrás e dou de cara com o peito de Shawn. Estão fazendo uma jogada *pick-and-roll*. Dre se afasta e King o alcança, deixando Shawn livre. Shawn avança para a cesta. Dre joga a bola para cima e...

Cacete! Shawn deu uma enterrada em cima do King.

— E aí?! — grita Shawn, ainda pendurado no aro. Depois desce e aperta a mão do Dre do mesmo jeito que fazem desde crianças.

— Eles não têm chance com a gente! — diz Shawn.

— Nenhuma — responde Dre.

Eu vou ouvir essa história *pra sempre*. Daqui a trinta anos, Dre ainda vai falar: "Lembra aquela vez em que eu e Shawn não deixamos vocês fazerem nem um pontinho?".

King joga a bola com força no concreto.

— Merda!

Perder o deixa irritado de verdade.

— Ei, relaxa. A gente pega eles na próxima... — digo.

— Vocês levaram uma *surra*! — interrompe P-Nut, um dos parceiros, rindo. É um cara baixinho de barba espessa, conhecido por falar demais. Ganhou cicatrizes no rosto e no pescoço por causa disso. — Faz tempo que a gente devia ter parado de chamar você de Li'l Don. Jogando desse jeito, você é uma vergonha pro Don original.

A galera fora da quadra ri.

Cerro os dentes. Já devia estar acostumado com esse tipo de alfinetada. Um monte de idiotas fala isso. Que não sou tão durão quanto o meu pai, que não sou tão maneiro quanto o meu pai, que não sou tão bom quanto o meu pai em nada.

Eles não têm ideia do que ando fazendo na encolha.

— Sou mais parecido com o meu pai do que você pensa — digo a P-Nut.

— Seria uma surpresa. Da próxima vez, o garotão ali podia se esforçar pra jogar tanto quanto se esforça pra comer.

King avança para P-Nut.

— Ou eu podia te encher de porrada.

P-Nut avança para ele também.

— Então qual vai ser, otário?

— Ei, ei, ei — digo, puxando King para trás. Ele é rápido para arranjar briga. — Relaxem.

— É, relaxem. É só um jogo — diz Shawn.

— Tá certo, tá certo. Foi mal, Shawn — desculpa-se P-Nut, com as mãos levantadas. — Sou meio irascível às vezes.

Ira-o-quê? Fala sério, o P-Nut deve estar inventando palavras para parecer inteligente.

Pelo jeito como as narinas de King inflam, tenho a impressão de que é mais do que "só um jogo". Ele se desvencilha de mim e vai para o outro lado do parque. Shawn, Dre e os outros caras me olham.

— Ele anda com muita coisa na cabeça, só isso — murmuro.

— É — diz Dre, e depois continua em voz baixa para Shawn. — Lembra aquele lance com ele, Mav e a garota que te contei? Eles vão descobrir hoje.

— Não tem desculpa, Dre. Ele tá sempre perdendo a cabeça. Precisa dar um jeito no próprio temperamento ou alguém vai dar — observa Shaw.

Em outras palavras, uma surra. É assim que os parceiros seniores mantêm a gente na linha. Há níveis entre os King Lords. Tem os aspirantes, garotinhos de escola que juram que vão ser os próximos escolhidos. Fazem tudo que a gente pede. Tem os parceiros iniciantes, como eu, King e nossos amigos Rico e Junie. A gente cuida das iniciações e dos recrutamentos, e vende maconha. Depois, vêm os seniores, como Dre e Shawn. Eles vendem as coisas mais pesadas, garantem que todo mundo ganhe o seu, fazem alianças e disciplinam quem sai da linha. Quando temos algum desentendimento com os Garden Disciples, a gangue da região leste da cidade, normalmente são eles que resolvem. E, por fim, tem os GOs, os gângsteres originais. Caras mais antigos que estão nessa há muito tempo. São eles que aconselham o Shawn. O problema é que não tem mais muitos GOs nas ruas. A maioria está presa, como meu pai, ou morta.

Levar uma surra dos seniores é coisa séria. Não posso deixar acontecer com King.

— Vou falar com ele — digo.

— É melhor alguém falar — responde Shawn, e se vira para os outros. — Agora, quem vai ser o próximo a apanhar na quadra?

King está quase do lado de fora do parque. Corro para alcançá-lo.

— Irmão, você não pode ir pra cima dos caras assim. Quer arranjar problema pra gente?

— Não vou deixar ninguém me esculachar, Mav. Não dou a mínima se ele é sênior — grunhe.

Olho de relance para a quadra. Estamos longe o suficiente para Shawn e os outros não ouvirem.

— Você tem que ficar frio, lembra?

Nos últimos seis meses, eu e King andamos traficando escondido dos seniores. Como eu disse, iniciantes só vendem maconha, o que dá muito menos dinheiro do que as outras drogas. Além disso, somos obrigados a dar a maior parte do lucro para Shawn e os outros, porque são eles que fornecem os produtos. Um dia, King decidiu trabalhar sozinho na paralela e arranjou seu próprio fornecedor. Depois me levou junto rapidinho. Nosso bolso está cheio.

A gente vai se encrencar pra valer se Shawn e os outros descobrirem. É quase tão ruim quanto roubar o território deles. Mas, cara, minha mãe tem dois empregos. Não deveria comprar tênis e roupas pra mim quando está lutando para continuarmos tendo um teto. Papo reto.

— Deixa o P-Nut ou qualquer um falar o que quiser. A gente tá fazendo nossa parada e é nisso que precisamos focar. Beleza?

Estendo a mão para o King. No começo, ele fica a encarando, e não sei se é por causa de Shawn e P-Nut ou por causa da outra situação que está rolando.

Finalmente, ele bate na minha mão.

— Tá, beleza.

Puxo King para um abraço e dou um soquinho nas suas costas.

— Não se preocupe com aquele outro lance. Vai dar certo, como deve ser.

— Não tô preocupado com isso. É o que é.

É a mesma coisa que King disse sobre os pais terem sido assassinados quando tinha 11 anos e sobre tudo o que passou com as famílias adotivas. Acho que se ele quer encarar assim, eu também posso.

King sai do parque e eu vou em direção à Lisa, que está mais gata do que nunca, com uma camisa que mostra o umbigo e shorts que fazem minha mente viajar.

Eu me posiciono entre as pernas dela.

— A gente é um lixo, hein?

Lisa põe os braços em volta do meu pescoço.

— Podiam treinar um pouquinho mais.

— Como eu disse, a gente é um lixo.

Ela ri.

— Talvez, mas você é o *meu* lixo.

Ela me beija e esqueço todo o resto.

Sempre foi assim com Lisa. Eu a vi pela primeira vez num jogo de basquete no primeiro ano. O time dela estava dando uma lavada nas garotas do Garden High. Pra falar a verdade, ela joga melhor do que eu. Tinha ido lá para assistir ao jogo de Junie, que era depois, e Lisa chamou minha atenção. Ela sabia jogar e era gata pra cacete. Além disso, tinha uma tremenda bunda. Não vou mentir, percebi logo de cara.

Lisa acertou uma bandeja e eu gritei "Isso aí, baixinha!". Ela olhou na minha direção com os lindos olhos castanhos e sorriu. Estava decidido, eu tinha que falar com ela. Lisa me deu uma chance e está rolando desde então.

Eu vacilei bastante. Saber o que eu sei me faz parar de beijá-la.

— O que aconteceu? — pergunta.

Acaricio as suas tranças.

— Nada, estou irritado porque perdi na sua frente.

— O papai te deu uma surra! — diz Andreanna.

Nada como ser sacaneado por uma criança de três anos. Andreanna parece com Dre, o que significa que parece comigo. Todo mundo diz que eu e Dre somos praticamente gêmeos. Nossas mães são irmãs e nossos pais são primos, então faz sentido que tenhamos os mesmos olhos grandes, sobrancelhas grossas e pele escura.

— Você devia ter torcido por mim — digo, fazendo cócegas em Andreanna. Ela se contorce e dá risada no colo de Keisha. — Não devia ter torcido pelo seu papai.

— É óbvio que tinha que torcer pelo papai dela — discorda Dre enquanto se aproxima, a pega no colo e a leva pelo ar como se fosse um avião. Ninguém a faz rir como ele.

— Vocês vão na festa hoje? — pergunta Lisa.

Shawn vai dar uma festa na casa dele, como sempre faz no fim do verão.

— Você já sabe que Dre não vai em festa nenhuma — responde Keisha.

— De jeito nenhum. A gente vai fazer a nossa própria festa. Não é, garotinha? — Ele beija a bochecha de Andreanna.

— Que isso, meu chapa. É sexta à noite. Não pode ficar em casa — argumento.

Mas deixa pra lá. Este Dre não vai mais a lugar nenhum. Depois do nascimento da filha, ele mudou muito. Parou de ir a festas e de sair com a gente. Acho que, se pudesse, deixaria os King Lords.

Não dá para sair dos King Lords. A não ser que você queira terminar morto ou quase morto.

— Eu estou onde quero estar — responde ele, sorrindo para Andreanna. Depois olha para mim. — Tem certeza de que vocês vão na festa?

Dre sabe o que está rolando, sabe da situação que pode mudar a minha vida. O problema é que Lisa não sabe. E ai dele se falar alguma coisa.

— Certeza — digo.

Dre me encara como se fosse um irmão mais velho olhando para o mais novo que está prestes a fazer besteira. Ao mesmo tempo em que isso me irrita, faz com que me sinta um merda.

Eu desvio o olhar para Lisa.

— Nada vai impedir a gente de ir à festa. A gente precisa de uma diversão antes que as aulas comecem.

Lisa envolve meu pescoço com os braços.

— É isso aí. Pensa só, daqui a um ano a gente vai estar na faculdade, indo em todas as festas.

— Papo firme — respondo. As festas são a única razão pela qual eu vou para a faculdade. Se eu for. Ainda não tenho certeza. — E na festa de hoje todo mundo vai olhar pra você quando chegar lá usando isso.

Tiro o colar do bolso. No pingente está escrito "Maverick" em letra cursiva. É feito de ouro de verdade e tem diamantes pequenos ao longo do nome. Na semana passada, pedi pra um cara no shopping fazer.

— Meu deus! — Lisa fica surpresa ao pegar o colar. — É lindo.

— Tá bem, Mav. Já percebi que você á gastando uma grana com a sua garota — observa Keisha.

— Óbvio. Você sabe como eu sou.

— Esses colares são caros pra caramba. Onde você anda arranjando dinheiro pra essas coisas? — pergunta Dre.

Ele não sabe que eu e King vendemos outras coisas além de maconha, e quero que continue assim. Já demorei muito para convencê-lo a me deixar vender erva. Apesar de ele mesmo traficar, ficou um tempão com um papinho de "faça o que eu digo, não faça o que eu faço". Eu disse que queria ajudar minha mãe e, a certa altura, Dre cedeu. Só me deixa vender o suficiente para pagar uma conta ou outra. Se descobrir o que arranjei com o King, vai me esculachar.

— Fiz uns bicos pro pessoal do bairro, como sempre. Economizei até conseguir comprar — minto.

— Eu amei — diz Lisa. Ela sabe o que faço e muda de assunto. Maravilhosa. — Obrigada.

— Tudo por você, gata — respondo, e a beijo de novo.

— Eeeca! Para de fazer essas coisas na frente da minha bebê — brinca Dre, cobrindo os olhos de Andreanna, e Keisha dá uma gargalhada. — Vai traumatizar a menina pra sempre.

— Se ela não fica traumatizada de olhar pra sua cara, tá tudo bem — provoco, enquanto ouço uma buzina no estacionamento, vinda de um Datsun velho.

Uma das janelas se abre e um cara forte, negro de pele clara, grita:

— Lisa! Vamos embora!

É Carlos, o irmão mais velho dela. Nunca gostou de mim. Na primeira vez que liguei para Lisa, ele me interrogou como se fosse um policial. "Quantos anos você tem?", "Que escola você frequenta?", "Como são suas notas?", "Faz parte de alguma gangue?"... perguntou um monte de coisas que não eram da conta dele. Quando me conheceu, eu estava com uma roupa cinza e preta, o que provava que eu era um King. O idiota me olhou de nariz empinado, como se eu fosse um inseto. Agora, veio passar o verão em casa e eu não vejo a hora de ele voltar para a faculdade.

— O que o Carlos tá fazendo aqui? — pergunto.

— Mamãe pediu pra ele me levar pra comprar as coisas da escola. Preciso de mais umas peças daqueles uniformes horríveis da Saint Mary — responde Lisa.

— Nossa, você vai ficar muito gata com a saia plissada.

Lisa tenta reprimir um sorriso, e o gesto me faz sorrir.

— Tanto faz, é horrível mesmo assim — diz ela, e se levanta. — Melhor eu ir antes que o Capitão Enxerido faça uma cena.

Solto uma risada e seguro a mão dela.

— Vamos, eu acompanho você até o carro.

Lisa se despede de Keisha e Dre, e a gente cruza o parque. Carlos lança em mim um olhar maligno durante todo o percurso. Ele me odeia.

Paramos ao lado do carro.

— Pego você às oito.

— A gente se vê oito e quinze então. Você sempre se atrasa — responde ela, com uma risadinha.

— Não, vou chegar cedo hoje. Eu te amo.

Na primeira vez que disse isso a ela, fiquei apavorado. Nunca tinha falado "eu te amo" para uma garota antes, mas também nunca tinha namorado uma Lisa antes.

— Também te amo. Se cuida, tá bem?

— Não vou a lugar nenhum. Você não vai se livrar de mim tão fácil.

Ela sorri e me dá mais um beijinho rápido.

— Vou cobrar.

Abro a porta do carona. Carlos me encara de cara fechada. Mostro o dedo para ele quando Lisa não está olhando.

— Por que você tá tão irritado? — pergunta Lisa, e ouço Carlos falando algo sobre "parque de bandidos" enquanto dá partida no carro.

Menos de um minuto depois, um Camry antigo com teto solar entra no estacionamento. Minha mãe tinha um Lexus, mas os policiais o levaram quando prenderam meu pai.

— Epa! Li'l Don tá encrencado. A mamãe chegou no disciplinatoriomóvel — provoca P-Nut.

No disciplina-o-quê?

Esqueço o P-Nut. Abro a porta do carona.

— Oi, mãe.

— Oi, queri... — Ela cobre o nariz. — Que é isso, garoto! Que cheiro é esse? Por que você tá fedendo assim?

Cheiro minha própria camisa. Não está *tão* ruim assim.

— Eu joguei basquete.

— Num chiqueiro? Meu Deus! Vai espantar todo mundo da clínica.

— Se a gente passar rapidinho em casa, posso tomar banho...

— Não temos tempo para isso, Maverick. A gente prometeu pra Iesha e pra mãe dela que você estaria lá às duas. Já são uma e quarenta e cinco.

— Ah... — Não tinha notado que faltava tão pouco para minha vida mudar. — Foi mal.

Minha mãe deve ter percebido o desânimo na minha voz.

— A gente precisa saber a verdade. Você entende, né?

— Mãe, o que vou fazer se...

— Ei — diz, e eu a olho. — Não importa o que aconteça, estou com você.

Ela estende a mão fechada para mim.

Dou um sorrisinho.

— Você tá muito velha pra esse tipo de cumprimento.

— Velha? Se liga, garoto. Pediram minha identidade e a da Moe quando a gente saiu no sábado passado. E aí?! Quem é muito velha agora?

Solto uma risada enquanto ela dá partida no carro.

— Você. Você é muito velha.

— Ei, espera aí! — grita Shawn, depois atravessa o estacionamento correndo até a porta da minha mãe. — Preciso dar um oi pra rainha. Como vai, sra. Carter?

— Oi, Shawn. Tudo bem? — cumprimenta ela.

— Sim, senhora. Cuidando do seu garoto.

— Que bom — diz, e agora é a voz dela que soa desanimada.

Nenhuma mãe quer ver o filho em uma gangue, mas nenhuma mãe quer ver o filho morto. Meu pai fez tantos inimigos nas ruas que eu precisava de alguém para me defender. Ele disse à minha mãe que eu precisava entrar. Que, de qualquer forma, os Kings estavam no meu sangue. Além do meu pai e dos meus primos, os irmãos dela são Kings. Para nós, é como se fôssemos uma fraternidade.

Apesar disso, minha mãe acha que sou um "associado", ou seja, alguém que faz parte, mas não trafica nem trabalha. Diz que essa coisa de King Lords é temporária. Martela na minha cabeça o tempo inteiro que é para eu me formar no ensino médio, ir para uma faculdade longe daqui e me afastar de tudo isso.

— Precisamos ir, temos um compromisso. Se cuida aí, menino — ela diz pro Shawn.

— Sim, senhora. — Shawn olha para mim e acena com a cabeça. — Boa sorte, parceirinho.

Cumprimento de volta.

Minha mãe sai do estacionamento e fico observando os parceiros pelo retrovisor. Jogam basquete na quadra sem se preocupar com nada. Queria voltar a ser assim.

Mas sigo em direção à clínica para descobrir se o filho de King é, na verdade, meu.

DOIS

A clínica gratuita está cheia demais para uma sexta-feira à tarde. Todo mundo que mora no Garden prefere vir aqui em vez de se arriscar na clínica do governo, porque quem vai lá raramente volta para casa. Um cara de muletas fala alto pra cacete no telefone público, como se quisesse que todo mundo ouvisse que ele precisa de uma carona. Por sorte não acordou a senhora na cadeira de rodas que está ao nosso lado. Uma garota mais ou menos da minha idade corre atrás de um menino com o nariz escorrendo e grita com ele em espanhol.

É muito louco pensar que pode ser eu daqui a alguns anos.

A situação toda é meio complicada. King ficou com uma garota do bairro, a Iesha. Não são namorados nem nada. Só se pegam bastante, digamos assim. Mas Iesha é famosa por ficar com vários caras. Nada contra, é só um fato.

Mais ou menos um ano atrás, Lisa terminou comigo porque Carlos disse para ela que me viu falando com outra garota. Uma mentira deslavada, mas, por algum motivo, Lisa acreditou naquele idiota. Fui para a casa de King, estava estressado com a situação. Ele pediu para Iesha me ajudar a esquecer os problemas. No começo, hesitei porque parecia errado, quase como uma traição. Mas assim que eu e Iesha nos agarramos, esqueci a noção de certo e errado.

Em algum momento, a camisinha estourou.

Agora, estou na clínica gratuita esperando o teste de DNA do bebê de três meses de Iesha.

Minha mãe não para de mexer a perna, como se quisesse sair correndo da sala de espera. Dá uma olhada no relógio.

— Elas já deviam estar aqui. Maverick, você tem falado com a Iesha?

— Não desde aquela semana.

— Deus, essa menina vai dar trabalho.

Minha mãe sempre fala com Deus. Normalmente é "Deus, me ajude a não bater nesse garoto". Que bom que agora está reclamando com Ele sobre outra pessoa, pra variar.

Ela diz que envelheceu cedo pelo estresse que eu causo. Usa o cabelo no estilo *finger wave*s, e dá para ver alguns fios brancos que ela não deveria ter aos 38 anos. Não é minha culpa. É culpa do monte de horas que ela trabalha. Minha mãe é recepcionista de hotel de dia e limpa escritórios à noite. Sempre digo que vou cuidar dela. Ela sorri e normalmente responde "Cuide de você mesmo, Maverick", mas nas últimas semanas tem sido "Cuide do seu filho".

Está convencida de que sou o pai.

Eu não.

— Não sei por que a gente tá fazendo isso. O bebê não é meu — resmungo.

— Por quê? Porque só ficou com a garota uma vez? Uma vez é o suficiente, Maverick.

— Ela jura que é filho do King. Eles já até o batizaram com o nome do King.

— É, e com quem ele se parece?

Caaara... Na moral, aí ela me pegou. Quando King Jr. nasceu, não se parecia com ninguém. Eu acho todos os recém-nascidos parecidos com ETs. O garotinho não tinha nenhum traço do King. E também não parecia nada com a mãe.

Foi por isso que King terminou de vez com Iesha. Ela quer provar a ele que não sou o pai, e me pediu para fazer um teste de DNA. Então, estou fazendo. A não ser que eu seja a pessoa mais azarada do mundo, não tem nenhuma chance de o bebê ser meu.

Sinto meu pager vibrar na cintura e o número do sr. Wyatt aparece. É o nosso vizinho do lado. Corto a grama do jardim dele toda semana. Provavelmente quer que eu faça isso hoje. Vou ter que retornar a ligação mais tarde.

Minha mãe me observa com um sorriso.

— Você tá se achando porque tem um pager, né?

Dou risada. Comprei esse negócio há dois meses. Estava na maior onda. Mais chapado do que nunca.

— Não, mãe. Nunca.

— Como vão os negócios? Quantos jardins você anda aparando agora?

Minha mãe acha que ganho dinheiro cortando a grama do pessoal do bairro. Até ganho, mas ganho muito mais vendendo drogas. O lance da grama ajuda a enganá-la. Quando ela me vê com tênis ou roupas novos, digo que comprei barato no brechó, e não no shopping. Odeio minha capacidade de mentir para ela com tanta facilidade.

— Tão indo bem. Ando fazendo uns dez jardins. Tentando pegar a maior quantidade possível de clientes antes que chegue o inverno.

— Não se preocupe, você vai arranjar outra coisa. Deus sabe que cuidar de um bebê não é barato. Você vai dar um jeito.

Não vou precisar dar um jeito. O bebê não é meu.

A porta da clínica se abre e a srta. Robinson entra, depois segura a porta para alguém.

— Anda logo!

Iesha aparece, revirando os olhos. Está com uma bolsa de bebê pendurada no ombro e segura uma cadeirinha. O menininho está dormindo, com a mão fechada em cima da cabeça e as sobrancelhas franzidas, como se estivesse pensando em algo muito profundo durante o sono.

— Oi, Faye — diz a srta. Robinson para minha mãe. — Desculpe o atraso.

— Aham — responde minha mãe. Não está aprovando nem reprovando. Depois olha para mim, como se esperasse que eu fizesse algo. Encaro minha mãe, muito confuso. — Garoto, dê o lugar pra Iesha.

— Ah, desculpa — digo, e me levanto num pulo. Minha mãe sempre insiste para que eu seja cavalheiro.

Iesha se senta e coloca a cadeirinha do bebê no chão. De repente, minha mãe fica fascinada.

— Own, olha esse menininho — diz, com uma voz que só usa para bebês. —Ele dormiu, né?

— Finalmente. Fiquei acordada a noite inteira por causa dele — responde Iesha.

— Não é como se você tivesse outro lugar para ir — alfineta srta. Robinson. — Senhorita Eu-Matei-Aula-Pra-Ir-Atrás-De-Um-Cara-Qualquer.

— Ai, que saco! — reclama Iesha.

— Logo, logo ele começa a dormir a noite toda — comenta minha mãe. — Maverick só parou de acordar de madrugada com cinco meses. Era como se ele quisesse saber o que estava acontecendo o tempo inteiro.

— Ele é assim também — observa a srta. Robinson, olhando para mim.

Pode olhar o quanto quiser. Isso não significa que o bebê é meu.

O garotinho choraminga na cadeirinha.

Iesha solta um suspiro.

— O que foi agora?

— Ele deve estar querendo a chupeta, querida — sugere minha mãe.

Iesha coloca a chupeta na boca do bebê, que para de chorar imediatamente.

Observo Iesha com cuidado. Está com olheiras profundas que não tinha antes.

— Tem alguém te ajudando a cuidar dele?

— *Ajudando*? — ironiza a mãe dela, como se eu a tivesse xingado. — E quem devia ajudar? *Eu*?

— Deixa disso, Yolanda — minha mãe tenta acalmá-la. — É coisa demais pra qualquer pessoa ter que lidar, imagina pra uma menina de 17 anos.

— Verdade. Mas se ela quer agir como adulta, pode lidar com isso como se fosse adulta. Por. Conta. Própria.

Iesha pisca bem rápido.

De repente, fico me sentindo muito mal por ela.

— Se o bebê for meu, você não vai mais precisar fazer isso sozinha, beleza? Sempre que puder, vou na sua casa pra ajudar.

Cinco segundos atrás, ela estava prestes a chorar. Agora, me lança um sorriso debochado.

— Ah, jura? Sua namorada vai ficar de boa com isso?

Não sei como Lisa vai reagir. Imaginei que se o bebê não fosse meu, ela nem precisaria ficar sabendo de nada. Mas se for...

— Não se preocupe com ela — digo.

— Ah, eu não estou preocupada. *Você* é que devia estar. Aquela pose de metida vai cair por terra rapidinho.

— Ei, não fala assim da Lisa!

— Tanto faz. Todas as garotas do Garden High babando por você, e você vai atrás da menina arrogante do colégio católico. Tá tudo bem. Meu bebê não é seu. Assim que os resultados saírem, vou levar o menino pro pai verdadeiro e a gente vai ser uma família. Aguarde.

— Iesha Robinson! — chama a enfermeira.

Todos olhamos na direção dela.

É agora.

— Vai lá — diz a srta. Robinson para a filha.

Iesha se levanta, bufando.

— Que situação idiota.

— Idiota é ter dois pais possíveis pro bebê. Isso que é idiota — rebate a mãe.

Eita, porra. Eu e minha mãe brigamos? Com certeza, o tempo inteiro. Mas não assim, em público.

Iesha volta e enfia um envelope na mão da mãe, com raiva.

— Aposto que tô certa. Aposto.

A srta. Robinson pega os papéis e começa a ler. A julgar pelo olhar convencido, já sei o que está escrito.

— Parabéns, Maverick — cumprimenta, encarando a filha. — Você é pai.

Merda.

— Jesus — Minha mãe põe a mão na testa. Dizer que a criança é minha e ter certeza disso são duas coisas diferentes.

Iesha pega os papéis, olha para eles, e seu o rosto desmorona.

— Merda.

— Porra, por que você tá irritada?

— Era pra ser filho do King! Não quero ficar lidando com você!

— Eu também não quero lidar com você!

— Maverick! — repreende minha mãe.

Meu filho começa a chorar na cadeirinha.

Minha mãe me olha de cara feia e pega o bebê no colo.

— O que foi, Bonitinho? Hein? — Ela não precisa de muito para criar apelidos. Cheira a fralda na região próxima ao bumbum dele e franze o nariz. — Ah, já sei o que aconteceu. Onde estão as fraldas dele?

— Na bolsa — resmunga Iesha.

— Pegue a bolsa, Maverick — ordena minha mãe. — A gente vai cuidar disso.

De repente, eu tenho um filho e ele está com a fralda suja.

— Não sei trocar fralda.

— Então é hora de aprender. Vem.

Minha mãe entra no banheiro feminino e age como se eu devesse segui-la. De jeito nenhum. Ela volta para a porta.

— Vem, garoto.

— Não posso entrar aí!

— Não tem ninguém. Enquanto não colocarem trocador no banheiro masculino, é aqui mesmo. Entra.

Porra, isso não é legal. Vou atrás dela. O menininho está chorando muito. Entendo o porquê. A fralda está fedendo demais. Minha mãe o entrega para mim enquanto vasculha a bolsa, e eu o seguro longe do corpo. Não quero me sujar de cocô.

— Tem um monte de roupas aqui — comenta minha mãe. — Vamos ver se ela trouxe um trocador portátil. Se não tiver... Deixa pra lá, tem sim. — Ela põe o trocador em cima da mesa. — Ok, deite o bebê aí.

— E se ele cair?

— Ele não vai. Isso, assim — diz, enquanto o coloco na mesa. — Agora desabotoe o...

Não escuto mais o restante da frase enquanto olho para o bebê.

Antes, eu ficava só impressionado com a ideia de existir algo tão pequeno. Agora, olho para ele e é meu, sem dúvida.

A pior parte? Eu sou dele também.

Estou com medo. Fiz besteira. Fiz 17 anos há um mês e agora preciso cuidar de outra pessoa.

Ele precisa de mim.

Depende de mim.

Vai me chamar de "papai".

— Maverick?

Minha mãe toca o meu ombro.

— Você vai conseguir. Vou te ajudar.

Não está falando só da fralda.

— Tá bom.

Ela ajuda na minha primeira troca de fralda. Uma enfermeira entra e vê que estamos com dificuldade — faz um tempo que minha mãe não faz isso — e nos dá algumas dicas. O menininho ainda está reclamando, mesmo limpo. Minha mãe o segura contra os ombros e faz carinho em suas costas.

— Tá tudo bem, Bonitinho. Tá tudo bem.

Logo ele se acalma. Acho que é tudo o que ele precisava saber.

Pego a bolsa e voltamos para a sala de espera.

A cadeirinha do meu filho está no chão com os papéis do teste de DNA dentro dela. A srta. Robinson sumiu.

E Iesha também.

TRÊS

— Aquela nojenta insuportável! E não estou falando da Iesha, estou falando da mãe dela! — xinga minha mãe.
Está fazendo um escândalo desde que saímos da clínica.
A princípio, achei que Iesha e srta. Robinson tinham ido para fora. Mas não, tinham ido embora mesmo. Uma das enfermeiras disse ter avisado que elas estavam esquecendo a cadeirinha e a srta. Robinson respondeu que não iam precisar mais dela, depois empurrou Iesha porta afora.
Fomos direto para a casa delas. Bati na porta, olhei pelas janelas. Ninguém atendeu. Eu e minha mãe não tivemos escolha a não ser levar o menininho conosco.
Subo os degraus de casa carregando-o na cadeirinha. Está tão entretido com os brinquedos pendurados do móbile que ainda nem percebeu que foi abandonado pela mãe como se fosse nada.
Minha mãe abre a porta.
— Senti uma coisa estranha quando vi todas aquelas roupas na bolsa do bebê. Elas o despacharam sem falar nada!
Coloco a cadeirinha em cima da mesa. O que aconteceu, cacete? Sério, irmão. Do nada, fiquei responsável por tomar conta de um ser humano completo, sendo que nunca cuidei nem de um *cachorro*.
— O que a gente faz agora, mãe?

— É óbvio que vamos ter que ficar com ele até a gente descobrir o que Iesha e a mãe estão tramando. Pode ser coisa de um fim de semana, mas do jeito que elas são irresponsáveis... — Ela fecha os olhos e leva a mão à testa. — Deus, espero que essa garota não tenha abandonado a criança.

Por um segundo, meu coração para.

— *Abandonado?* O que eu vou fazer com...

— Você vai fazer o que tiver que fazer, Maverick — interrompe ela. — É isso que significa ser pai. Seu filho agora é *sua* responsabilidade. Você vai trocar as fraldas. Você vai dar comida. Você vai ficar com ele de madrugada. Você...

Minha vida inteira virou de cabeça para baixo, e ela não liga.

Minha mãe é assim. A vovó diz que ela veio ao mundo preparada para o que fosse. Quando as coisas desmoronavam, ela juntava os pedaços rapidinho e construía algo novo a partir deles.

— Está me ouvindo? — pergunta ela.

Coço a cabeça entre minhas tranças nagô.

— Entendi.

— Eu perguntei se você está *ouvindo*. É diferente.

— Tô ouvindo, mãe.

— Ótimo. Elas deixaram fraldas e fórmula suficientes para o fim de semana. Vou ligar pra tia Nita e ver se elas ainda têm o berço antigo da Andreanna. A gente pode montar no seu quarto.

— *Meu quarto?* Ele não vai me deixar dormir.

Ela põe a mão no quadril.

— E tem alguma outra pessoa que ele não devia deixar dormir?

— Caramba... — solto um gemido.

— Não vem com "caramba" pra cima de mim! Você é pai agora. Sua prioridade não é mais você mesmo. — Ela pega a bolsa. — Vou preparar uma mamadeira. Consegue ficar de olho nele ou vai ser difícil demais?

— Vou ficar de olho nele — murmuro.

— Obrigada. — Ela vai para a cozinha. — "Ele não vai me deixar dormir". Que audácia!

Eu me jogo no sofá. Na cadeirinha, o menininho fica me encarando. Vou chamá-lo de Li'l Man agora. "King Jr." não está certo, já que ele é *meu* filho.

Meu filho. É muito louco pensar que aquele mísero furo na camisinha me tornou o pai de alguém. Solto um suspiro.

— Parece que agora somos eu e você, hein?

Estendo a mão até ele, que agarra meu dedo. Ele é muito pequeno para ser forte assim.

— Calma aí — digo, com uma risada. — Desse jeito você vai quebrar meu dedo.

Ele tenta colocar na boca, mas não deixo. Minhas unhas estão imundas. Isso o faz chorar.

— Ei, ei, relaxa.

Eu o solto da cadeirinha e pego no colo. Li'l Man é bem mais pesado do que parece. Tento apoiar seu pescoço como minha mãe ensinou, mas ele reclama e se contorce, até abrir o berreiro de repente.

— Mãe!

Ela volta com a mamadeira.

— O que foi, Maverick?

— Não consigo segurar ele direito.

Ela o acomoda nos meus braços.

— Se você relaxar, ele relaxa também. Aqui, dê o leite pra ele. — Minha mãe me entrega a mamadeira, e eu coloco o bico na boca do bebê. — Inclina a mamadeira um pouco mais, Maverick. Senão ele bebe muito rápido, assim. Depois que tomar a metade, coloque pra arrotar. E, no fim, coloque de novo.

— Como?

— Apoie no seu ombro e dê uns tapinhas nas costas.

Segurar direito, abaixar a mamadeira, colocar para arrotar.

— Mãe, eu não consigo...

— Consegue, sim. Na verdade, já tá conseguindo.

Não tinha me dado conta que Li'l Man tinha parado de chorar. Está sugando a mamadeira e segurando minha camiseta, olhando para mim.

Olho para ele. Quer dizer, realmente *olho* para ele. É, eu me vejo... não dá para negar que é meu. Mais do que isso, eu vejo meu filho.

Meu coração infla.

— Ei, carinha. — Por alguma razão, parece que o estou vendo pela primeira vez. — Ei.

— Vou pôr as roupas dele pra lavar. Vai saber quais tipos de germes andam por aquela casa — diz minha mãe.

Ninguém odeia germes tanto quanto ela. Minha mãe tem asma, e coisas realmente estranhas desencadeiam suas crises.

— Obrigado, mãe.

Ela vai para a área de serviço. Fico observando meu filho e preciso admitir que, embora esteja fascinado, nunca tive tanto medo na vida. É um ser humano inteirinho que eu ajudei a fazer. Tem um coração, pulmões, cérebro, e parte disso é por minha causa. Agora, eu preciso basicamente mantê-lo vivo.

É quase coisa demais para lidar. Definitivamente, não é como eu planejava passar minha noite de sext....

Ah, droga. A festa. Sem chance de a minha mãe deixar eu ir.

Interrompo a mamadeira rapidinho para discar o número de Lisa no telefone sem fio. Seguro o telefone na orelha com o ombro. Depois de tocar algumas vezes, ela atende.

— Oi, Mav.

Sempre esqueço que a mãe dela comprou um identificador de chamadas.

— Oi. Não liguei numa hora ruim, né?

O som está meio abafado, como se ela estivesse se mexendo.

— Não. Estou escolhendo uma roupa pra festa. Por quê? O que aconteceu?

Agora eu me sinto um merda *de verdade*.

— Hm... Não vou poder te levar pra sair hoje. Rolou um imprevisto.

— Tá tudo bem?

— Tá. Minha mãe quer que eu fique em casa pra cuidar de umas coisas.

Não é mentira, só não é totalmente verdade. Mas o bebê nos meus braços não é uma conversa para se ter por telefone, sabe?

— Parece a minha mãe — compara Lisa, e posso praticamente vê-la revirando os olhos. — Posso ir aí e te fazer companhia se quiser.

— Não!

Assustei o Li'l Man, que contorce o rosto.

— Desculpa — digo para ele e para Lisa, enquanto o embalo. Por favor, Deus, não deixe o bebê chorar. — Não precisa passar a sua sexta-feira me olhando fazer as tarefas. Tá tudo bem.

— Certo. Vejo você no fim de semana?

— Não, não posso sair.

— Caramba. O que você fez?

Essa é uma pergunta complicada.

— Sabe como é. Eu te ligo.

Como sempre, nos despedimos com um "eu te amo". Desligo e respiro fundo.

— Li'l Man, você quase me meteu numa encrenca.

Ele para de sugar a mamadeira para bocejar. É óbvio que não está nem aí.

Já tomou metade do leite. Acho que preciso colocá-lo para arrotar agora. Minha mãe disse para segurá-lo contra o ombro e dar tapinhas leves nas costas. Dou um, dois, três...

O bebê soluça. Algo quente escorre pelas minhas costas.

— Que *nojo*, cara! — Levanto do sofá. Este garoto vomitou em mim. Ele chora e grita. Eu quero chorar. — Mãe!

— O que foi agora, Maverick? — pergunta, e aparece na porta novamente. Ainda tem a audácia de dar um sorrisinho. — Bem-vindo à paternidade, onde as roupas nunca ficam limpas.

— O que eu faço?

— Coloque um pano no ombro da próxima vez. Agora, termine de dar a mamadeira e ponha o bebê pra arrotar de novo.

— Tenho que sentar cheio de vômito em mim?

— O que eu falei? Você não é mais a prioridade agora. Você vai aprender. Parece ter um ótimo professor aí.

Ele podia ter evitado essa aula, na real.

A campainha toca. Minha mãe dá uma olhada pela janela antes de abrir. Depois que a polícia invadiu nossa casa, é preciso ter cuidado. Ela abre a porta.

— Oi, Andrezinho.

— Oi, tia. Vocês fizeram o test... — Ele percebe que estou ali com meu filho e arregala os olhos. — Uou! É seu mesmo?

— Pois é. É meu.

— Caraaamba — exclama Dre ao entrar. — Ele parece mesmo com você, então não devia ser uma surpresa.

— Aham. E já está dando trabalho pro Mav — diz minha mãe com uma risadinha.

Ainda bem que alguém está achando engraçado.

— Meu chapa, eu coloquei ele pra arrotar e ele vomitou em mim.

Dre cai na gargalhada.

— Você precisa de um paninho sempre, primo. — Ele chega perto e se apoia no meu ombro para olhar Li'l Man. — Oi, priminho. Sou o Dre. Um dia vou te ensinar a jogar basquete, já que seu pai não sabe.

— Nem pensar — digo.

— São os fatos. Vai passar a noite com ele ou algo assim?

Eu me sento na beira do sofá, posiciono o Li'l Man e volto a dar a mamadeira.

— Não sei. Iesha e a mãe dela foram embora.

Dre abaixa a mamadeira que estou segurando.

— Não deixe beber tão rápido. E como assim "foram embora"?

— A gente foi no banheiro trocar a fralda dele e, quando saiu, elas tinham ido embora.

— Merda... Droga. — Dre tenta evitar palavrões na frente da minha mãe. —Vocês foram procurar as duas?

— Fomos até a casa delas e não tinha ninguém lá — responde minha mãe. — Eu nem devia ficar surpresa de a irresponsável da Yolanda tramar algo assim.

— Bom, se precisar de um berço, ainda temos o antigo da Andreanna no depósito, e o carrinho também. Posso trazer mais tarde — Dre oferece.

— É muito gentil da sua parte, querido. Obrigada. — Minha mãe pega a bolsa que estava no sofá. — Vou no Reuben's comprar alguma coisa pra jantar. Só Deus sabe o quanto não estou a fim de cozinhar. Todos vocês, se comportem enquanto isso.

— Sim, senhora — concordamos. Mesmo com 23 anos, Dre faz tudo o que minha mãe manda.

Ela sai e Dre se senta ao meu lado no sofá. Fica olhando enquanto dou a mamadeira o Li'l Man.

— Porra, Mav. Você é pai mesmo.

— Ainda não acredito.

— Eu entendo. A paternidade é uma viagem, mas não consigo imaginar a vida sem a minha garotinha. Mesmo ela sendo um terror.

Dou risada.

— Não é possível que ela seja um terror. Só tem três anos.

— Caaara. Ela acha que sabe de tudo e se mete em tudo. As pessoas dizem que os dois anos são terríveis. Que nada, são os três. Três é outro nível. — Ele fica em silêncio por um instante. — Mas vou sentir falta daquele terrorzinho quando for levar Keisha e ela.

Há alguns anos, Keisha se mudou para outra cidade para estudar na Markham State e levou Andreanna. São só duas horas de distância, e Dre vai visitá-las todo fim de semana. Ficou no Garden para ajudar a tia Nita com o tio Ray depois que ele teve um derrame no ano passado.

— Aguenta firme, irmão. Num piscar de olhos, Keisha vai se formar e vocês vão fazer seus votos em julho.

— Se eu sobreviver a toda essa burocracia de casamento. — Ele segura a parte de trás do meu pescoço. — Você tá bem?

Óbvio que não. Jogaram minha vida no liquidificador e o que saiu foi algo que não reconheço. Pra completar, de repente sou o pai de alguém, e tudo que queria era ter o *meu* pai.

Não, cara. Não posso surtar. Preciso segurar a onda como um gângster de verdade.

— Não vou pirar.

— Você sabe que é normal ficar com medo, certo?

— Medo de quê? De um bebezinho?

— De tudo que vem junto com um bebezinho. Quando segurei Andreanna pela primeira vez, eu chorei. Ela era linda demais e estava condenada a ter um pai como eu.

Olho para o meu filho e, caramba, eu entendo.

— Decidi ser o pai que ela merece. Tive que virar homem. E é isso que você precisa fazer, Mav. Virar homem de verdade.

— Idiota. Eu já sou um homem.

Dre levanta as mãos.

— Desculpa aí. Você já é um homem. É tão homem que tá traficando escondido de mim e do Shawn.

Quase deixo meu filho cair.

— Quê?

— Você ouviu o que eu disse. Anda comprando colares caros pra sua namorada, exibindo um par de tênis novo por semana. Eu sei quanto dinheiro você ganha trabalhando pra gente. Eu mesmo garanti que fosse o suficiente apenas pra ajudar um pouquinho a tia Faye. De onde você tá tirando todo esse dinheiro extra?

Seguro meu filho contra o ombro e o coloco para arrotar novamente.

— Já falei pra você que faço uns bicos.

— Ah, até parece! Nem vem com esse papinho. Quem colocou você nesse lance? Onde você anda arranjando produto?

— Não sou dedo-duro, Dre.

— Aaah, então você *está* fazendo alguma coisa escondido.

— Não, não foi o que eu disse.

— Foi sim. Aposto que foi o King, né? É, ele é do tipo que faz essas coisas por baixo dos panos.

Merda, merda, merda.

— Dre, eu não posso...

— Eu não vou te dedurar para o Shawn. Você diz que é homem de verdade, então prove. Homens assumem o que fazem. Assuma as suas merdas.

Porra, ele tinha mesmo que falar desse jeito? Preciso admitir que me senti muito mal por esconder isso do Dre. Ele é o irmão mais velho que nunca tive. Nunca houve segredos entre a gente. E mesmo que eu não confesse, ele vai dar um jeito de descobrir a verdade. O que pode ser péssimo para o King.

Coloco meu filho de volta na cadeirinha enquanto ele cai no sono. Não posso deixar meu parceiro se encrencar. Preciso assumir essa sozinho.

— Tudo bem, é isso. Ando vendendo outras drogas à parte. Sem a ajuda de ninguém. Eu mesmo dei um jeito.

Dre solta um suspiro.

— Que porra é essa, Mav?

— Eu quero ganhar dinheiro! Você e Shawn não me deixam vender nada além de maconha.

— Porque a gente tá cuidando de você e dos iniciantes. Vender outras coisas é mais perigoso de vários outros jeitos. Você não precisa fazer isso.

Fico só olhando.

— Cara, você mesmo faz isso! — Fala sério, é muita cara de pau ele querer me dar um sermão.

— Eu sou esperto com as minhas coisas, diferente de você, que deve ser tão descuidado a ponto de deixar a polícia te rastrear. De verdade, você precisa largar esse negócio de traficar. Sério. Maconha, pedra, pílulas, pó, qualquer coisa. Deixa tudo pra lá.

— O quê? Olha, agora é você que tá pirando.

— Estou falando sério, Mav. Você tem um filho com quem se preocupar agora...

— E você tem uma filha.

— É, e quero que você aprenda com meus erros e seja um pai melhor do que eu. Odeio que essa seja a minha maneira de sustentar Andreanna, mas estou muito envolvido pra cair fora. Você não está. — Ele cutuca meu peito. — Você pode arranjar um trabalho normal no Walmart ou no McD...

— Isso não dá dinheiro!

— Dá dinheiro *limpo*. Posso falar com o Shawn pra liberar você do esquema.

— Ah, você tá surtando pra valer. Shawn não pode simplesmente "me liberar". Você sabe. Viu o que aconteceu com o Kenny.

Kenny é um King Lord que jogava futebol americano no Garden High. Ganhou uma bolsa de estudos em uma universidade das boas e decidiu que ia sair. Acho que não queria que a faculdade descobrisse sua ligação com uma gangue. Há poucas maneiras de sair dos King Lords — ou você faz algo grandioso, tipo assumir a culpa pelo crime de alguém, ou é expulso. Kenny foi expulso. Os seniores bateram tanto nele que entrou em coma. Quando acordou, estava quebrado demais para jogar futebol americano e perdeu a bolsa. Não vale a pena sair.

— Talvez a gente consiga negociar uma saída diferente para você — sugere Dre.

Balanço a cabeça.

— Para de tentar se enganar, meu chapa. E por que eu devia sair? Os Kings estão no nosso sangue, lembra?

— Você poderia quebrar o ciclo. Ser melhor do que eu, do que o tio, do que todos nós. Fazer as coisas do jeito certo.

— É fácil dizer isso quando se anda por aí dirigindo um Beamer. Você é um hipócrita. E também é um idiota se acha que vou desistir dessa grana, principalmente agora que tenho um filho.

— Vai ser assim então? Beleza — diz Dre, assentindo. — Ou você desiste ou eu conto tudo pra tia e pro tio Don.

— Então vai ter que admitir que me deixou vender maconha.

— Estou disposto a assumir minhas merdas como um homem. Também vou contar pro Shawn o que King anda fazendo.

— Já falei que o King não tá envolvido.

— Ah, sei. Isso é a cara dele. Você não precisa me contar nada. Eu e Shawn vamos investigar e resolver a situação pessoalmente.

— Você disse que não ia envolver o Shawn nisso!

— Não, eu disse que não ia dedurar *você* pro Shawn. Não disse que não ia dedurar o King. Então, qual vai ser, primo? Largar o tráfico de vez ou meter você e seu amigo numa encrenca?

— Isso é chantagem!

— É você que tá encarando desse jeito.

— Porque é desse jeito! Como vou saber que você não vai dedurar o King mesmo assim?

— Confio que você vai falar com ele para lembrar das consequências de fazer coisas desse tipo. Juro que se eu descobrir que você voltou a vender, deduro você e ele.

— Dre, qual é... por favor.

— A escolha é sua, Mav.

Junto as mãos no topo da cabeça. Que merda! É a pior coisa que poderia ter acontecido. Quero continuar ganhando dinheiro, mas não quero me meter em encrenca com meus amigos. Nem quero que King se machuque.

Não tenho muita escolha.

— Ok. Vou parar de vender drogas.

Por acaso, Dre fala que está orgulhoso da minha decisão ou me dá parabéns por cuidar do meu filho? Nada, só recosta no sofá e diz:

— Foi o que imaginei. Agora vai lá pegar um refrigerante pra mim. Fiquei com sede de tanto argumentar com essa sua cabecinha dura.

QUATRO

No sábado à noite, Iesha finalmente atendeu minhas ligações.
— Preciso de um tempo, Maverick — disse, com a voz arrasada. — Choro o tempo inteiro e minha cabeça entra numas viagens sombrias. Não é bom pra ele ficar perto de mim. Parece com o que Keisha sentiu quando teve Andreanna. Acho que minha mãe chamou de "depressão pós-parto".— Você foi no médico? — pergunto.
— Não preciso de médico.
— Não, falando sério. A mulher do Dre teve isso e...
— Já disse que não preciso de médico, Maverick! Estou dando conta sozinha.
— Beleza. — Não vejo motivo para insistir. — De quanto tempo você acha que precisa?
Ficamos em silêncio. Em seguida, ouço o sinal de que ela desligou.
Conto para minha mãe o que aconteceu.
— Coitadinha. Depressão pós-parto é difícil. A Yolanda também não deve estar ajudando em nada. Jesus. Talvez a gente precise se preparar pra ficar com o bebê por um tempo, Maverick. De repente, a gente tenha que ligar pro primo Gary e pensar em algumas alternativas.
Caaara, aquele idiota é o pior de todos. É advogado e mora no subúrbio com a esposa e os filhos. Sabe quando ele vem visitar a família? Nunca. Acha que somos favelados e que queremos o dinheiro dele. Babaca do cacete. Ninguém quer o dinheiro dele.

Eu não quero a ajuda dele. Iesha precisa de um tempo, só isso. Rezo para que eu esteja certo, porque esse garoto levou só dois dias para me deixar cansado. A primeira noite foi um inferno. Ele queria ficar no colo o tempo inteiro, senão chorava, então eu simplesmente tive que ficar com ele nos braços. Quando o coloquei no berço, ele começou a acordar de hora em hora. O que significa que eu precisava levantar e dar de mamar ou trocar a fralda. Nunca vi tanto cocô na vida.

Sábado e domingo foi a mesma coisa. Choro, cocô e xixi. Choro, cocô e xixi. Estou exausto e foi só um fim de semana.

Ao que tudo indica, hoje vai ser bem interessante. É segunda-feira e minha mãe vai trabalhar, então vou ter que cuidar do meu filho sozinho. Pelo menos no fim de semana ela estava em casa caso eu fizesse alguma besteira. Disse isso, e ela respondeu:

— Ser pai normalmente significa que não tem mais ninguém para vir consertar as coisas. Essa agora é a *sua* função.

Isso é assustador pra cacete.

Minha mãe anda apressada pela cozinha, abrindo armários e a geladeira enquanto faz uma lista. Dre precisa resolver uns problemas para a tia Nita mais tarde e se ofereceu para me levar ao mercado. Precisamos de um monte de coisas para o meu filho. E é óbvio que minha mãe já está pensando em quinhentas outras coisas que ela quer.

— Estou colocando farinha de milho na lista, Maverick. Não esquece de comprar o pacote grande. Moe quer fritar uns bagres esse fim de semana. Ah, e compra aquele tempero crioulo. Você sabe que ela vai dar um chilique se não tiver tempero crioulo.

Moe, a melhor amiga da minha mãe, vem visitar e cozinhar para a gente de vez em quando. Prepara um bagre delicioso.

— Sim, senhora — respondo, em meio a um bocejo. O Li'l Man me acordou a noite toda. Estou surpreso de que esteja dormindo agora.

— Se alguma coisa acontecer hoje, pode me ligar no trabalho. Também tem a sra. Wyatt aqui do lado e a tia Nita, as duas a uma ligação de distância. Sua avó me pediu pra falar que também está a uma ligação de distância — diz, e balança a cabeça, reprovando. — Aquela mulher faz tudo por você.

Vovó mora no interior, no terreno da família, que fica a cerca de meia hora de carro. Se eu ligasse, ela provavelmente chegaria em quinze minutos.

Mas não vou fazer isso com ela e nem com ninguém.

— Não vou precisar de ajuda — digo, como um homem deveria. — Eu dou conta.

Minha mãe me encara por um segundo, depois se aproxima e me dá um beijo na testa.

— Você vai ficar bem — murmura.

Em seguida, sai com o carro da garagem. O barulho do motor diminui até desaparecer, e eu fico sozinho com meu filho.

Dou uma olhada rápida para ele. Tive que tirar o aparelho de som e todos os meus CDs para conseguir colocar o berço no meu quarto. Cara, foi difícil. Tenho a melhor coleção de CDs do bairro, aposto. Centenas de álbuns. Estavam todos empilhados em ordem alfabética, agora estão espalhados na mesa de jantar.

Tudo por causa do Li'l Man. Ele apagou no berço, com os braços estendidos acima da cabeça e as sobrancelhas franzidas como sempre estão. Acho que fica sonhando com jeitos de resolver todos os problemas do mundo.

Observo-o por um momento. Apesar de estar muito cansado, eu o amo mais do que consigo dizer. É meio louco, já que faz poucos dias que o conheço pra valer. Ligo a babá eletrônica antiga de Andreanna e dou um beijo na testa dele, como minha mãe fazia comigo.

Eu me jogo no sofá da sala. Acho que a parte mais difícil é não saber quando vai terminar. Ou Iesha vem pegar nosso filho ou ele vai ter que se acalmar. As aulas começam daqui a duas semanas, e só a ideia de frequentar a escola e cuidar dele ao mesmo tempo parece impossível.

Pego o telefone sem fio. Meio que quero ligar para Lisa, até porque não nos falamos durante o fim de semana inteiro, mas eu precisaria contar o que está acontecendo. Em vez disso, disco o número do pager de King. Preciso dar um alô sobre todo o lance das drogas e, além disso, quero me certificar de que a gente está bem. A esta altura, ele já deve saber que o bebê é meu.

Mando uma mensagem. Conhecendo o King, ele vai demorar um pouco para me ligar de volta. Então me estiro no sofá e me cubro com a manta da minha mãe. Assim que começo a cair no sono, o telefone toca.

Não tenho um minuto de descanso. Pego o telefone de cima da mesinha.

— Alô?

— Alô! — diz uma voz automatizada. — Você tem uma ligação a cobrar de...

— Adonis. — A voz dele interrompe.

Eu me sento. Meu pai nunca liga de manhã. Só no início da noite, quando minha mãe está em casa. Algo está errado. Aperto o número 1 para atender a ligação.

— Pai?

— E aí, Mav Man! — A voz dele está sempre tranquila quando fala comigo, como se estivesse numa viagem de negócios e não na prisão. — Que porcaria sua mãe tá cozinhando hoje?

Dou risada. Meu pai jura que cozinha melhor do que minha mãe. Até cozinha, pra falar a verdade. Os biscoitos dele são tão lendários que até sonho com eles.

— Agora de manhã, nada. Você tá bem? Por que tá ligando tão cedo?

— Tá tudo bem. Consegui um tempinho de ligação e resolvi aproveitar. A Faye tá aí?

— Não, acabou de sair pra trabalhar.

— Droga, eu devia ter imaginado. Como ela está? Não tá trabalhando demais, né?

— Ela tá bem. Você sabe, ela folga nos fins de semana agora. Moe a convenceu.

— Moe. — A forma como meu pai diz o nome dela é meio inquietante. Nunca se conheceram. Minha mãe e Moe só ficaram amigas um ou dois anos depois que ele tinha sido preso. — Acho que fico feliz que alguém tenha convencido a Faye a tirar umas folgas. Mas e você, como tá? Fez o que no fim de semana?

Da última vez que nos falamos, eu estava esperando os resultados do teste de DNA. Disse para o meu pai que o bebê não era meu, e ele acreditou na minha palavra, como sempre. Agora preciso contar que ele é avô.

— Hm... — É difícil contar assim, do nada. — Fiquei cuidando do meu filho.

A ligação fica silenciosa. Ele não desligou... dá para ouvir vozes ao fundo.

— Caramba. Bom, as coisas são como são. Como você tá levando?

Esfrego os olhos. Não sei se estão ardendo porque estou cansado ou porque estou aliviado de não levar uma bronca do meu pai. Nem seria mesmo do feitio dele. Quando minha mãe fica irritada, sempre posso contar com ele para me ouvir.

— Não sei como tô levando. Ele chora o tempo inteiro, quase não dorme, sempre precisa que troque a fralda ou dê mamadeira. É muita coisa, pai. Tô destruído e só fiquei com ele um fim de semana.

— Ah, sim, eu me lembro dessa época. Ele já fez xixi na sua cara?

— Caaara — resmungo enquanto meu pai ri. — Algumas vezes.

— Boa. É a revanche por todas as vezes que você fez xixi na *minha* cara. Você vai ficar bem, Mav Man. Precisa encontrar seu ritmo. Não se engane, não vai ser fácil. Todo mundo vai ter uma opinião pra dar sobre como você faz as coisas. O que eu sempre te digo? Viver a vida baseado no que as outras pessoas acham...

— Não é viver — completo a frase.

— Isso aí, cacete. Deixa todo mundo falar. O que importa é cuidar dos seus, morou?

— Entendi.

— Caramba. Um neto — diz ele, espantado. — Qual é o nome dele?

— Iesha deu o nome de King porque achou que ele era o pai.

— Ah, não, irmão. Você precisa mudar isso. Zeke batizou King com esse nome pelo título. Não tenho nada contra isso ou contra seu amigo, mas seu filho precisa ter algo dele mesmo. Um nome com significado. Eu pensei muito bem no seu quando escolhi. Maverick Malcolm Carter.

Maverick significa "pensador independente". Malcolm é por causa de Malcolm X. Acho que meu pai queria de cara que eu fosse um líder.

— Não dê um nome qualquer ao seu filho. Dê um nome que diga para ele quem ele é e quem pode ser. O mundo já vai tentar fazer isso o tempo todo.

Caramba, tenho que pensar direito sobre isso.

— É, tá certo.

— Se eu tivesse em casa, ia ser o avô mais tranquilo que você já viu. Ia ficar brincando de cavalinho com meu garotinho. Olha, coloque o garoto pra torcer pros Lakers o mais rápido possível.

Meu pai é obcecado pelos Lakers. Antigamente, venerava Magic e Kareem. Ele se certificou de que eu torcesse junto.

— Com certeza. Vou comprar uma camiseta pra ele logo, logo.

— É disso que eu tô falando. Eles estão planejando algo especial, posso sentir. Esse garoto, o Kobe, vai ser um fenômeno. Pode anotar o que tô falando.

Por um momento, somos apenas pai e filho falando sobre basquete. Nem parece que meu pai está a um mundo de distância.

— Você acha que a gente vai ganhar o campeonato?

— Alguns campeonatos. Kobe e Shaq vão jogar muita bola juntos, sem dúvida. Como tão as coisas no Garden?

— Calmas demais ultimamente. Sem brigas nem nada. Os Garden Disciples não tão provocando.

— Boa. E Shawn e Dre andam cuidando de você?

Acho que Shawn diria que foi o que ele fez aquele dia.

— Andam, sim. Às vezes até demais.

— Não existe isso. Fique feliz de ter alguém com quem você pode contar. Pode não ter essa sorte sempre.

Tenho a impressão de que Dre sempre vai me encher o saco.

— É isso, meu tempo acabou. Não esquece de dizer pra Faye que eu te dei uma bela bronca por causa dessa história de bebê, beleza? — brinca meu pai.

Dou risada. Ela vai saber que estou mentindo.

— Beleza. A gente vê você em breve.

— Tô ansioso para isso — diz, e posso ouvir o sorriso. — Amo você, Mav Man.

— Também te amo, pai.

Desligo, e meu pai volta a estar a um mundo de distância.

A campainha toca. Levanto bem rápido porque não quero que o barulho acorde Li'l Man. Primeiro dou uma olhada pela janela, como minha mãe faz. É o King.

Eu o cumprimento batendo na palma da mão dele.

— Caramba, meu chapa. Não achei que você fosse aparecer aqui.

Ele passa por mim e entra.

— Telefone é perda de tempo. Tava aqui perto com um cliente e decidi vir. O que tá rolando?

O que não está rolando? Parte de mim não sabe como começar a conversa. Ponho as mãos nos bolsos.

— Iesha já falou com você?

King se esparrama no sofá e coloca os pés em cima da mesa. *Mi casa, su casa.*

— É, ela me contou. Cadê o seu Sega? Quero jogar Mortal Kombat.

— Cara, olha só, desculpa, tá bem? Eu tinha certeza de que o Li'l Man era seu.

— Eu te falei que merdas acontecem. Tá tudo certo.

— Tem certeza? Você colocou seu nome no garoto. Entendo que você possa se sentir...

— Meu Deus, Mav! Parece uma mulher falando. Relaxa. Não vou me estressar por causa daquela garota nem do filho dela. — Ele encontra o controle do meu Sega Genesis entre as almofadas do sofá. — É menos uma coisa para eu me preocupar.

— Beleza. Desde que esteja tudo bem entre a gente.

— Sempre, irmão — diz ele, e levanta a palma da mão.

Eu o cumprimento.

— Menos quando você torce pra aquele time bosta dos Cowboys.

— Sai para lá com esse ódio — diz King, rindo. — Até parece que os Saints fazem alguma coisa. Meus Cowboys vão acabar com eles, assim como vou acabar com você agora.

— Até parece. Preciso falar com você sobre outra coisa.

King assopra o cartucho do Mortal Kombat para o caso de não funcionar direito, e insere no Sega Genesis.

— O que foi?

Antes que eu consiga falar, Li'l Man começa a berrar no quarto.

— Merda. Espera aí.

Minha mãe diz que um dia vou conseguir decifrar cada tipo de choro. Mas hoje ainda não é esse dia. Disse que a primeira coisa a se fazer é checar a fralda. Está limpa, então ele deve querer mamadeira. Ela deixou algumas prontas antes de ir para o trabalho. Acha que eu coloco fórmula demais. Para alguém que afirma que o bebê é *minha* responsabilidade, até que ela está ajudando muito. Não que eu esteja reclamando. Corro para a cozinha, pego a mamadeira na geladeira e vou tirar o Li'l Man do berço.

Não é fácil alimentar um bebê chorando. É como se ele estivesse com tanta fome que está irado, tão irado que se contorce como se não quisesse me deixar segurá-lo.

— Calma, camaradinha — digo. Não sei como colocar a mamadeira na sua boca.

No começo ele não pega e fico prestes a ligar para o trabalho da minha mãe.

Finalmente, ele começa a beber.

— Cara — Solto um suspiro. — Você gosta de me deixar estressado, hein?

Ando com cuidado até a sala e me sento no sofá com ele no colo. King está jogando Sega, sem tirar os olhos da TV.

— Iesha deixou com você?

— É. Disse que precisava de um tempo.

— Ah... — É só o que King diz a princípio. Depois continua — Tem que dar assim que acordar, senão ele começa a espernear.

— O quê?

— De vez em quando, eu ajudava Iesha com ele.

— Entendi.

Ficamos em silêncio por um momento.

King olha para mim e para Li'l Man.

— É. Ele parece com você.

King pode repetir o quanto quiser que está tudo bem, mas seu olhar diz outra coisa.

— Cara, eu sinto muito.

Ele volta a olhar para a TV.

— Já falei, estou de boa. Pelo menos com você ele tem uma família, sabe?

— King, cara...

— Você disse que queria falar comigo sobre outra coisa?

Odeio essa situação, de verdade. Limpo a garganta.

— É, hm... Não posso mais traficar com você.

Ele parece não acreditar no que está ouvindo.

— O quê? Por quê?

— Dre descobriu o que a gente tá fazendo.

King dá um pulo do sofá.

— Que porra é essa? Você contou pra ele?

— Não! Não faria isso. Dre descobriu sozinho e tem certeza de que você tá envolvido. Quer que eu largue tudo.

— Deixa só eu adivinhar, ele quer que você só venda maconha pra ele e pro Shawn e continue ganhando uma miséria.

— Não, cara. Quer que eu largue o tráfico de vez mesmo. Disse que se eu não largar, vai te dedurar pro Shawn.

— E daí? Não acredito que você vai deixar o Dre te dobrar assim.

— Eu tava tentando proteger você!

— Não preciso que ninguém me proteja. Eu só preciso do dinheiro. Você não?

A discussão deixa o Li'l Man irritado. Eu o embalo um pouco.

— É óbvio que preciso, mas não quero me meter em confusão. Dre ameaçou contar para os meus pais, King.

— Então você vai me deixar na mão?

— Cara, você sabe que não é assim. Tô dizendo que talvez você devesse pensar em parar...

— Porra nenhuma. Mav, a gente pode dar um jeito de continuar se se trabalharmos juntos. Vai mesmo deixar o Dre e aqueles caras te impedirem de ganhar dinheiro?

Não é com Dre que estou preocupado. Se minha mãe descobrir que estou vendendo drogas, ela me mata.

— Foi mal, King. Eu tô fora.

Ele olha para o teto, como se estivesse xingando.

— Beleza, cara. Você faz o que quiser, mas eu não vou largar. Eles podem vir atrás de mim, não tenho medo.

Juro, King nunca dá a mínima para nada. Acho que eu me preocupo mais com ele do que ele se preocupa consigo mesmo.

— Não vou contar pra eles. Espera aí, vou pegar o meu estoque. Você pode... — começo a dizer, entregando meu filho.

— Tá, eu seguro — responde King.

Eu o coloco nos braços de King. No começo, Li'l Man choraminga um pouco, mas fica quieto quando King o balança. Ele já deve ter feito isso antes.

Vou ao banheiro. Minha mãe me deu a tarefa de limpar o banheiro toda semana, então sou o único que olha embaixo do armário. Eu me agacho e procuro entre os produtos de limpeza. Os frascos ajudam a esconder o espaço entre a parede e o cano, que é do tamanho perfeito para enfiar uma sacola de plástico com drogas.

Volto para a sala e entrego a sacola para King. Ele me devolve o bebê.

— Tá tudo bem entre a gente? — pergunto.

— Tá. Mesmo que você esteja agindo como um otário.

— Idiota. Você conhece minha mãe, né? Tenho motivos pra ter medo.

— É, sei, sei. Falo com você mais tarde. Tenho negócios pra tratar — diz, e olha para o meu filho. — Toma conta dele, beleza?

King estende o punho fechado para mim, e eu o cumprimento. Depois vai embora.

CINCO

Dre passa lá em casa por volta de meio-dia para levar Li'l Man e eu ao mercado.

O carro é rápido pra cacete. É um BMW 94, mas Dre cuida tão bem que parece ser 98 ou 99. Encontrou o carango no ferro-velho e o consertou sozinho. Pintou com tinta Candy, colocou rodas de cinquenta centímetros e instalou um sistema de som na parte de trás. Uau! Não consigo disfarçar: gosto de ser visto nesse carro.

Dre me ajuda a instalar a cadeirinha do bebê, afinal nem eu sei que merda estou fazendo, e saímos para o mercado do sr. Wyatt. É bem pertinho, na Marigold. Dre abaixa os vidros de todas as janelas, inclina o banco para trás e dirige com uma mão só. Balança a cabeça ao som de "1st of tha month", do Bone Thugs-n-Harmony, que toca no rádio.

Estou cansado demais para balançar a cabeça no ritmo da música. Depois de King ter ido embora, coloquei meu filho de volta no berço e tentei tirar uma soneca. Não consegui, não parava de pensar na conversa que tive com ele.

Dre me olha rapidamente.

— Tudo tranquilo, primo?

Encosto a cabeça no banco.

— King apareceu mais cedo. Contei pra ele o que você falou.

— E como foi?

— Como você acha? Ele ficou irritado, mas disse que vai parar.

Menti. Preciso defender meu amigo.

Dre assente.

— Boa. É só isso que tá te incomodando?

— Cara, quando a Andreanna começou a dormir direito?

Ele ri.

— Não vai me dizer que já tá exausto.

— Tô, pra cacete. Não dormi nada esse fim de semana.

— Ossos do ofício, playboy. Agradeça por não ter mais nada pra fazer, tipo ir pra escola. Já contou pra Baixinha sobre o bebê?

Está falando da Lisa. Minha gatinha tem menos de um metro e sessenta, mas joga bola como se tivesse um e oitenta.

Mexo em uma das minhas tranças nagô, perto da raiz. Na semana passada, na varanda da casa dela, eu me sentei entre as pernas de Lisa, e ela trançou meu cabelo. Havia vaga-lumes voando ao redor e cigarras cantando alto. Era exatamente o tipo de paz de que eu precisava.

— Nada. Ainda não consegui ir lá. Não posso contar por telefone.

— Precisa falar ou ela vai ouvir por aí.

— Ninguém vai contar pra ela.

— Beleza então. Adia o quanto quiser. Uma hora vai dar problema.

Ele fala como se fosse fácil. Lisa vai ficar magoada de verdade. Não importa que a gente não estivesse junto quando fiquei com Iesha. O fato é que eu fiquei com Iesha, e ponto final.

— Não estou pronto pra partir o coração dela, Dre.

— Ela vai ficar mais magoada ainda se souber por outra pessoa. Olha só o meu caso. Depois de algumas besteiras que eu fiz, tenho sorte de a Keisha continuar comigo.

Dre está com Keisha desde a sétima série. É difícil imaginar os dois separados.

— Cara, para com isso. Vocês tão um destinado ao outro pra sempre.

Ele ri.

— Espero que você esteja certo. Tô mais do que pronto pra tornar oficial.

— Ainda não acredito que você vai *se casar*. — A palavra parece errada ao sair da minha boca. — Eu amo Lisa, mas não consigo imaginar me comprometer desse jeito com uma garota.

— Você diz isso agora. Um dia, a história vai ser bem diferente. Espera só.

— Não! Eu vou ser pegador pra sempre.

Dre cai na risada.

— É, vamos ver.

Começa a tocar "Hail Mary", do Tupac, no rádio. Essa é minha música. Pac é o melhor de todos. Difícil acreditar que faz quase dois anos desde que ele se foi. Eu me lembro de quando ouvi no rádio o anúncio de que ele havia sido baleado em Vegas. Achei que fosse ficar bem... afinal ele já tinha levado tiros e sobrevivido cinco vezes em Nova York. O cara era invencível. Alguns dias depois, estava morto.

Pelo menos foi o que disseram.

— Ei, você ouviu o que andam dizendo? Pac tá vivo.

Dre ri.

— Sai dessa! Daqui a pouco vai dizer que o mundo acaba no ano 2000.

As pessoas já estão pirando com esse negócio de Bug do Milênio, dizendo que o apocalipse vai acontecer no ano 2000, mas antes de o mundo acabar, a gente precisa sobreviver a 1998.

— Não sei se é verdade. Disseram no rádio que o Pac tá morando em Cuba com uma tia dele chamada Assata. Tava marcado de morte pelo governo — digo.

— Qual é, Mav? Bill Clinton não ia mandar matar o Pac.

Minha mãe diz que Bill Clinton é o mais próximo que teremos de um presidente negro.

— Cara, sei lá. Toda a família do Pac fazia parte dos Panteras Negras e ele falou muitas verdades. O papo é que ele volta em 2003.

— Por que em 2003?

— Sete anos depois da falsa morte. Pac tinha umas ligações com o número sete. Levou o tiro num dia sete. Morreu em sete dias, exatamente sete meses depois do lançamento do álbum *All eyez on me*.

— É coincidência, Mav.

— Escuta o que eu tô falando! Ele morreu às 4:03h da tarde. Quatro mais três dá sete. Nasceu no dia dezesseis. Um mais seis dá sete.

Dre coça o queixo.

— E também tinha 25 anos quando morreu.

— Isso! Dois mais cinco dá sete. E tem o título do último álbum dele, com aquela história de Makaveli.

— *The seven day theory* — diz Dre.

— Exatamente! Tô dizendo, ele planejou tudo.

— Digamos que ele tenha planejado. Por que o número sete?

— Parece que é um número sagrado, não sei — respondo, e dou de ombros. — Vou ter que pesquisar melhor.

— Beleza. Olha, admito que parece ter sido planejado mesmo. Mas o Pac não tá vivo, Mav.

— Você disse que parece ter sido planejado.

— É, mas só covardes fingem a própria morte e se escondem. Pac não era covarde. Não importa se o governo o quisesse morto, ele morreria com honra e glória.

Isso é verdade. Pac era muito destemido. Não se esconderia de ninguém.

— Aí você me pegou.

Dre para no estacionamento. O Mercado Wyatt's é tão antigo quanto o Garden. A vovó costumava mandar minha mãe aqui para fazer as compras quando era criança, na época em que o pai do sr. Wyatt comandava o negócio. Tem de tudo, de legumes frescos a detergente.

Dre me ajuda a montar o carrinho — por que tudo relacionado a bebês precisa ser tão complicado? —, e empurro meu filho em direção à loja. Para um mercado do gueto, o Wyatt's é bem arrumado. O sr. Wyatt faz questão de manter o chão limpo e brilhante, e as prateleiras, organizadas.

Ele está no caixa, colocando as compras de uma senhora na sacola. A sra. Wyatt está bem ao lado dele, conversando com a cliente. Ela se aposentou no ano passado, e desde então está sempre na loja. Menos quando está fazendo as unhas do outro lado da rua. Estão sempre pintadas de rosa.

Seus olhos brilham quando ela nos vê.

— Maverick, você trouxe o bebê!

A sra. Wyatt ama bebês. Ela e o sr. Wyatt faziam acolhimento familiar, então recebiam bebês e crianças o tempo inteiro. Graças a eles, eu sempre tinha alguém com quem brincar.

A sra. Wyatt se inclina sobre o carrinho para olhar.

— Garoto, você não poderia dizer que o menino não é seu nem se quisesse. Ele é a *sua* cara.

— Pois é. Até tem um cabeção parecido com o do Mav — brinca Dre.

— Cara, cala a boca — digo.

A sra. Wyatt ri.

— Seja bonzinho, Andre. — Ela solta um gemido ao pegar Li'l Man no colo. — Meu Deus, você é um garotão. Estão te alimentando direitinho, não é?

— Vim aqui pra comprar mais fórmula — digo.

— Estou vendo o porquê. — A sra. Wyatt sorri para ele, que devolve um sorrisinho banguela. — Faye disse que você tá cuidando dele sozinho hoje. Tudo bem por enquanto?

É óbvio que minha mãe avisou aos Wyatt. São nossos vizinhos mais próximos há tanto tempo que são praticamente da família.

— Sim, senhora. Tô dando conta.

O sr. Wyatt se despede da cliente e vem em nossa direção. Tem um bigode grosso e está sempre usando algum tipo de chapéu. Acho que está ficando careca. Hoje o escolhido é um chapéu de palha.

— Tome cuidado, Shirley. Se você ficar segurando o bebê muito tempo, vai começar a ter vontades — brinca ele.

— E não tem nada de errado nisso. Não é, bebezinho? — Ela dá um beijo na bochecha do Li'l Man.

O sr. Wyatt aperta meu ombro com força.

— Você não tá jogando o trabalho com o bebê pra cima da sua mãe, não é, filho?

— Não, senhor — respondo. Com o sr. Wyatt é sempre "sim, senhor" e "não, senhor". Ele martelou isso na minha cabeça desde que eu era criança. — Eu tô cuidando dele.

— Muito bem. Você fez, você cuida. As aulas da escola estão para recomeçar, né? Você tá pronto? Não vai entregar os pontos por causa do bebê.

— Clarence, deixe o garoto respirar — intervém a sra. Wyatt.

Ele nunca deixa. O sr. Wyatt fica na minha cola. Por mais que me deixe irritado, sei que é porque ele se importa. Eu me lembro do dia em que os policiais levaram meu pai. Minha casa estava um caos completo. Policiais armados por toda parte. Fizeram meus pais se deitarem no chão e um deles me levou para fora. Chorei e implorei para deixarem minha mãe e meu pai livres. Quase me colocaram num carro para me levar a algum lugar. O sr. Wyatt saiu e foi falar com eles. Quando me dei conta, o sr. Wyatt me abraçou e levou para a casa dele. Naquela noite, ele e a sra. Wyatt ficaram comigo até os policiais liberarem a minha mãe.

— Respirar nada. Ele tem responsabilidades agora — responde o sr. Wyatt, sem tirar os olhos de mim. — Precisa tomar conta do bebê, financeiramente. O que pretende fazer em relação a trabalho?

— Ele tá procurando um emprego, na verdade. Sabe se alguém tá contratando, sr. Wyatt? — pergunta Dre.

— Na verdade, eu estou. O Jamal, meu sobrinho, precisou diminuir as horas de trabalho e vai ficar só meio período por causa das aulas na faculdade. Estou procurando alguém pra preencher os outros turnos.

Já estou vendo onde esse papo vai dar e não quero de jeito nenhum. O sr. Wyatt já fica na minha cola sendo meu vizinho, imagina se for meu patrão? Cara, não vou poder fazer nada sem a supervisão dele.

— Não precisa, sr. Wyatt.

— Por quê? Já tem alguma outra coisa em mente?

— Não, senhor, eu... Eu sei que não pode pagar muito.

— Posso pagar o mesmo que qualquer outra empresa pagaria. Qual é o problema?

— Nenhum. Tá ótimo, né, Mav? — interrompe Dre.

Juro que se ele não calar a boca...

— Se está preocupado com a creche, posso ajudar com isso. Não me importo de cuidar do bebê durante o dia — diz a sra. Wyatt.

— Por um preço. Nada por aqui é de graça — completa o sr. Wyatt.

— Clarence! — repreende a sra. Wyatt.

— E não é mesmo! Ele precisa aprender logo.

— Tá tudo bem, sr. Wyatt. O Li'l Man vai voltar pra a mãe dele logo, logo.

Assim espero.

— Se não é a creche nem o pagamento. Então qual é o problema? — insiste o sr. Wyatt

— Não tem problema nenhum. Mav vai aceitar o trabalho — afirma Dre.

Que porr... Vou aceitar droga nenhuma.

O sr. Wyatt cruza os braços.

— Ele tem boca, Andre. Quero ouvir dele. Maverick, você quer o emprego?

Nem a pau.

Por outro lado... Eu preciso *mesmo* de alguma coisa, agora que Dre me obrigou a parar de vender drogas. Não posso deixar todas as contas e mais o gasto com o bebê caírem sobre a minha mãe.

Cacete. Acho que preciso virar homem de verdade.

— Tá, eu aceito.

— Ótimo. Pode começar no mesmo dia que voltar às aulas. Quatro horas depois da escola, o dia inteiro no sábado e o domingo de folga. Jamal vai cuidar das coisas quando você não estiver. Em alguns dias você vai trabalhar aqui na loja. Em outros, no meu quintal. Não vou tolerar bobagens, nem todo esse drama de gangue.

O sr. Wyatt sabe que somos King Lords. É normal por aqui, por mais louco que pareça.

Dre põe o braço ao redor do meu ombro.

— Com ele não vai ter bobagem e nem drama, sr. Wyatt.

Eu me desvencilho desse traidor.

— Vou pegar as coisas — resmungo.

A sra. Wyatt se oferece para ficar com meu filho enquanto faço as compras. Pego o carrinho e saio empurrando com força pelo corredor, tão forte quanto eu queria empurrar Dre. Ele vem atrás de mim.

— Tá tudo bem?

— Óbvio que não — reclamo, e me viro para ele. Estamos longe o suficiente para Wyatt não ouvir. — Sabe no que você acabou de me meter?

— Irmão, é um emprego! Um emprego do qual você *precisa*. Desde que faça o que tiver que fazer, vai ficar tudo bem. Além disso, o sr. Wyatt não é tão ruim assim.

— Quem disse?

— Podia ser pior. Podia trabalhar para o sr. Lewis.

Isso é verdade. O sr. Lewis é o barbeiro que fica ao lado, e o cara é a definição de um pé no saco.

— Você disse que queria ajudar a tia Faye. Esse é um bom jeito de fazer isso. Homens fazem o que têm que fazer, e tá na hora de virar homem de verdade, lembra? — diz Dre.

Odeio quando esse idiota está certo.

— Sim, eu lembro.

Ele levanta a palma da mão aberta e dou um soquinho, em forma de cumprimento.

— Bora pegar as compras, começando pela pasta de dentes. Porque você tá com um bafo de onça! — brinca Dre.

Levanto o dedo para ele, que sai gargalhando pelo corredor.

Pego tudo que estava na lista da minha mãe. Vou gastar todo o dinheiro que sobrou depois que comprei o colar para Lisa. Pergunto ao sr. Wyatt se tenho desconto de funcionário, e ele me olha como se tivesse falado outra língua. Não tem desconto.

Dre empurra o carrinho de compras para a porta e eu, o carrinho do bebê. A sra. Wyatt deve ter feito alguma mágica, porque Li'l Man está apagado. Estou quase implorando para ela ir colocá-lo para dormir à noite.

Antes que Dre abra a porta da loja, alguém do outro lado abre. Fico paralisado.

É Tammy, a melhor amiga da Lisa.

Srta. Rosalie, a mãe dela, vem logo atrás, e abre um sorriso.

— Oi, Maverick! Oi, Dre! Como vocês...

Ela repara no carrinho e no bebê dormindo, e arregala os olhos. Os olhos de Tammy já estão enormes.

Dre disse que daria problema se eu não contasse para Lisa. Parece que o problema chegou.

Limpo a garganta.

— A gente tá bem, srta. Rosalie. E vocês?

As duas se entreolham e posso jurar que estão se falando mesmo sem dizer uma palavra.

— Estamos bem, querido. A gente veio comprar umas coisinhas — responde srta. Rosalie.

Tammy está me encarando como se fosse a porra de uma detetive.

— De quem é o bebê?

Ai, merda.

— Ah, a gente precisa ir embora — diz Dre, tentando me salvar. — Um bom-dia para vocês.

— Vocês também — responde a srta. Rosalie.

Tammy solta um som de reprovação, como se estivesse sugando algo entre os dentes. Nem preciso dizer que o bebê é meu. Ela sabe.

Saio pela porta, atrás de Dre, com o coração acelerado. Parece uma bomba-relógio. A questão não é *se* a Tammy vai contar para Lisa, e sim *quando*. E quando acontecer...

A merda vai estourar.

Preciso falar com a Lisa. Agora.

SEIS

Dre concorda em me deixar na casa de Lisa. Vai dar umas voltas de carro com Li'l Man porque, pelo que dizem, isso ajuda a dar sono nos bebês. O tempo da soneca do meu filho é basicamente o tempo que tenho para partir o coração de Lisa.

Estacionamos na frente da casa cor de pêssego com uma cerca em volta. Lisa mora em uma das casas mais maneiras da região oeste. A mãe dela deixa o jardim sempre aparadinho. Se você tentar pisar na grama, ela te expulsa sob xingamentos. Provavelmente foi por isso que instalou a cerca. Diz que é para manter os "adolescentes abusados" longe. Disse isso olhando para mim.

O carro dela não está na garagem. Mas a lata-velha do Carlos sim, infelizmente. Não importa, preciso fazer isso. Subo os degraus da varanda e toco a campainha.

Carlos atende e se apoia no batente da porta. Ele é mais alto e mais forte do que eu, acho que levanta pesos com frequência. Fazia parte da equipe de luta da escola. O que não me assusta. Se for preciso, eu acabo com ele.

Ele cruza os braços.

— Posso ajudar? — pergunta, de forma seca.

Lá vamos nós.

— A Lisa tá em casa?

— Talvez.

— Pode dizer pra ela que eu tô aqui?

— Talvez.

Esse babaca me irrita.

— Olha, Carlton — começo, porque apesar da altura e dos músculos, ele é a cara do Carlton de "Um maluco no pedaço". — Vai chamar a Lisa.

— Olha, ele fez uma piadinha. Tenho uma pra você. Vai tomar no...

— Car-los! — repreende Lisa, e o empurra para o lado. Ela me puxa para dentro de casa. — Você sempre provoca!

— Com licença, pra onde você tá levando esse cara? — pergunta Carlos.

— Pro meu quarto.

— De jeito nenhum.

Lisa dá um fora gigantesco nele.

— Desculpa, não sabia que você era o meu pai.

— Eu vou...

— Vai voltar a assistir seu filme e parar de se meter na minha vida. Ok? Ok.

Dou um sorrisinho para Carlos enquanto ela me conduz pelo corredor. A casa cheira a flores e o visual combina com o aroma, com o papel de parede florido que a mãe de Lisa colocou. Lisa me leva para o quarto e fecha a porta, como se estivesse desafiando Carlos a dizer alguma coisa.

Eu dou uma risada.

— Ele tava te irritando?

— Como sempre.

Ponho as mãos nos quadris de Lisa. É difícil identificar a silhueta sob a camiseta de futebol que ela está vestindo — grande demais e que cobre o shortinho que está por baixo. Ela fica na ponta dos pés e me beija, e eu me esqueço do que ia dizer.

Até que lembro de Tammy e me afasto de Lisa.

Ela franze as sobrancelhas.

— Qual é o problema?

— Seu irmão pode ouvir. Não quero que ele escute a gente.

— É, talvez — diz ela, e se deita na cama. — Então, você não tá mais de castigo?

Afasto a boneca de pelúcia da Hello Kitty e me sento ao lado de Lisa. Ela adora essa gata. Tem um monte de réplicas espalhadas pelo quarto inteiro, junto com pôsteres do Usher e do Ginuwine, as paixonites dela. Queria que Lisa tirasse essas merdas da parede, de verdade.

— É. Desculpa por a gente não ter se encontrado.

— Tudo bem. A Tammy veio aqui e refez minhas tranças. Meus horários vão ser uma loucura, não quero precisar fazer o cabelo toda semana.

Eu me deito ao lado dela. Sei que preciso contar a verdade, mas neste momento só quero ouvir sobre as coisas normais da vida normal.

— Por que seus horários vão ser uma loucura?

— Além do basquete, vou ter o jornal da escola e o comitê do anuário. Minha mãe acha que vai pegar bem nas inscrições pras faculdades mostrar que sou mais do que uma atleta. E ir pra faculdade significa finalmente sair dessa casa, então tô topando tudo. Espero que algumas realmente me aceitem.

— Não se preocupe. Todas as faculdades vão amar você como eu amo — digo, e dou um beijo na sua bochecha.

— Você sempre sabe o que dizer.

Ela passa os dedos pelas minhas tranças. O movimento me faz pensar nas coisas que poderíamos fazer se Carlos não estivesse em casa. Acabo não ouvindo o que ela diz.

— Quê?

— Eu disse que você devia participar de algum clube na sua escola. Ia pegar bem nas suas inscrições.

— Hm... Talvez a faculdade não seja pra mim, Lisa.

— Já disse, você não precisa de notas perfeitas pra entrar na faculdade, Mav. Muita gente entra com vários Bs e Cs no boletim. Consigo imaginar você entrando numa fraternidade e se dedicando tanto quanto se dedica aos King Lords.

Fico impressionado com o fato de ela ver uma versão de mim que a maioria das pessoas não vê. Realmente consegue me imaginar na faculdade. Às vezes, é difícil, até para mim, imaginar isso. Especialmente agora.

Eu me sento.

— Qual é o problema? — pergunta Lisa.

Estou imaginando a vida dela. Vai ser uma das garotas mais populares da faculdade e frequentar todas as festas. Vai dar um jeito de continuar tirando boas notas e trilhar seu caminho para se tornar uma pediatra. Algum garoto da faculdade vai conquistá-la. Ela vai se casar e viver em uma mansão enorme, com uns dois filhos. Vou me tornar uma memória distante, de quando ela era adolescente.

Lisa se senta.

— Maverick, sério, qual é o problema?

Preciso de um pouquinho mais de tempo com ela. Eu beijo o seu pescoço e depois subo para os lábios.

Ela se afasta.

— Maverick.

Eu me levanto e fecho as mãos no topo da cabeça. Que inferno! Preciso contar.

— Quero que você lembre que eu te amo, tá bem? Quando eu fiz o que fiz, não estava pensando direito.

— Tá... bem — responde Lisa, devagar. — O que você fez?

— Sabe quando a gente terminou porque Carlos achou que me viu com uma garota?

— Lembro?

— Bom, eu tava estressado. Fui na casa do King pra esfriar a cabeça e... Ele arranjou pra eu ficar com a Iesha uma vez.

— Arranjou pra ficar...? — Os olhos dela se arregalam. — Você transou com ela?

— Lisa... — Tento pegar a mão dela, que vai para o outro lado do quarto. — Foi só uma vez. Eu e você, a gente não estava junto.

— A gente só ficou separado por duas semanas! Que porra é essa, Maverick?

— Eu sei, eu sei. Desculpa, tá bem? Não fiquei com ela nem com mais ninguém desde aquela vez.

Lisa abraça o próprio corpo com força, como se tentasse manter o restante do mundo longe.

— Por que você tá me contando isso agora?

Sua voz está tão fraca que dói.

Preciso contar.

— Iesha teve um bebê três meses atrás.

— Você só pode estar brincando.

— A gente... fez um teste de DNA.

— Ai, meu Deus. — Ela leva a mão à testa. — Ai, meu Deus...

— O bebê é meu.

— Ai, meu Deus. — Lisa desaba no chão. Olha para mim. — Você tem um bebê?

Vire homem de verdade, digo a mim mesmo.

— Sim, eu tenho um filho.

— Você mentiu pra mim.

— Eu não menti...

— Mentiu, sim! Faz semanas que eu te pergunto o que tá acontecendo! Você sempre disse "nada". Foi fazer a porra de um teste de DNA, e isso é "nada"?

— Não queria que você ficasse preocupada! Achei que o bebê era do King.

— Meu Deus, isso explica taaanta coisa. Toda vez que cruzo com a Iesha e as amigas dela, elas riem de mim. A Tammy disse que eu tava imaginando coisas. Mas eu tava certa, né? Elas estavam rindo porque você me enganou!

— Eu não te enganei!

— Todo mundo sabia que você transou com outra garota, menos eu!

— Nem todo mundo sabia.

— Iesha sabia! As amigas dela sabiam! King sabia! Aposto que Dre sabia, não é?

Não posso negar, porque eles sabiam.

— Quer saber? — murmura Lisa. — Talvez a minha mãe e o meu irmão estejam certos sobre você.

— Quê?

Lisa olha para mim com uma expressão vazia. Seus olhos estão cheios de lágrimas.

— Sai daqui.

— Lisa...

— Sai daqui! — grita.

A porta se abre e Carlos entra correndo.

— Ela disse pra você ir embora!

— Cara, cuida da sua vida!

— Ela *é* a minha vida.

— Carlos, para — diz Lisa, com calma. — Ele não vale a pena.

As palavras me atingem como um tiro. É a pior coisa que ela já disse sobre mim.

Carlos me olha e dá um sorrisinho. Finalmente conseguiu o que queria.

— Você ouviu o que ela disse. Vai embora.

Lisa seca as lágrimas das bochechas. Queria que eu mesmo pudesse secar. Mais do que tudo, queria dar uma surra em mim mesmo por fazê-la chorar.

Mas, em vez disso, faço o que ela pediu. Vou embora.

SETE

Faz dois dias e nada de Lisa falar comigo.
Três dias.
Uma semana.
Duas semanas inteiras, e é como se eu não existisse para ela.
Desta vez é diferente. Quando está com raiva, Lisa normalmente desliga o telefone quando eu ligo. Mas agora ela bloqueou o meu número. Um dia desses, fui à casa dela na esperança de que já estivesse mais calma. O carro da mãe não estava na garagem, nem o de Carlos. Ouvi a TV ligada e sei que vi o vulto de Lisa pela janela. Mas não importava quantas vezes eu tocasse a campainha, ela não atendia.

Essa parada dói, cara. Estou magoado a ponto de ouvir R&B triste o dia inteiro. Meu CD do Boyz II Men toca sem parar. Lisa era a minha melhor amiga. A única pessoa que sempre conseguia me fazer sorrir, e a quem eu queria fazer sorrir. Pode me chamar de sentimental, eu não ligo. Pensar em não ter Lisa na minha vida é demais para mim.

Minha mãe diz que ando de um lado para o outro como um cachorro abandonado. Dá para ver que ela está triste por mim. Só o que diz é: "Você fez a besteira, agora encare as consequências".

E as consequências não são poucas... nem fáceis de encarar. Iesha ainda não veio buscar o nosso filho. Conversamos duas vezes, e em ambas ela me pediu para ficar com ele por um pouco mais de tempo. Mas nunca disse quanto era esse "pouco mais".

Nesse meio-tempo, Li'l Man tem me deixado exausto. E cuidar dele não é nada barato. Preciso comprar fraldas, lenços umedecidos e fórmula o tempo inteiro, e meu dinheiro é ridículo agora que estou fora do esquema. Minha mãe pediu para a companhia de eletricidade um prazo maior para o pagamento das contas, para a gente conseguir comprar um trocador. Anda falando sobre trabalhar no hotel aos fins de semana, assim as coisas não ficarem muito apertadas. Dre também ajuda bastante. Às vezes, vem e olha o meu filho mais ou menos por uma hora para eu poder dormir, e compra roupas para ele que eu não teria como bancar.

Espero de verdade que esse trabalho com o sr. Wyatt ajude. Hoje vai ser o meu primeiro dia de aula e o meu primeiro dia de trabalho. Apesar de não estar ansioso para trabalhar, não fico tão animado com o início das aulas desde o ensino fundamental. Finalmente vou sair dessa casa. Além disso, vou encontrar meus parceiros. Faz duas semanas que não vejo nenhum deles. Devem estar ocupados, não estou reclamando. E também não é como se eu tivesse tempo para sair. Mas hoje só vou encontrar o Rico e o Junie. King foi expulso do Garden High no ano passado.

Eu devia estar descansando para enfrentar o longo dia que teria pela frente, mas o Li'l Man acorda berrando por voltas das duas horas da manhã.

Quase morri de susto. Primeiro, dou uma olhada na fralda, que está limpa. E não pode ser fome, porque faz pouco tempo que dei a mamadeira. Não tenho mais ideia do que seja, então eu o levo para o quarto da minha mãe.

Estou surpreso que ele não a tenha acordado. Mas, pensando bem, acho que minha mãe conseguiria dormir até em meio a um bombardeio. Só se vê a touca dela para fora dos vários cobertores. No verão, coloca o ar-condicionado no máximo só para dormir embaixo de um monte de cobertas.

Eu cutuco o ombro dela.

— Mãe, acorda.

— Que foi, Maverick? — balbucia.

— O Li'l Man não para de chorar.

Ela afasta as cobertas e olha para a gente. Meu filho chora e abocanha a própria mão. Tem baba e lágrimas escorrendo pelo rosto.

— Os dentes dele tão crescendo — explica.

— Como você sabe?

— Acredite, eu sei. — Ela toca a testa dele. — Não está com febre. Provavelmente a gengiva está incomodando. Dê a ele um daqueles mordedores que eu comprei. Vai acalmar.

— E se ele não acalmar? Tenho aula de manhã, mãe. Tô tentando dormir.

O olhar que minha mãe lança para mim... Cara, ela me xinga só com os olhos.

— Devia ter pensado nisso antes de transar com aquela garota.

Ela se vira.

— Mãe...

— Tome conta do seu filho, Maverick.

Tudo bem, então. Eu o levo para o meu quarto e pego o mordedor.

— Vamos lá, cara — murmuro, colocando o objeto na sua boca. — Morde isso aqui, tá bem? Vai te ajudar a se sentir melhor.

Ele continua chorando. Eu me sento na cama e o embalo. Falo com ele naquele tom de voz sussurrado que minha mãe faz, e digo que vai ficar tudo bem. Minutos e minutos se passam, mas aquela carinha negra continua contorcida e cheia de lágrimas, e aquela boquinha não para de berrar.

— Por favor, cara... — Minha voz falha. Só quero dormir. — Eu tô cansado. Por favor, fica calmo.

Ele chora mais alto ainda.

— Qual é o seu problema?! Pega o mordedor logo! — choro.

Eu não devia perder o controle, mas não sei.

Não sei.

Não sei.

Não sei que merda tô fazendo.

Não consigo fazê-lo parar de chorar.

Não consigo dormir.

Não consigo fazer isso.

Quando o coloco no berço e saio do quarto, Li'l Man berra com toda a força dos pulmões.

Vou para o corredor.

Depois para a sala.

E saio pela porta.

Fico na varanda. Está tão calmo e silencioso aqui fora, totalmente diferente do meu quarto. Eu me sento na escada e enterro o rosto nas mãos. Qual é o meu problema? Não consigo fazer um bebezinho daquele tamanho parar de chorar. Além disso, o abandonei lá sozinho quando ele mais precisava de mim.

Ele precisa demais. Não quero mais que ninguém precise de mim.

Estou cansado. Quero dormir. E agora estou chorando feito um bebê, como se já não tivesse um bebê chorando por mim.

Não sei quanto tempo faz que estou sentado quando ouço o barulho da porta se abrindo.

Minha mãe se aproxima, fazendo carinho no meu ombro.

Tento engolir o choro.

— Desculpa.

— Todos os pais têm momentos difíceis — diz ela, com um tom suave. — Eu o acalmei e coloquei pra dormir. Vá descansar um pouco, querido.

De algum jeito, ainda sou o bebê dela.

Eu me arrasto de volta para o quarto. Sinto que acabei de me deitar e fechar os olhos quando já é hora de levantar e ir para escola. Meu corpo dói, estou muito cansado.

Dou uma olhada no Li'l Man, que está no berço dormindo tranquilo enquanto chupa a chupeta. Espero que não tenha percebido que o deixei sozinho. Eu o amo, juro que amo, mas é muita coisa para lidar, cara.

Eu me inclino sobre o berço e beijo sua testa.

— Desculpa.

Enquanto ele dorme, passo minhas roupas. Calça jeans Girbaud e camisa polo vermelha para combinar com o tênis Reebok branco.

Vou ter que usar uma bandana durag para cobrir minhas tranças. Lisa daria uma bronca em mim se visse meu cabelo assim, todo cheio de frizz. Ela me diria para passar na casa dela depois da aula para trançar novamente, e eu daria um sorrisinho malicioso e diria que estava ansioso por aquele momento.

Estou destruído por causa dessa situação com ela.

Li'l Man ainda está dormindo, então vou conseguir comer. Sirvo uma tigela de cereal e assisto um pouco de TV. Talvez essas reprises de *Martin* me ajudem a acordar. Minha mãe está na porta da sala, passando manteiga de cacau nos braços. Nunca sai de casa com a pele ressecada.

— Sei que você deve estar exausto, mas precisa enfrentar o dia de hoje, Maverick. O primeiro dia de aula dá o tom do resto do ano.

Então o resto do ano não vai ser nada bom. Respondo apenas:

— Sim, senhora.

— Vê se não vai pra escola com a calça caída. Ninguém quer ver suas cuecas. Nem eu que sou a pessoa que as lava quero ver.

Ela sempre diz isso e eu sempre a espero sair para abaixar a calça de novo.

— Sim, senhora.

— Não se atrase pro seu primeiro dia de trabalho. O sr. Wyatt foi muito gentil por te dar esse emprego, mostre que você está grato estando sempre a postos.

— Eita, mãe, não precisa de sermão.

Ela põe a mão no quadril e inclina a cabeça para o lado, o que significa *cale a boca*. Então obedeço.

— Como eu estava dizendo, esteja sempre de prontidão. Faça tudo o que ele pedir. Arrumou todas as coisas do Bonitinho pra sra. Wyatt?

Aceitei a oferta da sra. Wyatt para ficar com ele. Era ela ou a creche mais próxima, e eles cobram bem mais.

— Sim, senhora. Arrumei a bolsa de fraldas ontem à noite.

— Muito bem. Vê se consegue falar com a Iesha na escola. Algumas conversas são melhores cara a cara, e você obviamente precisa de ajuda.

Fico olhando meu Froot Loops boiando no leite. Sei exatamente aonde ela quer chegar.

— Desculpa por ontem à noite, mãe.

— Eu disse, Maverick, todos os pais têm momentos difíceis. Pelo menos agora você tem alguma ideia do que Iesha sentiu. Você está com ele faz só duas semanas. Ela cuidou dele sozinha durante três meses.

Faço que sim com a cabeça. Entendo completamente por que Iesha precisa de um tempo.

— Vocês também precisam pensar num nome novo pro bebê, já que não quer manter o King. A gente não pode chamá-lo de Bonitinho e de Li'l Man pra sempre.

— Eu sei. Tenho uma ideia pro nome.

— Ah, verdade? Qual?

— Vai parecer idiota...

— Se você pensou de verdade sobre isso, não é idiota. Manda.

Pensei muito. Depois de conversar com o Dre sobre a teoria do Tupac, comecei a ler sobre o significado do número sete. É, o momento em que você fica acordado no meio da madrugada dando mamadeira para um bebê é ótimo para pegar um livro. Li que o sete representa a perfeição, que está acima de tudo. Aquilo me deu uma ideia louca.

— Acho que quero chamá-lo de Seven.

Minha mãe franze a testa.

— Você quer batizá-lo com um *número*?

— Tá vendo? Você achou idiota.

— Não disse que é idiota, Maverick, calma. Só preciso entender como você tomou essa decisão.

— Ah. Bom, sete é considerado um número sagrado, o número da perfeição. Pensei em colocar "Maverick" como segundo nome. Todo mundo diz que ele parece comigo. Já que é assim, quero que ele seja uma versão melhor de mim. O Maverick Carter perfeito.

— A ideia não é nada idiota — observa minha mãe, com um sorriso. — Mas ainda precisa conversar com a Iesha.

— Eu vou.

Li'l Man começa a chorar no meu quarto.

— Alguém acordou — diz minha mãe.

Solto um suspiro. Sempre tem alguma coisa.

— Provavelmente ele quer a mamadeira.

Já está pronta. Também arrumei a bolsa de fraldas e deixei a roupa separada, incluindo o pisante, um Nike Air Force 1, que Dre comprou para ele. Li'l Man vai ficar bonitão igual ao pai.

O que não é nada bonito é o cheiro que invade minhas narinas assim que entro no quarto. Cubro o nariz.

— Que porra é essa?

— Olha a boca! — grita minha mãe, do fim do corredor.

Se tivesse sentido o mesmo cheiro que eu, ela xingaria também. Ando devagar até o berço, e Li'l Man está se contorcendo. O cheiro vem direto da fralda dele.

— Mãe! Vem cá!

— O que foi, Mav... — Ela sente o cheiro. Cobre o nariz. — Parece que você tem um problema.

— Você não vai me ajudar?

— Você não precisa da minha ajuda pra trocar fralda.

Esta não é uma fralda normal.

— Mãe...

Ela vai para o quarto dela.

— Você dá conta, Maverick.

O estilo durona da minha mãe é difícil.

Pego meu filho no colo e juro que quase o deixo cair. O que está na fralda não fica na fralda. Suja minha blusa polo, minha calça jeans e meus Reeboks.

— Que merda, cara! Que merda!

Li'l Man chora mais ainda. Não consigo dizer a ele que vai ficar tudo bem porque quero chorar também.

— Mãe!

— Maverick, dá um jeito! Eu preciso ir pro trabalho!

— E eu preciso ir pra escola!

— Então é melhor se apressar.

Caramba, cara. Limpo meu filho e dou banho nele. Depois do que vi, nunca mais quero trocar uma fralda na vida. Visto umas roupas amassadas. Coloco meus tênis Jordan novos, para pelo menos os sapatos ficarem estilosos. Minha mãe sai para o trabalho. Ponho Li'l Man na cadeirinha, pego a mochila e a bolsa de fraldas, tranco a porta e corro para a casa ao lado.

A sra. Wyatt está esperando na varanda. Ri quando me vê.

— Manhã difícil?

Entrego a bolsa e a cadeirinha.

— Pois é. Acho que os dentes tão crescendo. E aconteceu um acidente agora há pouco. Coloquei umas fraldas, uns lenços e as roupas na bolsa. Não tive tempo de dar a mamadeira...

Ela põe a cadeirinha no chão e pega o Li'l Man no colo.

— Eu assumo daqui em diante, querido. Corra para a escola.

Fico paralisado. Não ficamos separados desde que Iesha o deixou comigo. Já me sinto um merda por tê-lo largado ontem à noite. E se ele achar que eu o estou abandonando como a mãe fez?

— Ele vai ficar bem, Maverick — diz sra. Wyatt.

— Tudo bem — digo a ela e a mim mesmo. O garoto me deixa desnorteado. Dou um beijo em sua testa. — Papai te ama, cara. Vejo você mais tarde.

A sra. Wyatt levanta a mão dele para me dar um tchauzinho. Quando chego à esquina, eles já entraram em casa.

Por mais difícil que seja deixá-lo, uma sensação de alívio me inunda. Nas próximas horas, não vou precisar trocar fralda nem preparar mamadeira. Não vou precisar desvendar o motivo pelo qual um bebezinho está chorando pela centésima vez.

Estou livre.

Levo uns quinze minutos para chegar à escola. A casa da tia Nita e do tio Ray fica no caminho. Dre está lavando o carro na entrada da garagem enquanto seu pitbull, Blu, está deitado na grama, olhando. Faz alguns anos que Dre tem esse cachorro. No bairro, há alguns donos de pitbull que gostam de colocar seus cães em rinhas por dinheiro. Dre não gosta. Trata Blu do mesmo jeito que trata Andreanna.

Tenho tempo suficiente para dar uma passada rápida. Blu nota minha aproximação antes de Dre. Late e tenta se soltar da corrente. Quando chego perto, pula em mim.

— E aí, primo? — cumprimento.

Dre limpa as janelas com um pano.

— E aí? Pronto pro primeiro dia de aula?

— Acho que sim. — Blu pula nas minhas pernas e cheira os bolsos. — Calma, garoto. Não tenho petisco hoje.

Dre me olha.

— Calma aí. Você vai aparecer *assim* no primeiro dia de aula? Até os viciados que eu conheço passam as próprias roupas, Mav.

Ninguém sacaneia a gente como a nossa própria família. Ninguém.

— Vai se ferrar. Eu tava bem arrumado até o Li'l Man cagar em mim.

Dre cai na gargalhada. O idiota parece uma das hienas de *O rei leão*.

— Ele tá te mostrando quem manda, hein?

— E eu não sei? — Fico em silêncio enquanto faço carinho nas orelhas de Blu. — Eu larguei ele sozinho ontem à noite, Dre.

— Quem? Seu filho?

Concordo com a cabeça.

— Ele não parava... Eu não sabia como fazer ele parar de chorar, cara. Eu tava cansado e... — Balanço a cabeça para mim mesmo. — Saí de casa e o deixei lá chorando.

— Você voltou?

Olho para ele.

— Óbvio que voltei.

— Isso é o que importa. Criar um filho é difícil, primo. Você vai explodir de vez em quando. O mais importante é se recompor e voltar, playboy.

— Tudo bem, Oprah — digo, e me levanto. — Melhor eu dar o fora antes que me atrase pra aula.

— Pera aí. — Dre vem na minha direção. Tira a corrente de ouro do pescoço e coloca no meu, depois tira o relógio de ouro e põe no meu pulso. O relógio era do nosso avô, que deu a Dre antes de morrer. — Pronto. Assim você vai parecer um pouco mais maneiro. Mas devolve minhas paradas amanhã, não tô de brincadeira.

Dou um sorriso.

— Te devo uma.

— Foca nas notas altas, é só isso que você precisa fazer por mim. E é melhor não se meter em problemas também, senão eu vou entrar na jogada. Agora vai nessa.

— Tá bem, tá bem — digo, enquanto ele me empurra para a calçada. — A gente se fala mais tarde.

O nome real da Garden High é Jefferson David High School, mas as pessoas raramente o usam. Pesquisei sobre esse cara e não tinha a menor necessidade de batizar nada com o nome dele. Era um senhor de escravizados e o presidente dos Estados Confederados. A maior parte de Garden Height sempre foi negra, e imagino que quem batizou a escola assim queria nos afrontar, como se nos chamasse de escravos.

Foda-se isso e foda-se Jefferson Davis.

Subo as escadas da entrada. Desde o meu primeiro dia como calouro, sempre tive um único objetivo: me formar e ir embora daqui. Pensei que já frequentava a escola há muito tempo seria muito idiota não ganhar *alguma coisa* depois de tudo. Só preciso assistir às aulas, não me meter em problema e terminar o ano. Depois vou poder focar em coisas importantes, tipo ganhar dinheiro.

Os corredores estão abarrotados, e é óbvio que é o primeiro dia. Todo mundo parece ter acabado de sair do shopping e do cabeleireiro. Por culpa do Li'l Man, pareço um morador de rua.

As pessoas me cumprimentam com um "E aí, Li'l Don?" enquanto ando pelos corredores. Acho que sou popular ou algo assim. Apesar disso, um cara passou me olhando de cara feia. Acho que se chama Ant. A bandana verde pendurada no bolso de trás informa a todo mundo que ele faz parte dos Garden Disciples. Esta é a única escola de Ensino Médio do bairro, então tanto os King Lords quanto os GDs estudam aqui, e às vezes as coisas ficam complicadas.

Não sei por que esse cara está me encarando, e não quero mesmo me envolver em confusão no primeiro dia. Sigo meu caminho até que ele grita: "Diz pro seu primo babaca tomar cuidado."

Eu me viro.

— Quê?

Ant está bem perto de mim. O nome, que significa "formiga" em inglês, faz sentido, pois ele realmente parece uma formiga de tão pequeno que é. São sempre os baixinhos que provocam, devem ter alguma síndrome de Napoleão ou algo do tipo.

— Eu falei pra você dizer pro seu primo babaca tomar cuidado. Ele anda arrumando confusão no lado leste com aquela merda de corrida, tentando ganhar dinheiro no nosso território.

Dre adora participar de "rachas" por dinheiro. Geralmente, só faz isso do lado oeste do bairro. Diz que seria arriscado correr na zona leste porque é território dos GDs.

Mas não é contra as regras apostar corridas por lá, e não vou deixar ninguém vir para cima do meu primo.

— Ele corre onde quiser. A gente manda no Garden, idiota.

— Não mandam em porra nenhuma!

— Eeei! — Junie se aproxima por trás de mim. Somos amigos desde o jardim de infância, e ele também é dos King Lords. — Algum problema por aqui?

Rico está com ele, então de repente são três King Lords contra um Garden Disciple. Ainda por cima, Ant está em desvantagem por causa do tamanho. Junie tem mais de dois metros de altura, o que os olheiros dos times de basquete das faculdades adoram. Rico é forte como o defensor de um time de futebol americano; sempre foi o maior da turma.

Ant recua, ainda me encarando.

— É melhor seu primo tomar cuidado.

— Nanico do jeito que é, você por acaso alcança o meu primo? — provoco.

Junie e Rico caem na gargalhada. Quando Ant vai embora, nos cumprimentamos com o aperto de mão característico.

— Obrigado, galera.

— Ele veio mesmo afrontar já no primeiro dia — observa Rico.

— Devia estar sentado na calçada com os pés balançando e quis começar uma confusão. Os GDs tão só levando na cabeça recentemente — diz Junie.

— Sério? — pergunto.

— Sério mesmo. Cara, lembra o fim de semana passado? — Rico olha para Junie, e os dois caem na risada. — Eles não estavam esperando!

Fico olhando de um para o outro.

— O que aconteceu no fim de semana?

— Você tinha que estar lá, Mav. A gente não pode falar de algumas coisas em público, sabe? — argumenta Junie.

— Entendi...

— Não esquenta, parceiro. Logo, logo você volta pra rua — tranquiliza Rico.

— Os seniores não tão reclamando por eu estar preso em casa, né?

— Não, tá tudo bem. Shawn e Dre tão segurando sua onda. Mas você nunca é criticado, né, *Li'l Don*? — provoca Junie.

Os dois riem.

— Cara, vai se ferrar — digo. Algumas pessoas acham que tenho tratamento especial por causa do meu pai. Odeio essa merda.

— É brincadeira, é brincadeira. Como tá o trabalho de papai? — pergunta Rico.

— Difícil. Hoje de manhã ele fez cocô em mim. Tive que trocar minha roupa toda.

— Pera aí, eles podem fazer cocô em você? Isso tá escrito no manual de paternidade? — brinca Junie.

Ele fala como se meu filho fosse um carro.

— Que manual? Vou aprendendo enquanto vou fazendo. É bizarro.

— O que é bizarro são esses tênis! — Rico se inclina para ver os meus Jordans.

— Sei que você não viria pra escola com isso, Mav.

— Qual é o problema com eles?

— São falsificados.

— Não, acabei de comprar.

— De quem?

— Do Red. — Um traficante que vende coisas no porta-malas do carro. Esbarrei com ele na semana passada, quando estava indo comprar fraldas para o Li'l Man. A gente acertou em trocar alguns dos meus jogos de videogame pelos tênis, já que não tenho dinheiro para comprar. — Foi ele quem me vendeu.

— Ele te vendeu tênis falsificados. O bonequinho pulando do logo tem uma bunda desenhada — diz Rico.

— Quê? — solto um grito enquanto Junie cai na gargalhada. — Você tá de brincadeira.

Olho o tênis mais de perto, e Rico está certo. O bonequinho do logo tem uma bunda desenhada.

— Caaara — diz Junie, com o punho fechado na boca. — Mav comprou Jordans com bundas desenhadas!

— E não foi barato! — brinca Rico.

Os dois correm em círculos, gargalhando.

Vou socar o Red.

— Calem a boca!

— Tá bem, tá bem. Calma aí, Rico — pede Junie, enquanto apoia o braço no meu ombro. Eu o empurro para me livrar. — Mav já tem problemas suficientes. Dá uma trégua pra ele.

— É, beleza — responde Rico, levantando o punho fechado para me cumprimentar. — Tudo tranquilo?

Eu empurro a mão dele.

— Porra nenhuma!

— Cara, não fui eu quem te vendeu os tênis. Você tem que ficar irritado com o Red.

— Pode crer, vou dar uma lição nele.

O sinal toca e todo mundo vai para a aula. A gente não se apressa para entrar na sala. É bom voltar a estar com meus parceiros, sério. Faz com que eu me sinta normal de novo.

— Odiei minha grade de aulas desse ano. Meu professor principal é o Phillips — conta Junie.

— O meu também — comento. O sr. Phillips é o professor de história. Tem pelo menos uns 75 anos. Grita o tempo todo e fica irritado com as coisas mais idiotas.

— Aquele coroa com cara de ET — resmunga Junie, jogando sementes de girassol para trás. — Ele devia fazer contato pra ver se a nave vem buscá-lo.

— Você sabe muito bem que mandariam ele de volta — digo.

Rico escova o cabelo. Precisa arrumar o ondulado.

— Que saco! Já queria ir pra casa.

Umas garotas passam pela gente. Estão gatas demais com as roupas e os penteados novos. Rico e Junie ficam encarando enquanto elas se afastam.

— Esquece, quero ficar aqui mesmo — diz Junie, e os dois se cumprimentam com um soquinho.

— Tô com vocês nessa — concordo, mas é mentira. Por mais que as garotas sejam gatas, não são a Lisa. Sou caído por ela, mesmo.

Rico vai para sua sala, e eu e Junie seguimos para a aula de história. O sr. Phillips escreve no quadro-negro enquanto todo mundo vai tomando seus lugares. Está um calor do inferno hoje, e o cara está vestindo um casaco de lã. Ele é esquisito pra valer, cara.

Lala, a melhor amiga de Iesha, fala sem parar com o polegar na boca. Seus dentes de cima são projetados para a frente porque ela está sempre fazendo isso. Normalmente, Iesha está onde quer que Lala esteja. Mas não a vi desde que cheguei.

Cutuco o ombro de Lala.

— Oi.

Ela se vira para trás e revira os olhos. As lentes de contato azuis combinam com as mechas de cabelo azuis e com a roupa azul. Combinadinha demais.

— O que você quer?

— Iesha veio pra escola? Preciso falar com ela.

— E eu tenho cara de babá?

— Por que você tá falando assim? Só perguntei...

— Sr. Carter! Isto aqui não é uma festinha. Sente-se! — grita Phillips.

Eu nem estava conversando direito com a garota.

Tanto faz. Não vale a pena arranjar problema com ele no primeiro dia. Volto para o fundo da sala e me sento.

Chegamos apenas à metade do dia e já estou me arrastando.

Peguei no sono na aula de história americana. De qualquer jeito, era entediante. Estou cansado de ouvir sobre esses brancos babacas que fizeram coisas detestáveis e mesmo assim são chamados de heróis. Phillips estava falando sobre como Colombo descobriu a América e eu só conseguia pensar: como é que alguém "descobre" um lugar onde já tinha gente vivendo?

Engraçado como são as coisas.

A aula de literatura mundial me deixou acordado. Gosto de livros e a gente tem uma longa lista para ler este ano. A sra. Turner disse que primeiro vamos estudar Shakespeare. As histórias dele são maneiras. *Romeu e Julieta* é basicamente sobre uma briga de gangues. Dá para dizer que Julieta era uma Queen Lord e Romeu era um GD. Morreram do jeito que eles mesmos escolheram, como verdadeiros gângsteres.

Mas essa única aula maneira não foi o suficiente para me dar energia. Estou prestes a desabar, de verdade. No intervalo, vou para a biblioteca, pego um livro e me sento em um dos pufes que ficam no fundo da sala. Seguro o exemplar na frente do rosto para disfarçar o fato de estar tirando uma soneca.

O sinal me acorda, e vou para a aula de espanhol. Nada de Iesha ainda. Sinceramente, ela é uma daquelas alunas que só faz "participações especiais" na escola. Não é nenhuma surpresa que não esteja aqui.

Meu pager vibra no bolso de trás. O número de King aparece na tela, ao lado de três dígitos: 227. É o nosso código para "Tô aqui fora, cara".

Quando o King ainda estudava, a gente costumava matar aula no primeiro dia. Nada de muito importante acontece mesmo — os professores passam a maior parte do tempo dizendo o que vamos fazer ao longo do ano. A gente ia para o shopping e ficava algumas horas por lá.

Acho que ele quer manter a tradição, mesmo depois de ter sido expulso. Esquece o shopping, quero dormir. Poderia ir para a casa do King e dormir um pouquinho, talvez isso me desse a energia necessária para trabalhar mais tarde. Parece uma ideia melhor do que assistir à aula.

Talvez seja complicado sair da escola. Srta. Brown, a secretária, está sempre vigiando os portões com atenção, como um cão de guarda. Hoje, está distraída conversando com o segurança, o sr. Clark. Não param de sorrir. Não sei o que está acontecendo entre eles, nem quero saber. Está tudo bem desde que não me notem, e não notam mesmo. No começo.

— Ei! — grita Clark.

Começo a correr. Clark sai atrás de mim aos tropeços. Todo mundo sabe que ele é lento pra cacete.

Abro o portão. King está sentado no capô de seu Crown Victoria prata, estacionado na frente da escola. Ele me vê, e depois vê Clark.

— Ih, merda — diz.

King pula para dentro do carro, liga o motor e abre a porta do carona. Eu cruzo o jardim da escola correndo. Clark vem ofegante atrás de mim.

— Me fazendo suar desse jeito no primeiro dia. Volta aqui! — repreende Clark.

Assim que me aproximo do carro, me jogo para dentro.

— Vai, vai, vai!

King arranca. Olho para trás e Clark está curvado na calçada, tentando respirar. Acho que mostra o dedo do meio para mim. Nem ligo. Consegui escapar.

OITO

King é uma lenda no Garden High. Se ele entrasse no prédio agora mesmo, todo mundo agiria como se fosse Jesus Cristo.

Infelizmente, ele não pode entrar. Está proibido de ficar nas dependências do prédio.

King jogava no time de futebol americano. Provavelmente, foi o melhor jogador defensivo que o Garden High já viu. O problema é que ele odiava o técnico. Para dizer a verdade, todo mundo odiava o Stevens. O cara era um caipira racista de marca maior. Não xingava ninguém, isso não. Mas fazia outras coisas, tipo ter a bandeira dos Confederados na caminhonete e chamar o ato de "legado". Legado é o caralho.

Um dia, no ano passado, Stevens mandou King lavar o carro dele antes do treino. King disse que não era seu escravo. O treinador o olhou sem expressão e disse: "Você é o que eu mandar, garoto."

King enfiou a porrada nele.

Juro que nunca tinha visto nada igual. King dava socos como se fosse o Mike Tyson. Foi expulso e enviado para um centro de detenção juvenil. O técnico Stevens nunca mais voltou, e agora nenhum de nós precisa mais aguentar aquele caipira racista. Por isso, King vai ser um herói para sempre.

Ele cai na risada enquanto dirige para longe da escola.

— Clark continua sem conseguir pegar ninguém, hein?

— Ninguém, nunca. E aí, como tão as coisas? Faz um tempo que não te vejo.

— Sabe como é... as ruas me mantêm ocupado. Mas eu tinha que vir te buscar pra gente curtir como sempre faz no primeiro dia de aula.

— Falando sério? Só queria tirar um cochilo na sua casa, cara. Tô cansado pra cacete.

— Quê? Você tá viajando! A gente tem que ir no shopping. Sabe como é o esquema.

— Não tenho condições, King. Preciso descansar pra trabalhar daqui a pouco.

— *Trabalhar*? Que tipo de trabalho *você* anda fazendo?

— Dre me convenceu a aceitar uma proposta do sr. Wyatt. Vou ajudar na loja e com o jardim.

— Espera aí. Você desistiu do nosso esquema nas ruas pra ganhar uma miséria trabalhando pra aquele coroa? É quase a mesma coisa que trabalhar pra polícia!

Os Wyatt foram a última família adotiva do King antes de ele ir para o centro de detenção. King sempre diz que eles são rígidos demais. Dou de ombros.

— Era o sr. Wyatt ou Mc Donald's. Preciso cuidar do meu filho.

O carro fica em completo silêncio. O único som vem do rádio.

— Tudo tranquilo com as vendas? — pergunto.

— Tudo.

— Sem problemas com Shawn e os caras?

— Nada.

Nenhum de nós fala por um tempo. Está tocando alguma música do Master P no rádio. As caixas de som reverberam com força.

— Você instalou caixas com subwoofer novas? — pergunto.

— Isso.

— Na moral, elas são muito boas.

— São mesmo.

As respostas monossilábicas e o clima inesperado... não parece a gente. Estávamos de boa até o momento em que mencionei meu filho.

— A gente tá de boa, cara? Se essa parada do bebê tiver te incomodando...

— Porra, Mav! Quantas vezes preciso dizer que tá tudo bem? Sério, eu tô feliz por não precisar mais trocar fraldas — responde, rindo. — E o Li'l King tá?

— Ótimo, só não me deixa descansar. Tô tentando pensar em outro nome pra ele.

King me olha.

— Por quê?

— Sério mesmo que você tá perguntando isso? Não faz sentido ele ter o seu nome se é meu filho.

— Sou seu melhor amigo. Pode ser uma homenagem.

— Qual é, cara? Levando em conta a situação, não acha que seria esquisito?

King não responde.

Solto um suspiro.

— Não tô querendo dizer nada...

— Ele é seu filho agora, Mav. Você faz o que quiser — diz King, e seu pager vibra. Ele dá uma olhada. — Aaron Branquelo tá querendo abastecer o estoque.

Aaron Branquelo é um garoto sequelado que estuda na Escola Católica Saint Mary's. King o conheceu num jogo de futebol e agora ele é um dos seus clientes regulares. Quando se trata de ganhar dinheiro com drogas, os garotos brancos e ricos são a melhor fonte.

Uma única coisa me passa pela cabeça agora: Lisa. Ela também estuda na Saint Mary's. Eu poderia passar lá para dar um alô rapidinho. O que eu diria? *Desculpe?* Nem se eu repetisse isso um milhão de vezes seria o suficiente.

Preciso tentar, mesmo que sejam necessários um milhão de pedidos de desculpa. Ela vale o esforço.

O Saint Mary's fica no centro da cidade, e um monte de alunos uniformizados ocupa as calçadas a caminho dos restaurantes próximos. A escola deixa os alunos saírem do prédio para almoçar. Se o Garden High fizesse isso, metade provavelmente não voltaria.

King entra no estacionamento e deixa o carro numa vaga nos fundos. Abro a porta.

— Ei, vou procurar a Lisa.

— Quê? Não tenho tempo pra isso, Mav.

— Só dez minutos, King. Só isso. Não vou demorar, prometo.

King dá uma olha para o outro lado do estacionamento.

— Não vai mesmo. Aquela ali não é a sua garota?

Sigo o olhar. Lisa está encostada em um carro, conversando com um garoto branco e loiro. Ele está todo atirado para cima dela, que dá risadinhas.

Espera aí. Eu ando todo triste, ouvindo Boyz II Men o dia inteiro, e ela tá cheia de sorrisos para um branquelo qualquer?

Vou na direção dela.

— Ei!

Os dois olham para mim.

— Ai, meu Deus — resmunga Lisa. — Que merda você tá fazendo, Maverick?

É o que gostaria de perguntar a ela. Mas ela com certeza me xingaria.

— A gente precisa conversar.

— *Conversar*? A gente não tem nada pra conversar. Você não tem um filho pra cuidar?

— Espere aí, *esse* é o babaca que teve um filho com outra garota? — pergunta o cara loiro.

Primeiramente, quem é esse cara? Em segundo lugar, por que ela anda contando para ele sobre a minha vida? E terceiro, com quem ele acha que está falando? Vou para cima dele.

— Quem você tá chamando de babaca?

Ele fecha os punhos como se quisesse brigar. Cara, eu vou ter que bater nesse idiota.

Lisa põe a mão no peito dele.

— Connor, tá tudo bem. Eu posso cuidar disso.

Connor? Depois de mim, ela foi arranjar um branco chamado Connor? Que nome sem graça é esse?

— Se você tem certeza — diz Connor, ainda me olhando. Depois sai e nos deixa a sós.

Lisa se vira para mim e seu olhar sem expressão é letal.

— Vai pra casa, Maverick.

— Não, cara! O que você tá fazendo se jogando toda pra ele? A gente *acabou* de terminar.

— Ah, nem começa. Pelo menos eu não transei com ele e acabei tendo um bebê só porque estava estressada.

Essa bateu forte.

— Eu tô arrependido, Lisa.

— Você tá certo, o sentimento é mesmo de arrependimento. Eu me arrependo de ter sido sua namorada. Fui uma idiota por me apaixonar por você.

Sua voz falha, como se estivesse segurando o choro.

Saber que Lisa quer chorar me destrói por dentro, mas nada é pior do que ouvir que ela se arrepende de ter me amado.

— Me desculpa, Lisa. Juro por Deus que tô arrependido. Me dá uma chance de consertar isso.

— Você tem um bebê com outra garota! Como se conserta isso?

— Eu não sei...

— Vai embora, Maverick.

— Lisa, por favor... Eu prometo que eu...

— Vai embora!

— Ei! — grita uma voz grave. Um cara alto, de pele escura e uniforme de segurança corre até onde estamos. Ele se aproxima e diz:

— Rapaz, você está invadindo a propriedade da escola.

Tento encontrar no olhar de Lisa algum sinal de que temos uma chance. Alguma coisa, *qualquer* coisa.

Ela não devolve o olhar.

— Tudo bem — digo, mais para ela do que para o guarda. — Vou embora.

Ando para longe dela, mas a sensação é a de que estou me afastando de nós dois.

* * *

King dirige de volta para o Garden.

Lisa não quer mais nada comigo mesmo. Eu ficava chocado com o fato de uma garota como ela sentir algo por mim. Agora, fiz besteira e a perdi.

— Levante a cabeça, Mav. Você não pode deixar uma mulher fazer isso com você — encoraja King.

Eu me ajeito no assento.

— Eu tô bem. A vida é assim.

— Sem dúvida. Vida que segue. Vê se não pensa mais nela.

Seria fácil se Lisa não ocupasse todos os meus pensamentos.

Passamos pela avenida Magnólia. Tem alguns carros parados em frente ao velho shopping Cedar Lane, onde ficava um supermercado que fechou há alguns anos. Agora, o pessoal usa o estacionamento para montar mesas com roupas, eletrônicos, CDs e fitas. O porta-malas de um Impala está aberto, exibindo mais um monte de coisas à venda.

É o Red, o traficante que me vendeu os Jordans falsificados.

— Dá a volta — digo para King.

— Pra quê?

— Preciso falar com o Red. Ele me deu tênis falsificados em troca dos meus jogos de videogame.

— Quê? Ah, porra nenhuma. Ele tem que devolver suas coisas.

— É melhor mesmo ou a gente vai ter um problema.

King faz a volta e entra no estacionamento do shopping.

— Se precisar, é só me chamar. Sabe que tô aqui pra qualquer coisa.

Esse é um dos motivos pelos quais ele é o meu melhor amigo.

— Agradeço, mas eu dou conta.

Saio do carro. Red está sorrindo para uma senhora enquanto mostra uma bolsa para ela. Aposto que é falsificada. Ele deve estar usando alguma cantada barata para convencê-la de que é real. Red é um desses caras considerados "bonitos" porque têm a pele mais clara, olhos verdes e cabelo ondulado. As garotas do Garden High adoram esse tipo de coisa. Ele não estuda lá; tem uns 24 ou 25 anos, e é do tipo que fica cercando a escola para pegar as meninas novinhas.

— Red! — chamo, ainda do outro lado do estacionamento. — Preciso falar com você!

Não pense que não ouvi o "Merda" que ele sussurrou. Red força um sorriso, mostrando o dente de ouro que tem na frente da boca.

— Mav! Meu cliente preferido. Tudo bem?

— Porra nenhuma! Você me deu Jordans falsificados.

A senhora com quem ele estava conversando diz: "Falsificados? Ah, não", depois vai embora.

— Pera aí, amor! Foi só um mal-entendido — explica Red, tentando chamá-la de volta. Ele se vira para mim e bate o pé no chão. — Maverick! Esse não é o tipo de merda que se fala em voz alta! Tá tentando me quebrar?

— Você tem sorte que eu só fiz isso. O cara do logo nesses Jordans tem um desenho de bunda, Red!

Ele levanta os braços.

— Ei, não é culpa minha. Você devia ter checado.

— Cara, você me disse que eram autênticos!

— E?

Esse filho da...

— Quer saber? Tive um dia ruim e não tô no clima. Só devolve os meus jogos e a gente fica de boa.

Red me olha de cima a baixo, como se eu tivesse xingado a mãe dele.

— Todas as transações são definitivas, meu chapa. Já vendi os jogos.

— Então me dá o dinheiro que ganhou com eles.

— Não vou te dar nada, merda. Tá achando que tenho cara de loja de penhores?

— Passa o meu dinheiro!

King chega perto.

— Algum problema aqui?

— King, segura o seu amigo. Já disse pra ele que todas as transações são definitivas.

— E eu disse que é melhor devolver o meu dinheiro!

— Ei, fica calmo, Mav — afirma King, com a mão em meu peito. — Tá tudo bem.

Que porr...

— Não, não tá!

— Red disse que todas as transações são definitivas. Respeite a política do cara.

Red abre um sorriso enorme.

— Obrigado, King. Sabia que você era um cara maneiro.

Que merda de universo paralelo é esse?

— King, que porr...

King abre um sorriso bem debochado.

— Tá tudo bem. Já que Red não quer devolver seu dinheiro, a gente vai garantir que ele não ganhe dinheiro nenhum.

King derruba uma das mesas e joga toda a mercadoria de Red no chão.

— Que porra é essa! — grita Red.

Quer saber? Foda-se. Pego outra mesa e faço a mesma coisa. CDs, DVDs e fitas se espatifam no chão de concreto. Red xinga, desesperado. Eu e King voltamos correndo para o carro, morrendo de rir.

Estou quinze minutos atrasado para o meu primeiro dia de trabalho.

Eu e King fomos para a casa dele e tirei uma soneca no sofá. Cara, eu não tinha ideia do quanto gostava de dormir. É uma das melhores coisas que Deus fez. Quando acordei, tinham passado algumas horas.

King me deixou na casa dos Wyatt. O sr. Wyatt me disse que hoje o sobrinho tomaria conta da loja e eu trabalharia no jardim. Uma cerca de madeira protege o quintal, mas o sr. Wyatt é alto então consigo ver que está ali atrás.

Espero que não esteja irritado com o atraso.

— Oi, sr. Wyatt.

— O portão está aberto — diz ele.

O quintal dos Wyatt é mesmo um jardim. Tem flores, frutas e vegetais em todo lugar. Tem também comedouros de pássaros e pequenas fontes de água espalhados. Um caminho de pedras leva ao gazebo no meio do jardim. É difícil de acreditar que nosso bairro tenha um lugar tão bonito.

O sr. Wyatt está regando algumas flores, e a sra. Wyatt embala o Li'l Man nos joelhos, sentada no gazebo. Ele dá risada com a mão na boca enquanto a baba escorre pelo braço.

Sorrio.

— Ei, cara. Como ele ficou, sra. Wyatt?

— Muito bem. Esse garoto tem um apetite voraz. Logo, logo vai estar pronto pra comida de bebê.

— Então é melhor eu trabalhar, né?

Damos risada.

— É isso mesmo.

O sr. Wyatt limpa a garganta bem alto. A sra. Wyatt se levanta.

— Está na hora da soneca desse fofinho. Vou levá-lo lá pra dentro.

Ela me deixa sozinho com o marido. Acho que de propósito.

— Venha aqui, filho — pede ele.

Seu tom de voz diz mais do que as palavras em si. Vou em direção a ele.

— Desculpa pelo atraso. Tive que ficar na escola e...

Ele borrifa água nos pés de tomate.

— Nem deixe o resto dessa mentira sair da sua boca. Eu vi quem deixou você aqui. Sei no que ele está metido e duvido que tenha dado só uma carona. O que você estava fazendo com ele?

Finja naturalidade, digo a mim mesmo. Só tirei uma soneca na casa do King, mas saí da escola mais cedo. O sr. Wyatt não vai gostar disso.

— Ele é meu amigo, sr. Wyatt. A gente só anda junto.

— Disse pra você que não vou tolerar essa coisa de gangue...

— Não tinha nada a ver com gangue, eu juro.

— Por que mentiu se vocês só estavam andando juntos?

— Achei que você ficaria mais tranquilo se eu dissesse que era algo relacionado à escola. Ele me buscou e a gente passou um tempo junto. Só.

O sr. Wyatt assente.

— Tudo bem. De qualquer forma, essa foi a sua primeira advertência. Três advertências e está demitido.

Viu? É disso que estou falando. Ele é muito rígido comigo.

— Poxa, sr. Wyatt, foram só quinze minutos. O senhor tá agindo como se eu tivesse chegado uma hora atrasado.

— Não era uma situação de vida ou morte. Você estava passando um tempo com seu amigo e chegou atrasado *no primeiro dia de trabalho*. Ainda por cima, tentou mentir pra mim.

— Vou compensar. Fico quinze minutos a mais e...

— Não, vai ficar uma hora a mais.

Quase solto um palavrão.

— *Uma hora?*

— É. Para cada quinze minutos de atraso, você vai trabalhar uma hora a mais, sem receber por isso.

— Não é justo, cara!

— Quem está falando de justiça? São as regras, filho, e eu faço as regras. Se tiver algum problema com elas, é só se demitir.

Merda, estou tentado.

Então penso na conta de luz que minha mãe não conseguiu pagar e nas horas extras que está pensando em pegar aos fins de semana para ajudar a bancar as necessidades do meu filho.

Demissão não é uma opção.

— O que precisa que eu faça, sr. Wyatt?

— Arregace as mangas. Vamos plantar rosas hoje.

O sol se põe, e eu ainda estou trabalhando no jardim. Seria de se pensar que ficaria menos quente ao anoitecer, mas cara... estou suando demais. Dou uma cheirada em mim mesmo e entendo o que minha mãe quer dizer quando fala que estou "com cheiro de rua".

Estou cavando lotes para as rosas. O sr. Wyatt comprou sacos grandes de terra, que estamos esvaziando. A terra tem um aroma quase doce, que lembra o momento em que o sol sai depois de um dia chuvoso e tudo fica cheirando a frescor, como se o mundo inteiro tivesse tomado banho.

Estamos num intervalo enquanto o sr. Wyatt vai pegar água para bebermos. Agora há pouco, a sra. Wyatt veio aqui fora e disse que estava arrumando o Li'l Man para dormir. Disse que ele vai estar apagado na hora de ir para casa. Agradeço, porque não consigo imaginar ter que lidar com o menino a esta altura.

O sr. Wyatt me entrega um copo de água gelada.

— Não beba rápido. Você pode passar mal.

— Sim, senhor — respondo, e tento tomar pequenos goles. Estou morrendo de sede.

O sr. Wyatt também bebe e seca o suor da testa com o braço.

— Não se esqueça de colocar luvas quando for pegar as roseiras. Senão você vai se machucar com os espinhos.

Roseiras? Aquelas coisas parecem só uns galhinhos.

— O senhor só vai colocar rosas nesse espaço?

— Esse é o plano. Rosas precisam de espaço para crescer. Por que a pergunta?

O jardim está cheio de verduras, vagens, tomates, morangos, mirtilos... todo tipo de frutas e vegetais.

— Parece espaço demais pra algo que a gente não pode comer.

— Talvez você esteja certo. Eu gosto de lembrar que a beleza pode vir de um monte de nada. Pra mim, essa é a função das flores.

Dou um tapa no meu braço. Os mosquitos não estão de brincadeira.

— O verão já tá quase terminando. O senhor não acha que elas podem morrer?

Ele põe as luvas de jardinagem.

— Não. Estamos plantando bem antes da primeira geada. Elas vão ter tempo de criar raízes antes do período inativo. Tem uma pequena chance de morrerem, é óbvio. Mas rosas são umas coisinhas fascinantes. Aguentam mais do que a gente pensa. Já tive rosas que floresceram por completo em meio a uma tempestade de gelo. Poderiam sobreviver facilmente sem nenhuma ajuda. Mas a gente quer que elas *prosperem*. Vamos ter que podá-las e coisas do tipo.

É como se o sr. Wyatt estivesse falando francês.

— O que é podar?

Ele solta um gemido ao se ajoelhar. Vou saber que fiquei velho quando começar a gemer. O sr. Wyatt coloca um punhado de rosas em um dos buracos e espalha terra em volta.

— Podar quer dizer tirar tudo de que ela não precisa. Galhos muito finos, mortos ou podres. Se não a ajuda a crescer... — Ele usa os dedos como se fossem tesouras. — ... Corte fora. Me passe outro arbusto.

Coloco as luvas e pego mais um.

— Por que você chama de arbustos? Parecem uns galhos tão finos.

O sr. Wyatt dá uma risadinha.

— Acho que é como diz a Palavra: "chama à existência coisas que não existem, como se existissem", Romanos capítulo 4, versículo 17. Hm... — Seu ombro treme, como se tivesse sentido um arrepio. — Esse é dos bons.

O sr. Wyatt é diácono na Christ Temple Church. Sempre lança citações das escrituras no meio de uma conversa. Espero que não comece um dos seus pequenos sermões. Vamos ficar aqui a noite toda.

Ele solta outro gemido ao se levantar.

— Esses joelhos não aguentam mais do que isso. Plante o resto delas pra mim.

Faço do mesmo jeito que ele fez: coloco um arbusto no buraco e cubro com terra em volta. Depois outro.

O sr. Wyatt me observa.

— Parece que você pegou o jeito. E eu que já estava pensando que você ia reclamar de sujar as roupas.

— Não, isso não é nada comparado ao que passei mais cedo com meu filho. Ele fez cocô em mim antes de eu ir pra a escola.

O sr. Wyatt ri.

— Parece que você teve uma manhã difícil.

— Um dia difícil, eu diria.

— Quer conversar sobre isso?

Olho para ele. Ninguém nunca me fez essa pergunta.

— Eu tô bem, sr. Wyatt.

— Não perguntei se você está bem. Perguntei se quer conversar. Dá pra ver que tem alguma coisa te incomodando.

Faz horas que estou tentando parar de pensar em Lisa, sem conseguir. Sempre que começo a pensar em outra coisa, de repente me lembro da voz dela falhando e não consigo mais tirar isso da cabeça.

— Encontrei a Lisa mais cedo. Ela não quer me dar outra chance.

— Bom, esse não é exatamente o tipo de uma situação que uma moça deixa pra lá. Pra ser sincero, é pedir demais.

— Não estou pedindo pra ela deixar pra lá, sr. Wyatt. Só quero mais uma chance.

— O que significa que ela teria que deixar pra lá, filho. Já pensou em como ela está se sentindo com toda essa situação?

— Eu sei que ela tá magoada e...

— Não, você já *se colocou no lugar dela* pra tentar entender como Lisa está se sentindo? E se fosse o contrário e ela tivesse um bebê com outro rapaz? Você estaria disposto a dar outra chance?

Só de imaginar, fico nervoso. Eu ficaria irado, com certeza. E magoado...

Do mesmo jeito que ela está agora.

Não posso dizer isso ao sr. Wyatt.

Nem preciso.

— Você não pode pedir nada a ela agora, filho. Precisa amar as pessoas o suficiente para deixá-las ir, principalmente quando *você* é o motivo pelo qual elas foram embora.

Não posso rebater isso também.

Ele dá um tapinha no meu ombro.

— Termine de plantar essas rosas. Vou dar uma olhada nas minhas couves.

O sr. Wyatt me deixa sozinho com os galhos. A ideia de que um dia eles vão se tornar roseiras parece impossível, assim como a ideia de que eu e Lisa voltaremos a ficar juntos.

Pego um dos galhos e planto. Ao contrário de mim, as rosas merecem uma chance.

NOVE

Esse serviço não é piada.
    Faz um mês que estou trabalhando para o sr. Wyatt. Os dias em que fico na loja são os mais fáceis, porque o jardim dá muito trabalho. Carrego sacolas e mais sacolas de fertilizante e despejo nas plantas. Fico ajoelhado arrancando ervas daninhas. Colho frutas e verduras quando estão maduras. Aos sábados, corto a grama dos Wyatt e da minha mãe, e no domingo descanso para fazer tudo de novo depois.
    Então, por isso, não é piada. O pagamento, por outro lado, esse sim é uma piada.
    Caaara, aquele primeiro cheque? Fiquei muito irritado. Depois de descontar o serviço social e uns impostos de não sei o que, só sobrou o suficiente para ajudar minha mãe com a conta de luz e comprar fraldas e fórmula. Todo aquele trabalho para ganhar quase nada. Minha mãe diz que mesmo assim é uma grande ajuda, e é só por isso que não peço demissão.
    Além disso, preciso admitir que gosto de trabalhar no jardim. Cuidar de flores e plantas é a maior viagem. Num dia, está tudo bem com elas. Você rega, aduba e faz tudo direitinho. No dia seguinte, aquelas porcarias parecem quase mortas. Quer dizer, que merda. Confundem a gente mais do que as garotas. Mas é legal quando crescem como deveriam.
    Pra falar a verdade, elas me lembram o meu filho. Tanto com as plantas quanto com os bebês, é questão de sobrevivência. Ninguém

diz isso com todas as palavras quando se trata dos bebês, mas é a verdade. Preciso garantir que as plantas tenham tudo de que precisam para crescer, e preciso fazer mesmo com Seven.

Até onde sei, esse é o nome do meu filho. Sei que tenho que conversar com a Iesha, mas ela está basicamente desaparecida. Primeiro, ficou dizendo que precisava de um tempo; implorou de verdade para eu ficar com ele mais um pouco. Depois, umas duas semanas atrás, liguei e a mãe dela disse que Iesha tinha ido morar com alguém.

— Ela se cansou das minhas regras e decidiu que era adulta o suficiente pra morar sozinha — disse a srta. Robinson. — Por mim, tudo bem. Já tenho problemas demais.

Nem sei o que dizer sobre essa mulher.

Ela não sabia com quem Iesha tinha ido morar. No começo, pensei que com o King, mas ele disse que não estavam juntos. No dia seguinte, na escola, perguntei a Lala. Ela disse que não era da minha conta, o que me fez pensar que Iesha talvez tenha pedido segredo.

Minha mãe quer que eu converse com o primo Gary sobre as questões legais. Não, cara. Um dia, Iesha vai aparecer e a gente vai resolver as coisas.

Espero. Porque não sei por mais quanto tempo aguento fazer isso.

Juntando o trabalho, a escola e o Seven... mal estou me aguentando em pé. Li'l Man ainda não dorme a noite inteira, o que significa que eu não durmo a noite inteira. Às vezes, eu o deixo com a sra. Wyatt, volto escondido para casa e durmo até a hora de ir trabalhar. Não tem a menor chance de o meu primeiro boletim ser bom com todas as faltas e o tempo que passo dormindo nas aulas.

Na real, a escola é a última coisa que me passa pela cabeça ultimamente. E esta noite é um ótimo exemplo. É sexta-feira, e em vez que pegar a pilha enorme de lição de casa, estou pegando a pilha enorme de roupa suja do meu filho. Ele suja as roupas quando faz cocô, quando faz xixi e quando golfa. E suja as *minhas* roupas quando faz cocô, quando faz xixi e quando golfa. O garoto não me dá trégua.

Separo as roupas dele no sofá. Neste fim de semana, minha mãe está fazendo hora extra no hotel, então somos só eu e o Li'l Man, que está deitado na cadeirinha de balanço que Dre comprou. O Pernalonga está fazendo o Hortelino Troca-Letras de idiota. Seven está curtindo muito, chutando e fazendo barulhos.

— Você vai pra cama já, já, cara. Não vai ficar acordado a noite toda.

Não falo com ele como se estivesse conversando com um bebê. Falo igual falo com todo mundo. Ele entende, e é por isso que está resmungando.

O telefone toca na mesinha.

— Para de responder — repreendo Seven enquanto atendendo a ligação. — Alô?

— E aí, maluco? — cumprimenta King. Dá para ouvir uma música do Goodie Mob ao fundo. — Qual é a boa da noite?

— A única boa pra mim hoje é lavar roupa, *brother*.

— Ah, não, Mav. Vou pra Magnólia com o Junie e o Rico. Você tem que sair de casa e ir com a gente.

Toda sexta-feira à noite, a avenida Magnólia vira uma boate a céu aberto, com todo mundo exibindo suas rodas, suas pinturas e seus sistemas de som. Eu costumava curtir com os parceiros em um dos estacionamentos até algum tiroteio espantar a gente.

Tenho saudades de tudo. Menos da parte do tiroteio, óbvio. Não consigo mais curtir e conversar com meus amigos. Dre é o único que vem aqui. Os outros não querem ficar me vendo cuidar de bebê, e estou muito ocupado para sair. Tenho me sentido cada vez menos um King Lord.

Parece que esta é minha vida agora.

— Queria poder ir, King, mas minha mãe tá trabalhando e eu preciso cuidar do Seven.

— Caramba! Não sei por que continuo insistindo. Por que você não contrata uma babá? Tem a sra. Wyatt aí do lado.

— Ela fica com ele durante a semana, King. Não tenho dinheiro pra pagar por mais dias.

— Talvez tivesse se não deixasse Dre te impedir de ganhar uma grana.

— Eu disse pra você, eu...

— Faz a sua parada aí, Mav. Se quer desperdiçar a vida dentro de casa, você que sabe. Falo com você depois.

Ele desliga.

Coloco o telefone no gancho e enterro o rosto nas mãos. King fala como se eu não saísse com ele e os parceiros de propósito. Não escolhi nada disso. Sério, daria tudo para sair de casa.

Seven está olhando para mim e não mais para a TV, quase como se sentisse que alguma coisa está errada. Agora estou me sentindo culpado pra cacete.

— O papai tá bem, cara — digo, e o pego no colo. Seria bom fazer um intervalo na lavagem das roupas. Além disso, é hora da barriguinha: que é basicamente, quando eu o coloco de barriga para baixo em cima do cobertor. Quanto mais ele levanta a cabeça, mais forte seu pescoço fica. Um livro de paternidade aí diz que é bem importante.

Coloco Seven sobre o cobertor e me ajoelho ao lado.

— Ei, carinha — digo, e dou um sorriso. — Ei!

Seven rola de barriga para cima, rindo. Não preciso fazer muita coisa para entretê-lo. Meu pai diz que eu também era assim.

Ainda não conseguimos levar Seven para conhecê-lo. São três horas de carro para chegar, o que é muita coisa para um bebê. Mandei algumas fotos pelo correio e, um ou dois dias depois, meu pai ligou dizendo o quanto Li'l Man se parece comigo.

Brinco um pouco com Seven. Até que ele geme e coça os olhos, sinal de que está ficando com sono. Assim que o pego no colo, começa a chorar. Sabe que vou levá-lo para a cama.

— Ei, para com isso. Dormir é uma coisa boa. Sério, queria eu ir dormir agora.

Ele não ouve. Está chorando no meu ombro. Não para nem um segundo enquanto visto seu pijama. Quando coloco a chupeta em sua boca, ele para.

Eu o ponho no berço e ligo o móbile, que tem planetas e estrelas.

— Fazendo o maior escândalo à toa. — Dou um beijo na testa dele. — Boa noite, cara. Eu te amo.

Não posso ficar aqui enquanto ele tenta cair no sono. Vai ficar me olhando, acordado. Tomo banho e visto a roupa de dormir. Quando o olho novamente, Seven está de olhos arregalados encarando o móbile.

Que garoto! Não sei por que fica lutando contra o sono. Vou para a sala e me jogo no sofá. A pilha de roupa suja e minha lição de casa estão esperando por mim na mesa.

Que merda, cara. Nunca imaginei que passaria minhas noites de sexta-feira desse jeito. Uma noite como essa seria perfeita para chamar Lisa para vir aqui. A gente assistiria a alguns filmes — está bem, admito, a gente ficaria se agarrando enquanto os filmes passavam na TV — e, em algum momento, iríamos para o quarto finalizar o pacote.

Definitivamente sinto falta disso. Eu me resolvo sozinho, mas é dureza, sem trocadilho. Levando em conta que foi por causa de sexo que eu fiquei nesta situação horrível, é melhor mesmo dar um tempo.

Mas mesmo assim. Se Lisa e eu estivéssemos juntos...

Não posso pensar nisso. Preciso lavar a roupa. Vesti Seven com as últimas peças limpas disponíveis, mas, caramba, minha cama está chamando.

— Vamos nessa, Mav. Coragem — murmuro.

Quando finalmente pego um dos macacões do Seven, a campainha toca.

— Merda! — xingo. A última coisa de que preciso é alguém acordando meu filho. E quem é que aparece a essa hora da noite, cacete? Dou uma olhada pela janela da frente.

O carro de Dre está parado na calçada, mas ele não.

Abro a porta.

— Dre?

Nada. Tem uma arminha de água na varanda, uma das grandes. Dre adora colecionar essas coisas.

Desço os degraus.

— Dre, onde você tá?

Nada.

Pego a arma. Está carregada com água.

— O que ele tá...

Levo uma esguichada de água na cara.

— Diga "oi" pro meu amiguinho! — brinca Dre, como se fosse o Scarface.

A arma dele é enorme, do tipo que tem um tanque de água para usar como mochila. Atirou em mim em cheio. Meus shorts e minha camiseta estão encharcados.

— Que porra é essa, cara? Tá de brincadeira? — grito.

— Ninguém tá brincando aqui, primo. Isso é guerra!

Dre atira em mim novamente. Ele não devia ter deixado uma arma para mim. Atiro em cheio na cara dele. Em pouco tempo, estamos travando uma verdadeira batalha de arminhas de água no meu jardim. A minha não é tão potente quanto a dele. Por isso, acabo pegando a mangueira.

Dre levanta os braços.

— Tá bem, tá bem! Eu me rendo!

— Você o quê? — pergunto, e jogo água no rosto dele de novo.

Ele tenta bloquear a água com as mãos.

— Eu me rendo! Para!

— Larga a arma primeiro!

— Tá bem, tá bem — diz, e joga a arma.

Desligo a mangueira.

— Cacete — digo, olhando para minhas roupas. Estou ensopado da cabeça aos pés. — Acabei de sair do banho.

— Agora tá limpo de verdade. Provavelmente tava mesmo precisando lavar essas tranças empoeiradas.

Torço minha camisa para tirar o excesso de água.

— Vai se ferrar.

Dre se abaixa e pega algo que brilha na grama. Em algum momento, seu relógio caiu.

— Droga, arranhou meu relógio.

Do uma olhada. Tem um pequeno arranhão no vidro.

— Tá vendo o que acontece, idiota. Por que você não tá na Magnólia?

— Ah, posso ir lá qualquer sexta-feira. Achei melhor vir curtir com você e o priminho.

— Droga, cara. Hoje não posso. Tenho que lavar roupa e fazer dever de casa.

— Não pode fazer isso no fim de semana? Comprei uma pizza do Sal's pra gente e ainda arranjei o CD novo do Lawless que sai só na semana que vem.

— Uooou! — digo, com o punho na boca. — Como você conseguiu?

Lawless é um rapper da região leste. É bom pra cacete. Manda a real nas letras e tem umas batidas maneiras de boate. Dizem que anda com os Garden Disciples, como a maioria dos caras do leste. Vários dos King Lords não se metem com ele por causa disso. Mas, *brother*, se você é o cara. O cara. E eu e Dre vamos te ouvir.

— Instalei um sistema de som novo no carro dele. Ele me pagou e me deu o CD novo antes do lançamento. E aí, tá dentro ou não?

Preciso mesmo de um descanso.

Separar os macacões claros dos escuros ou ouvir o novo CD do Lawless?

Trabalho de história ou pizza?

As roupas e o dever de casa podem esperar. A pizza, não.

— É isso, meu chapa. Tô dentro.

Usamos as toalhas boas da minha mãe para nos secar. Ela vai matar a gente, mas foram as únicas limpas que achei.

Dou uma olhada no Seven rapidinho. Finalmente apagou. Levo a babá eletrônica comigo, caso ele acorde.

Eu e Dre entramos no Beamer e abaixamos os vidros das janelas. Ele põe o CD do Lawless para tocar. Quando a primeira música começa, acompanho com a cabeça.

— Caramba! É maneiro.

— É. Law manda muito bem — diz Dre.

Ele coloca a caixa de pizza no painel. Comi agora há pouco — a sra. Wyatt me deu um pouco de gumbo —, mas nunca digo não para pizza. Abro a caixa. Tem presunto, queijo e...

— Abacaxi? Que porra é essa?

Dre pega um pedaço.

— É pizza havaiana. Essa parada é boa demais, tô dizendo.

Tiro os abacaxis do meu pedaço.

— Fruta na pizza não dá, Dre. Você come alguma coisa normal?

Juro, ele está sempre comendo umas coisas estranhas. Pipoca com ketchup, batata frita com sanduíche de manteiga de amendoim. É nojento.

— Não é minha culpa se seu paladar é simplório. Eu dei pra Keisha provar. Ela é exigente pra cacete, mas adorou.

— Keisha não é tão exigente. Ela vai casar com você, não é?

Ele empurra minha cabeça.

— Quem terminar com você é que não tem bom gosto nenhum.

— Cara, eu duvido que eu arranje alguma garota tão cedo. Você viu o que fiz com a Lisa. — Várias semanas já se passaram, mas ainda dói. — Estraguei tudo, Dre.

Ele aperta meu ombro.

— Você vai ficar bem. Aprenda com isso e faça melhor da próxima vez. Foque no Seven e na escola agora.

— Não tenho muita escolha. Lisa não quer me ver nem pintado de ouro. King, Junie e Rico não aparecem aqui. Se não tô na escola ou no trabalho, tô preso em casa. Essa parada é estranha, Dre. Não me sinto mais eu mesmo.

— Era *isso* que definia você?

— Não foi o que eu quis dizer. Só sinto falta do jeito que...

— O que vocês tão fazendo? — grita alguém.

Eu e Dre pulamos de susto.

— Tony, que porra é essa? — grita Dre.

Tony do Ponto de Ônibus se enfia pela janela de Dre com um sorriso desdentado.

— Assustei vocês?

— Não pode chegar assim desse jeito! — digo.

— Se o seu coração tá acelerado, é sinal de que tá funcionando! — brinca ele.

Tony é um viciado em crack, não tem outro jeito de falar. Dorme num ponto de ônibus perto da Magnólia, por isso o chamamos de Tony do Ponto de Ônibus. Se alguém se senta lá, ele faz um escândalo. De qualquer forma, ninguém quer se sentar lá mesmo. Tem cheiro de mijo.

— O que vocês tão fazendo? — Ele estica o pescoço e vasculha o carro. — Isso é pizza havaiana? Amo pizza havaiana! O abacaxi faz toda a diferença!

Dre tem os mesmos gostos de um viciado em crack.

— Você comeu hoje? — pergunta Dre.

— Não! Tá ouvindo meu estômago roncar, né?

Dre ri.

— Não, eu imaginei. Aqui. — Ele entrega a caixa para Tony. — Pode ficar com o resto.

— Deus te abençoe, irmão! Tem alguma bebida aí pra ajudar a descer?

Que cara de pau...

— Pera aí. Ele foi legal de te dar a pizza. Ainda vai pedir bebida, Tony?

— Quem tem boca vai a Roma!

Dre balança a cabeça.

— Vai lá, Tony.

Tony sai irritado pela rua, falando algo sobre "mãos de vaca!".

— Que idiota — resmungo. De repente, ouço o choro de Seven na babá eletrônica. — Merda. Ele deve estar com a fralda suja.

— Espero que não faça cocô em você dessa vez.

— Você não é o único. Ei, vamos entrar pra eu te dar uma surra no Mortal Kombat.

Dre desliga o motor.

— Idiota, você que pensa. Vou lá em um minutinho. Preciso ligar pra Keisha e dar boa noite.

Ligar pra dar boa noite? Quê?

— Cara. Você é um cachorrinho.

Ele pega o Nokia e aperta os números. Dre é uma das únicas pessoas que conheço que tem celular.

— Falou o cara que tá sofrendo por causa da Lisa.
— Você ainda é um cachorrinho.
Dre me dá um empurrão e põe o telefone no ouvido.
— Oi, amor.
— Oi, Keisha! Tá mantendo ele na linha, não tá? Aposto que o Dre precisa pedir permissão pra fazer qualquer coisa. — grito.
Ele me dispensa. Entro em casa rindo.
Todo o contorcionismo que Seven estava fazendo no berço era mesmo por causa de uma fralda suja. Graças a Deus não sinto o cheiro dessa ao entrar no quarto.
— Certo, certo — digo, e o pego no colo. — Tá tudo bem, cara. Eu tô aqui com você.
Agora, sou um especialista em fraldas. O segredo é distraí-lo enquanto troco, cantando ou fazendo um rap. Canto muito mal, mas Seven não se importa.
Eu o deito no trocador e abro os botões do macacão.
— Algum pedido pra rádio Papai? E se eu voltar aos velhos tempos?
Canto "Cool it now", do New Edition, usando a embalagem de talco como microfone. Minha voz está fora do tom, meus passinhos de dança são horríveis e, se Dre vir isso, vai me zoar pra sempre. Mas Seven está sorrindo e chutando, e só o que importa.
Não vou mentir, me envolvi com a música. Quando chego à parte do rap, já estou abotoando o macacão de volta.
Eu o coloco de volta no berço e me inclino sobre a grade.
— Tá vendo? Falei que o papai tava aqui com você. Estou sempre aqui. Agora volte a dor...

Pow! Pow!

Dou um pulo. Estou acostumado aos tiros. Por aqui, o som é tão familiar quanto o canto dos pássaros. E estes pareceram ter sido bem perto.

Dre.

Ouço pneus cantando do lado de fora. Abro a porta da frente.
— Dre!

Ele não responde. Corro o mais rápido que posso, mas é como se o tempo, o espaço e todo o resto estivessem contra mim. Há um fio de fumaça próximo à porta do carro de Dre.

— Dre! — grito.

O silêncio é o pior de todos os sons. Dou a volta até o lado do motorista. Paro antes de chegar.

Meu primo está curvado sobre o volante. Há um buraco ensanguentado em sua cabeça.

Abro a porta.

— Dre! Dre, acorda!

Ele não se move, nem respira. O sangue escorre da boca como se fosse saliva. O telefone está perto do pé, como se tivesse caído da mão dele. Do outro lado da linha, Keisha grita.

Preciso fazer alguma coisa. Massagem cardíaca, primeiros socorros, qualquer coisa. Destravo o cinto de segurança e tento puxá-lo, mas Dre é muito pesado. Pesado como um corpo morto. Não, cara. Não, não, não.

Uso toda a minha força, mas minhas pernas não aguentam. Acabamos os dois caídos no chão. Eu me sento, com a cabeça de Dre no colo. Seus olhos estão arregalados, mas ele não vê nada.

— Socorro! — grito até machucar a garganta. — Alguém ajude!

Está tudo silencioso e quieto. Tiros fazem as pessoas sumirem.

Dou um tapinha no rosto de Dre.

— Dre, acorda! Vamos lá, cara! Acorda!

Ele não se move.

Ele não me responde.

Ele nunca mais vai me responder.

DEZ

Há uma semana eu estava sentado no meio da rua com Dre enquanto ele olhava para o nada.

Os Wyatt foram os primeiros a aparecerem correndo. A sra. Wyatt ligou para a polícia. O sr. Wyatt tentou me fazer soltar o Dre. Eu não queria... não *conseguia*. Eu o segurei até a ambulância chegar.

Os paramédicos nem tentaram salvá-lo. Deram uma olhada nele e desistiram. Eu xinguei todos eles. Jurei que partiria para cima se não fizessem o trabalho que tinham que fazer. Não conheciam meu primo como eu conheço. Ele é um guerreiro, cara. Não dou a mínima se a bala tinha atingido a cabeça, ele poderia voltar. Poderia.

Cobriram o corpo com um lençol branco e o deixaram na rua. Ele não era mais uma pessoa. Era uma cena de crime.

Os policiais encontraram Tony do Ponto de Ônibus nas redondezas e o interrogaram. Não acham que foi ele. Tony não é do tipo que rouba ou mata, sem chance. Keisha disse que ouviu um cara dizendo a Dre para entregar as coisas. A carteira, o relógio e o estoque de drogas sumiram. A gente só sabe que levaram as drogas porque os policiais com certeza teriam mencionado se tivessem encontrado. Acham que foi um assalto comum.

Eu não. Quando um King Lord é assassinado, há uma grande chance de que tenha sido por um GD. Me lembro do cara que disse que meu primo deveria tomar cuidado.

Agora, Ant tem um alvo nas costas. Juro que, se foi ele quem fez isso, vou matá-lo.

O quê, eu deveria deixar pra lá? Dre era minha família. Meu *sangue*. Quem quer que o tenha matado está pedindo uma retaliação.

O mundo tem a audácia de continuar rodando sem ele. As pessoas estão rindo e sonhando, enquanto Dre não pode mais. Isso me fez perder a vontade de fazer qualquer coisa. Nesta semana, não fui para a escola nem para o trabalho. Minha mãe não me obrigou a ir, e o sr. Wyatt me disse para tirar quantos dias eu precisasse. A questão é: qual é o objetivo de tudo isso agora? Hoje, uma das pessoas mais importantes da minha vida vai ser enfiada numa cova. Na porra de uma cova, num cemitério perto da estrada, como se ele não fosse o filho de alguém, o pai de alguém. Noivo. Sobrinho. Primo. Irmão mais velho. *Meu* irmão mais velho.

Outro dia, meu pai disse que o luto é algo que todos nós precisamos carregar. Não tinha entendido até hoje. É como se eu tivesse uma pedra gigante nas minhas costas. Pesa sobre todo o meu corpo, e eu tenho vontade de gritar para afastar a dor.

Homens não devem chorar. A gente deve ser forte para carregar as nossas pedras e as dos outros. Como vou chorar se a tia Nita não para de chorar? Preciso enxugar suas lágrimas. Minha mãe quase chora tanto quanto ela, e preciso estar lá para apoiá-la. O tio Ray está sempre dando bronca em todo mundo, e vou aguentar seja lá o que diga. Keisha anda de um lado para o outro como se fosse um zumbi. Preciso garantir que coma alguma coisa. Andreanna pergunta pelo pai o tempo inteiro. Não entende que ele se foi. Eu a levanto como um aviãozinho, como Dre fazia. Nunca vou conseguir fazê-la rir do mesmo jeito.

Estou cuidando de todos, e ainda por cima do meu filho. Não tenho tempo para o luto.

Hoje, preciso ser forte pela família. Faltam poucas horas para o velório do Dre. Mais cedo, a sra. Wyatt veio aqui e levou o Seven para a casa dela. Velórios não combinam com bebês, e bebês não combinam com velórios.

Minha mãe aparece na porta do quarto enquanto fecho os botões da camisa. Está usando seu vestido preto e sapatos de ficar em casa. Sempre espera para colocar o salto.

— Você está pronto, querido? A limusine vai passar na casa da sua tia daqui a pouco, e quero ir junto com a família.

— Quase. Preciso colocar a gravata.

Ela entra no quarto.

— Deixe que eu faço isso. Você cresceu tanto que ultimamente eu não consigo mais fazer muita coisa pra você.

— A senhora tá mais do que convidada a trocar as fraldas do Seven.

Minha mãe dá uma risadinha.

— Essas eu deixo pra você, com prazer. — Ela fica na ponta dos pés e dá o nó na gravata ao redor do meu pescoço. Faz um tempo que sou mais alto do que a minha mãe, mas sempre me sinto um garotinho quando ela está na minha frente. — As avós são responsáveis pelos abraços, pelos beijos e pelos carinhos. Eu mimo, e você limpa. Esse é o trato.

Dou um meio sorriso.

— Tá fazendo direitinho a parte de mimar.

— Ei, sua avó era igualzinha com você. Estaria te mimando até hoje se eu deixasse. Ela comprava as roupinhas mais lindas. Meu Bumbum Fedido estava sempre estiloso.

— Mãããe — resmungo enquanto ela ri. — Você precisa esquecer esse apelido, sério mesmo.

Ela passa os dedos pelo meu cabelo. No outro dia, tirei as tranças nagô e deixei os fios livres.

— Não importa a sua idade. Você sempre vai ser meu Bumbum Fedido. — Seus lábios começam a tremer, o sorriso se esvanece e seus olhos enchem de lágrimas. — Eu... fico pensando naquela noite. A gente podia estar enterrando você hoje.

Depois de ligar para a polícia, sra. Wyatt mandou uma mensagem para o pager da minha mãe, que voltou correndo para casa. A rua estava lotada de policiais e curiosos, e ela precisou estacionar alguns quarteirões adiante. Veio correndo até a nossa casa, gritando meu nome. Ela me abraçou como se não fosse me largar nunca mais.

Seco sua bochecha. Lágrimas de mãe são a pior coisa do mundo.

— Tá tudo bem, mãe. Eu tô bem.

— Não, você não está. Ainda não chorou desde que tudo aconteceu, querido.

A pedra fica mais pesada. Eu me recomponho.

— Não se preocupe comigo.

— Só o que faço é me preocupar com você.

Ficamos parados por um momento e ela não me deixa olhar para nada que não sejam seus olhos. Não é a pedra que está tentando me quebrar... é a minha mãe.

Não posso quebrar, cara. Não posso. Dou um beijo na cabeça dela.

— Estou bem, mãe.

— Maverick...

— Vamos lá — digo, e pego a mão dela. — A gente tem que ir se quiser pegar carona com a família.

Eu estava no velório de Dre, mas não estava.

Na maior parte do tempo, minha cabeça ia para outro lugar. Só me lembro de uns relances. Dre, com o terno que deveria ter usado no casamento, deitado no caixão. Tia Nita chorando tão alto que gritava. Minha mãe e a vovó tentando acalmá-la, mas chorando também. Keisha quase desmaiou. Alguém levou Andreanna para fora, para que não precisasse ver tudo.

Todos os parceiros estavam no fundo da igreja. Durante os velórios, King Lords ficam em pé para que a família possa se sentar, essa é a regra. Todo mundo estava usando roupas cinza e pretas, ou uma camiseta com a foto de Dre. King acenou com a cabeça para mim enquanto eu entrava com a família, foi seu jeito de me dizer para manter a cabeça erguida. Ao longo da semana, conversou bastante comigo.

Foi difícil para Shawn falar durante a cerimônia. O pessoal que estava sentado no banco disse: "Tudo bem, querido" e "Faça no seu tempo", o que o ajudou a terminar. O pastor fez o discurso fúnebre, acho. É isso que acontece nos velórios, né? Depois, só me lembro do caixão sendo içado para dentro da terra, levando Dre junto.

Agora a gente está no subsolo da igreja, para a recepção. A mesa está posta com frango frito e acompanhamentos, como se fosse um bufê. Vovó preparou o meu prato. Diz que estou magro demais. Mas só o que faço é empurrar a vagem ao lado do purê de batata.

A família inteira está presente, incluindo todos os tios-avôs, tias-avós e primos. A vovó tem uma família grande. Minha mãe está num canto, conversando com alguns parentes. Moe está ao lado dela, segurando sua mão para demonstrar apoio. Tia Nita e tio Ray estão sentados com o pastor. Andreanna ri e brinca com alguns dos priminhos, como se não estivessem na cerimônia de velório do pai dela. As crianças têm essa sorte.

Inclino a cabeça para trás e fecho os olhos. A gente deveria estar passando esse tempo em família. Mas Dre está debaixo da terra, sozinho.

— Ei.

Volto a olhar para a frente enquanto Moe se senta ao meu lado. A vovó a chama de "a garota negra de ossos grandes". É enfermeira no consultório de um médico no centro da cidade. Quando a conheci, ela me deu um CD do Tupac. Desde então, somos de boa um com o outro.

— Como você está, garotinho?

— Bem. E minha mãe, tá bem?

— Ela está aguentando firme. Estou tentando dar apoio.

E então, continuo:

— Fico feliz que ela tenha uma amiga como você.

Digo com sinceridade. Minha mãe pode estar estressada o quanto for com as contas ou com alguma coisa relacionada ao papai. Mas quando sai com Moe, fica bem de novo.

Moe me devolve um pequeno sorriso.

— Estou feliz de poder estar aqui por ela. E por você também, se quiser. Você vem no pacote.

— Eu tô bem se minha mãe tiver bem. — Solto o colarinho da camisa. Ou estou com calor, ou o cômodo está cheio demais. — Vou ficar melhor quando isso aqui acabar.

Moe olha para minha mãe e depois de volta para mim.

— Quer saber, por que não sai um pouco pra respirar? Eu aviso a Faye.

Eu me sento.

— Sério mesmo?

— Sério. Você não está fazendo nada além de uma montanha com esse purê de batata — diz, e dá um sorrisinho. — Faye vai entender. Aposto que Dre entenderia também.

Sinto um nó na garganta.

— É. Tá bem.

Moe aperta meu ombro. Eu me afasto da mesa e subo as escadas.

Não era para o clima estar tão bom assim. O vento frio significa que está chegando a época da feira estadual. Eu e Dre sempre íamos à Loucura da Meia-Noite. Era no primeiro sábado da feira. Das nove até a hora de fechar, você podia ir a quantos brinquedos quisesse por quinze dólares. Eles praticamente precisavam nos expulsar.

Quase tudo me faz pensar nele.

Vários parceiros seniores estão em volta do Benz prateado do Shawn no estacionamento da igreja. Ajudaram bastante ao longo dessa semana. Pagaram o velório, levaram comida, ligaram com frequência para checar se a gente estava bem. Além disso, compraram meu terno e meus sapatos, para que eu tivesse algo decente para vestir no velório. Depois de tanto tempo ocupado com o trabalho e com meu filho, foi bom sentir que ainda faço parte do grupo.

Shawn está sentado no capô do carro com uma garrafa de bebida na mão. Tem olheiras escuras em volta dos olhos. Estende a palma para mim. Eu o cumprimento, e ele me puxa para um abraço. Depois me oferece a bebida. Jogo um pouquinho no chão, para o Dre, e dou um gole.

Shawn pega a garrafa de volta.

— Você é muito novo pra beber mais do que isso. Dre encheria meu saco por deixar você tomar esse gole.

Quase sorrio.

— Ele era um pé no saco.

— O mais pé no saco de todos. — Shawn abaixa a cabeça. — Eles elogiaram muito o nosso irmão hoje, Mav.

— Foi um belo velório mesmo. Fiquei até meio *introspectado*, sabe como é? — diz P-Nut.

Óbvio que não, não sei. Aposto que esse idiota nunca pegou num dicionário na vida.

— Belo ou não, essa merda não era para ter acontecido. Tô te falando, Mav, quando eu descobrir quem fez isso, ele já era — decreta Shawn.

Estou mil por cento dentro.

— Você já sabe de alguma coisa?

— Temos quase certeza de que foi um dos GDs. Difícil dizer qual, já que o Dre não tinha problema com nenhum deles.

Não é verdade.

— Dre tinha problema com um.

O comentário chama a atenção de todos os parceiros.

Shawn chega mais perto.

— Quê? Com quem?

— Um cara chamado Ant.

Posso ver aquele nanico nitidamente.

— Ant — repete Shawn, tentando se lembrar. — É um garoto de pele mais clara?

— É. Estuda na minha escola. Chegou pra mim no primeiro dia e disse que era melhor Dre parar de fazer pega do lado leste. Agora, poucas semanas depois, o Dre tá morto? Não é coincidência, Shawn.

— Pode ser. Mas antes de fazer qualquer coisa, a gente vai investigar. Quem quer que tenha sido, eu mesmo vou cuidar dele. Tem a minha palavra.

Shawn levanta a mão para me cumprimentar.

O fato é que a família nunca vai pedir à polícia que investigue o assassinato de Dre. E também não é como se os policiais se importassem. Minha mãe, tia Nita e tio Ray nunca vão dizer em voz alta, porque não é algo que se queira admitir e porque não se deve ficar falando sobre os assuntos das ruas, mas nossa família está ligada aos King Lords há tempo suficiente para saber que é o tipo de coisa que a gangue resolve.

É aí que eles estão errados.

— Não, *eu* preciso cuidar disso.

Shawn abaixa a mão.

— Ei, espera aí, Li'l....

— Não, cara! Dre era sangue do *meu* sangue. Não posso deixar matarem alguém da minha família e não fazer nada.

— Olha, eu também estou irado com a morte de Dre. Mas não vou deixar o primo mais novo do meu chapa se envolver. Isso não tem mais a ver com você.

— É o cacete que não tem!

— Não é uma sugestão, Li'l Don.

Todos olham para nós, e posso jurar que alguns dos seniores dão um sorrisinho.

Minhas narinas inflam. Se eu fosse qualquer outra pessoa, ninguém questionaria o fato de que eu preciso cuidar do assassino do meu primo. Mas sou *Li'l Don*, o cara que é fraco demais em comparação ao pai.

— Você acha que eu não consigo, né?

Shawn levanta os óculos escuros, mostrando as duas lágrimas tatuadas abaixo do olho, uma para cada pessoa que matou.

— Você já atirou em alguém, Li'l Don?

Eu me sinto encolher. A verdade é que nunca nem puxei um gatilho.

— Não.

— Você tem uma arma?

— Posso conseguir uma e...

— Perguntei se você tem uma arma.

Meu maxilar trava.

— Não.

Shawn coloca os óculos de volta.

— Imaginei. A gente vai cuidar disso.

— Fraco — diz P-Nut, disfarçando a palavra com uma tossida falsa. Os seniores riem. Sou uma piada para eles.

Vou, cheio de raiva, em direção à igreja. Fui eu que encontrei o Dre com as balas na cabeça. O mínimo que Shawn podia fazer era me deixar cuidar do cara que o matou.

Mas não. Sou só um garoto que não está à altura da fama do pai.

Um dia, vou provar a todos esses idiotas que estão errados. Acredite.

Mal sei onde estou indo e quase esbarro em alguém.

— Desculpa.

— Mav?

É a voz mais doce que eu conheço.

Lisa arrumou as tranças num coque e está usando um vestido preto. Depois de tudo que fiz, ela ainda veio ao velório do meu primo.

— Estava te procurando. Moe me disse que você veio aqui para fora e... Você tá bem?

— Tô. Tô tranquilo.

Lisa me olha com atenção. Tenho a impressão de que não se convenceu com a minha resposta.

— Quer dar uma volta?

Assinto com a cabeça.

Lisa segura a minha mão e eu deixo que ela me leve para longe da igreja.

ONZE

Lisa e eu caminhamos pelo bairro por um tempo. Ela não fala nada, e em nenhum momento sinto que preciso falar. A certa altura, acabamos indo para a casa dela.

Eu me jogo no sofá, e Lisa se senta ao meu lado, de pernas cruzadas.

— Dizer que sinto muito não é suficiente, mas eu sinto muito, Maverick.

Limpo a garganta.

— Obrigada por ir no velório. Você não precisava fazer isso.

— Óbvio que precisava. Eu amava o Dre como se fosse da minha família... A não ser quando ele perturbava os meus jogos.

Faço esforço para sorrir. Dre sempre ia comigo aos jogos de basquete da Lisa. Em pouco tempo, virou fã do time dela e ficava xingando os outros. Algumas vezes, quase fomos expulsos.

— Ele gostava mesmo de perturbar, né?

— Era a definição de "boca grande". Você se lembra de quando eu conheci o Dre?

— Lembro. Naquele jogo que foi fora da cidade.

— Isso. Naquele dia que você o enganou e o fez dirigir duas horas pra te levar lá. Ele foi um amor comigo, mas dava pra ver que tava puto com você — diz Lisa, rindo.

Dou risada.

— Ele superou. Só precisei pagar a gasolina e um prato de costela no Reuben's, além de um bolo de pêssego e um pedaço de pudim de banana.

— Ele era muuuito comilão. Lembra quando fomos no Sal's com ele e a Keisha e ele...

— Pediu uma pizza inteira só pra ele. Depois colocou mostarda na pizza toda.

— Meu Deus, ele tinha uns gostos muito estranhos pra comida.

— Tinha mesmo. Eu tava sacaneando ele sobre isso outro dia antes de...

As palavras fogem. Visualizo Dre curvado sobre o volante.

— É verdade, então. Foi você quem o encontrou — murmura Lisa.

Concordo com a cabeça, olhando para baixo.

— Ele já estava morto quando cheguei lá.

Lisa solta um suspiro, como se doesse ouvir as minhas palavras.

— Sinto muito.

Ficamos em silêncio novamente. Na verdade, está silencioso *demais*. Estou surpreso que a srta. Montgomery ainda não tenha aparecido para me expulsar.

— Sua mãe não tá aqui?

— Não. Tá no ensaio. O departamento de teatro vai apresentar *O sol tornará a brilhar* daqui a algumas semanas. Ela vai ficar ocupada o mês inteiro com isso.

A srta. Montgomery é professora de teatro da Midtown School of the Arts. O que explica por que a mulher é tão dramática.

— Ah, que legal.

— É. Fico feliz porque assim ela larga do meu pé.

— Você sabe muito bem que isso não vai durar muito. Mas pelo menos você não precisa mais lidar com o Carlos, né?

— Graças a Deus, ele voltou pra faculdade. Só vou ver ele no dia de Ação de Graças. Tô tentando convencê-lo a trazer a namorada, assim ele se distrai e não se mete na minha vida.

— O queeê? Carlton Banks arranjou uma namorada?

Lisa empurra a minha cabeça.

— Para de chamar ele assim.

— Cara, ele parece o Carlton. Tô chocado que tem pegada pra arranjar uma namorada.

— Parece que tem. O nome dela é Pam, estuda medicina. É uma fofa, apesar de eu não saber o que ela vê no meu irmão.

— Caramba. Seu irmão cafona de fato arranjou uma namorada.

— Tanto faz, Maverick. — Ela se levanta do sofá. — Vou trocar de roupa. Pode pegar o que quiser na cozinha.

Lisa vai mesmo me deixar ficar.

— Obrigado.

Ela me lança um sorrisinho de leve.

— De nada.

Lisa vai para o quarto e eu vou para a cozinha. Estou morrendo de sede. A srta. Montgomery mantém os armários e a geladeira sempre cheios. Encontro todo tipo de bebida e álcool. A mãe de Lisa é boa em beber tudo de virada.

Abro uma lata de Pepsi e caminho pelo corredor. De frente para o espelho do quarto, Lisa solta o coque. Digo que ela está sempre bonita (cacete, a bunda está perfeita naquele vestido), mas hoje essa garota está linda demais.

Ela percebe que estou olhando.

— O que foi?

Eu me encosto no batente da porta e bebo meu refrigerante.

— Nada. Só tava te olhando.

— Pra aprender a cuidar do seu cabelo? Porque você *obviamente* não penteou essa bagunça na sua cabeça.

— Por que você me odeia?

— Por que você se odeia? — Lisa põe a escova no meu cabelo, e ela fica presa. Eu me contorço enquanto ela tira. — Caramba, Maverick. Quando foi a última vez que você escovou o cabelo?

— Eu uso estilo black power agora!

— E daí? Mesmo assim precisa escovar, desembaraçar, cuidar. Aposto que não lavou o cabelo desde que fiz as tranças, né?

— Eu tomo banho!

Lisa aperta os lábios.

— Não é suficiente. Precisa passar xampu, condicionador.

— Isso é coisa de garota.

— Diz isso pro seu cabelo imundo. Vai para o banheiro.

— Lisa...

Ela aponta para o fim do corredor.

— Vai!

Caramba, ela está viajando. Vou para o banheiro, tiro a camisa e a gravata, e me ajoelho diante da banheira.

Lisa se senta ao meu lado e pega o chuveirinho, depois liga a água.

— Isso não faz o menor sentido, Maverick. Sério mesmo.

— Não tá tão rui... *Aaaaaah*! — Ela está jogando água na minha cara, me deixando sem ar. — Ei!

— Ops, desculpa. Da próxima vez eu aviso.

Mentira.

— Você é pior do que a minha mãe. Ela não tá pirando por causa do meu cabelo.

— A sra. Carter está de luto. Provavelmente não tá prestando atenção no seu cabelo. — Lisa massageia meu couro cabeludo com o xampu. Não posso negar, é gostoso. — Estou surpresa que o sr. Wyatt deixe você ir trabalhar desse jeito.

— Você sabe que trabalho pra ele?

— Minha mãe me disse. Falou que você ensacou as compras dela um dia.

Ah, é verdade. Ela me olhou com a cara mais horrível de todas. O que é digno de nota porque ela já me olhou de cara feia muitas vezes.

— E por que ela te contou? Você tá querendo saber o que anda rolando com o seu garoto?

— Não! — Lisa joga água no meu rosto de novo.

— Ei! — grito, enquanto ela ri. — Para de brincar, garota!

— Desculpa — mente, de novo. Depois passa mais xampu. — Se você tá trabalhando pro sr. Wyatt, significa que desistiu de vender drogas?

— É, tenho um filho pra criar agora. Quero estar por perto. Mas não vou mentir... trabalhar e cuidar dele tá me deixando exausto.

— Iesha não ajuda?

— Não, ela precisava de um tempo. Eu tô com ele desde o dia que descobri que é meu.

Lisa enxagua o xampu em silêncio.

— Qual é o nome dele?

— De quem, do meu filho? Dei o nome de Seven.

— *Seven*? Não acredito que batizou o menino com um número, Maverick. Meu Deus.

— É o número da perfeição! — Sempre tenho que explicar. — Ele é perfeito, faz sentido.

Pelo cheiro, ela está colocando outra coisa no meu cabelo. Condicionador ou seja lá o que for.

— Ok, quando você fala assim é até meio que fofo.

— Obrigado. Além disso, é único. Agora, se eu desse um nome sem graça tipo Connor... *Ah*!

Lisa joga água na minha cara de novo.

— Dessa vez foi de propósito. Não vou pedir desculpa.

— É um nome sem graça! Não acredito que depois de mim, você ficou com ele.

— Hm, você não é tudo isso, senhor, pode baixar a bola. Não que seja da sua conta, mas não tô ficando com o Connor.

— Entendi. — Meus lábios se curvam num pequeno sorriso. Tudo bem, ela me largou, mas pelo menos não está com o Riquinho. — Ele não tem pegada, né?

— Isso também não é da sua conta.

Solto uma risada debochada.

— Sua resposta diz tudo. Sabia que ele era um idio... Ai!

Ela me bate com o chuveirinho.

— Essa foi de propósito também.

Passo a mão na cabeça.

— Você tá com raiva porque eu tenho razão.

***

Lisa seca meu cabelo e me leva para o quarto. Eu me sento na cama e ela se ajoelha atrás de mim para olhar minha cabeça. Passa a escova com força.

Eu me encolho todo.

— Que isso, garota? Por que você tá penteando com tanta força?

— Se você mesmo tivesse feito, não estaria tão ruim. Fica quieto.

— Eu tô quieto. Você tá bruta pra cacete. — Ela segura a escova perto do couro cabeludo, próximo ao meio da testa, e depois escova o cabelo a partir dali. Chama isso de dividir. — Vai trançar?

— Não, ia demorar muito. Vou fazer um rabo de cavalo.

— Certo... Obrigado.

Ela prende o cabelo num rabo de cavalo.

— De nada. São duzentos dólares.

— *Duzentos dólares?* Você me sufocou e agrediu!

— Ninguém agrediu você!

— Você me bateu com o chuveirinho e quase arrancou meu cabelo!

— Não arranquei seu cabelo. Você tem a cabeça muito sensível.

— Não tenho a cabeça sensível.

— Certo, do mesmo jeito que não sente cócegas.

— Eu não sinto!

Ela tenta fazer cócegas debaixo do meu braço. Eu me levanto da cama.

— Ei, garota! Para!

Lisa dá um sorrisinho.

— Achei que você não sentia cócegas.

— Eu não sinto. Mas você sente.

Vou para cima dela na cama e faço cócegas sem parar. Ela gargalha e eu acabo rindo também. Os lindos olhos castanhos encontram os meus e então ficamos imóveis.

Ninguém mais existe.

Olho para os lábios dela, e nunca quis tanto fazer algo quanto quero beijá-la agora. Então, dane-se, eu beijo.

Lisa retribui.

Faz muito tempo que a gente não faz isso. O beijo é muito intenso e não conseguimos tirar as mãos um do outro. É como se ela tivesse ligado um cabo de eletricidade em mim. Meu corpo inteiro está pegando fogo.

— Caramba — murmuro e olho para baixo. É nítido o quanto estou a fim.

Lisa olha também. Depois ergue o olhar para mim e abre meu zíper. Vai rolar.

Eu a ajudo a tirar o vestido e ela me ajuda a tirar a calça. Estamos os dois sem roupa quando entramos debaixo das cobertas. Estou pronto para começar.

— Merda — xingo, e me levanto. — Não tenho camisinha.

Lisa se senta.

— Sério?

— É. Não tinha motivo pra andar com uma. Você toma pílula, né?

— Não. Não tinha motivo pra tomar.

Por alguns segundos, o único barulho no quarto é nossa respiração ofegante.

Sentir o corpo dela no meu... Está me deixando louco.

— Eu posso tomar cuidado...

— E se você tirar antes de...

Falamos ao mesmo tempo. Nossos olhos se cruzam e, cacete, eu quero muito essa garota.

— Você quer? — pergunto.

Lisa morde o lábio.

— Quero. E você?

Nunca quis tanto uma coisa em toda a minha vida.

— Quero.

Lisa me puxa de volta e beija meu pescoço.

— Então toma cuidado.

É só o que eu precisava ouvir.

PARTE 2

CRESCIMENTO

DOZE

Cacete. Foi uma loucura.

Lisa e eu estamos deitados na cama, suados e ofegantes. Ficamos em ação por horas. Tá bem, por uma hora. Tá bem, tá bem, está mais para quinze, vinte, dez minutos. De qualquer jeito, fizemos aquilo.

Foi a primeira vez que transei sem proteção. Agora entendo o que os parceiros dizem, a sensação é diferente mesmo. Mas tomei cuidado, como disse que faria.

Tiro o cabelo de Lisa de seu rosto e beijo sua testa. O garotão aqui a fez suar em bicas. Pra valer.

— Nossa, tava com saudade de você.

Ela se aninha em mim.

— Não vou negar, eu também tava com saudade de você.

— Eu percebi, pelo jeito que tava gritando.

Ela dá um tapinha no meu peito.

— Você é muito cara de pau.

Dou um sorrisinho. Ela não pode negar a verdade.

Fecho os olhos. Deitado com Lisa, não escuto tiros. Não há primos mortos. Só a gente.

Até um carro entrar na garagem.

Lisa dá um pulo e se senta na cama.

— Ai, merda! Minha mãe!

Merda!

A gente se levanta rapidamente. Lisa enfia a camisa e os shorts, eu visto a calça. Caramba, espera aí, minha cueca. Preciso colocar a cueca.

A porta principal se abre.

— Cheguei! — grita a srta. Montgomery. — Vem me ajudar a tirar as compras do carro.

Merda, merda, merda.

Lisa me empurra em direção à janela, quase para fora.

— Vai! — sussurra, e depois grita: — Já vou descer, mãe!

— Espera — digo, por cima do batente. — Eu te amo. A gente se vê durante a semana? — Em seguida, me inclino para beijá-la.

Lisa dá um passo para trás e morde o lábio.

— Eu... Eu sinto muito pelo Dre.

Espere aí. Ela... Ela está se esquivando?

— Lisa...

Ela me dá um empurrãozinho de leve e caio na grama do jardim dos fundos. Depois fecha a janela e diz para a mãe que está indo.

Dou uma olhada em volta. Não posso ir para o portão nem para a garagem, senão a srta. Montgomery vai me ver. Escalo a cerca que dá no jardim atrás da casa delas. Um rottweiler vem para cima de mim e eu quase faço xixi nas calças. Graças a Deus, está preso por uma corrente. Saio pelo portão e sigo agachado até a rua.

Um dia inteiro já se passou e eu ainda não entendi o que aconteceu com Lisa.

Achei que a gente estava de boa de novo. Quer dizer... ela quis transar comigo, cara. Disse que sentia a minha falta. Daí eu digo que a amo e tento fazer planos para a semana, e ela me empurra pela janela? Tentei ligar quando cheguei em casa, mas meu número ainda está bloqueado.

Garotas são confusas demais, cara. Quase liguei para o Dre para pedir um conselho. Ele sempre sabe como me ajudar com Lisa.

Então lembrei.

A vida sem ele nunca vai ser normal.

Hoje estou trabalhando na loja. Normalmente fico de folga aos domingos, mas Jamal, o sobrinho do sr. Wyatt, não podia vir, e eu disse que podia. Preciso fazer alguma coisa para tirar Dre da cabeça. Além disso, na real, este garotão aqui precisa de dinheiro. Não gosto nem de imaginar quanto vou receber depois de passar uma semana sem trabalhar.

Minha mãe aceitou cuidar do Seven para mim. Disse que adoraria passar um tempo com o Bonitinho. Aposto que precisa de uma distração, e bebês são ótimos para ajudar a esquecer a morte. Talvez por serem tão novinhos.

O sr. Wyatt fez uma longa lista de tarefas para me manter ocupado. Primeiro, preciso esfregar o chão, depois reabastecer as prateleiras. Em seguida, vou colar os cartazes de promoção nas janelas. Ele está fazendo uma oferta especial de costelinha de porco e folhas de nabo. Quando eu terminar, disse que tem outra longa lista para mim.

Nesse meio-tempo, ele está na calçada com o sr. Lewis e o sr. Reuben. O sr. Reuben é o dono da churrascaria do outro lado da rua. Os três estão rindo e conversando como se não tivessem negócios para tocar. Acho que é assim que funciona quando você é o patrão. Você põe outras pessoas para fazer o trabalho duro e fica de boa, curtindo com seus parceiros. Cara, quero ser assim um dia.

Mergulho o esfregão no balde, depois o passo no chão. Já esfreguei todos os corredores e agora estou na parte dos fundos, próximo ao escritório. O sr. Wyatt quer o piso brilhando a ponto de a gente conseguir ver o próprio reflexo no chão.

Ouço o telefone tocar no escritório. Coloquei o e aviso de "piso molhado", então não sei por que vou em direção ao escritório como se não soubesse que o chão está escorregadio. Quase caio de bunda.

E ainda é a porcaria de um engano. A mulher fica toda irritada quando digo que não é da Church's Chicken da Magnólia. Tomara que fique com gases. Estou prestes a colocar o telefone no gancho, mas paro no meio do movimento.

Aposto que Lisa não bloqueou o número da loja.

Consigo ver a calçada muito bem daqui. O sr. Wyatt está ocupado conversando com os amigos. Não vai perceber que estou usando o telefone.

Disco o número de Lisa rapidinho. Boa! Está tocando. Ela não bloqueou meu número do trabalho. Toca de novo, e de novo e...

— Alô?

Ah, não. É a srta. Montgomery.

Quando a mãe de Lisa me conheceu, me olhou de cara feia, e é desse jeito que me olha desde então. Acha que não sou uma boa companhia e já deixou Lisa de castigo várias vezes para nos manter separados. Mesmo assim, Lisa fugia para me encontrar, o que só fazia com que a mãe dela me odiasse mais ainda.

Limpo a garganta. Não importa o quanto a srta. Montgomery me odeie, minha mãe me disse para demonstrar respeito.

— Oi, srta. Montgomery. Como vai?

— Ora, ora, vejam só quem apareceu. O sr. Eu-Engravido-Outras--Garotas. É muita audácia da sua parte ligar pra minha filha depois de tudo o que você fez.

Demonstre respeito, demonstre respeito.

— Sinto muito, srta. Montgomery. Será que posso falar com a Lisa?

— Você não tem absolutamente nada pra falar com ela. Lisa não quer mais saber de você. É melhor nem chegar perto, seu marginalzinho, ou eu mesma vou dar um jeito em você. Você me entendeu?

— Srta. Montgomery....

Desligou. Que droga, tinha que ser ela a atender ao telefone?

O sino da porta da frente toca. Saio correndo do escritório enquanto o sr. Wyatt e o sr. Lewis entram na loja. Pego o esfregão e volto ao trabalho como se nunca tivesse parado.

O sr. Lewis me olha desconfiado.

— Garoto, você ainda não terminou de esfregar o chão? Você é lerdo demais. Jamal já teria terminado. Não sei por que você aguenta isso, Clarence.

Não suporto o sr. Lewis, de verdade. Está sempre surtando por alguma coisa. Se você entrar na loja dele com as calças abaixadas, ele te expulsa. Se faz parte dos King Lords ou dos Garden Disciples, você nem passa da porta. Ele se recusava a cortar o cabelo do meu pai, e todo mundo ama o meu pai. O sr. Lewis é um velho idiota.

— Quando foi que pedi a sua opinião sobre o *meu* funcionário, Cletus? — pergunta o sr. Wyatt.

Cletus? O nome desse idiota é Cletus?

— Você precisa da opinião de alguém. Anda logo, garoto! Você devia ir lá se sentar na minha cadeira e me deixar cortar essa bagunça em cima da sua cabeça.

— Alguém precisa cortar é a merda da sua — digo baixinho, porque com esse troço cheio de gel, ele não pode falar do cabelo de ninguém.

— O que foi? — pergunta ele.

— Nada, sr. Lewis.

Depois solta um "Aham" como se não estivesse convencido.

— É ridículo que você tenha transformado a Faye em avó, tão jovem como ela é. Ridículo demais. Você sabe usar uma camisinha? Posso dar umas dicas. Sei que dizem que aquelas de tecido animal são melhores, mas...

Ah, nem a pau. Não vou ter essa conversa com ele. Sem chance.

— Quer que eu varra o meio-fio, sr. Wyatt?

Os lábios do sr. Wyatt se movem como se ele quisesse rir.

— Seria ótimo.

Pego a vassoura no depósito e vou para fora bem rápido.

A Marigold é bastante silenciosa aos domingos. O lugar mais movimentado é o Reuben's. O pessoal entra e sai usando vestidos e ternos, como se tivessem vindo direto da igreja. Eu e minha mãe só vamos à igreja em velórios. Ela diz que não precisa de um prédio para estar próxima de Deus.

Duas garotas saem do Reuben's com roupas tão justas que duvido que tenham ido à igreja. Uma delas é Lala, a melhor amiga de Iesha. A outra é Iesha.

Largo a vassoura e corro para o outro lado da rua.

— Ei, Iesha!

Ela finge que não me viu, *finge que não me viu.* Juro que começa a andar mais rápido.

Que porra é essa? Eu a alcanço e agarro seu braço.

— Ei...

Ela se desvencilha.

— Tira as mãos de mim!

— Ah, não vem não. Para de agarrar a minha amiga! — grita Lala.

Levanto os braços. Nunca irrite duas garotas negras. Cara, nunca irrite *uma* garota negra.

— Não foi por mal, juro. Iesha, por onde você andou?

Ela olha para Lala.

— Vai lá, amiga. Encontro você depois.

— Tem certeza?

— Tenho, tá tudo bem.

Lala me olha com uma expressão de desprezo. Passa por mim e vai embora.

Iesha abraça o próprio corpo.

— Como tá o meu bebê?

— Você vai responder à minha pergunta? Por onde você andou? Sua mãe disse que saiu de casa.

— Saí. Ela tava enchendo o saco. Tenho ficado na casa de vários amigos diferentes. Ser sem-teto não é bom pra um bebê. Por isso ainda não fui pegá-lo.

Espera aí. Ela está na minha frente, com unhas e cabelos recém-feitos e usando tênis Fila e roupas da Tommy Hilfiger.

— Você realmente acha que vou acreditar que você é uma sem-teto?

— Pode acreditar no que quiser, Maverick. Eu tô dizendo a verdade.

Tudo bem. Minha mãe diz que nem todos os pobres são iguais.

— Beleza então. Você é uma sem-teto. Isso não explica por que não foi nem visitar o Seven.

— *Seven?* Que porra é essa de Seven?

— É o novo nome do nosso filho.

— Espera aí, como é que você muda o nome do meu bebê sem me perguntar?

— É óbvio que ainda não é oficial, já que preciso de você pra isso, mas é o nome dele agora. Ele não vai se chamar King. Ele é *meu* filho.

— Daí você deu a ele um *número* como nome?

Mais uma vez, preciso explicar.

— Sete é o número da perfeição. Ele é perfeito, né?

Os olhos de Iesha perdem o foco. Ela olha para o chão.

— Ele é perfeito demais para uma mãe que não conseguiu dar conta.

Eu deveria estar irado com essa garota, afinal ela abandonou o nosso filho, mas apesar disso... me sinto mal por ela.

— Iesha, você não pode ficar se torturando, ok? Esse negócio de ser pai e mãe é difícil. Você não precisa mais cuidar dele sozinha. A gente pode fazer isso junt...

— Preciso ir.

— Iesha, espera!

Ela já fugiu.

TREZE

— Ei, Mav! — Rico acena com a mão diante do meu rosto. — Onde você tá, cara?

Meu corpo está no refeitório da escola, almoçando com ele e Junie, mas parte de mim está presa na conversa que tive com Iesha ontem.

Ela se sente culpada por não ter conseguido cuidar do nosso filho, o que me fez pensar nas minhas dificuldades. Às vezes quero desistir, cara. Tipo naquela noite em que saí e o deixei chorando sozinho no quarto. Esse negócio é desesperador de verdade.

Então eu entendo como Iesha se sente. Cara, como eu entendo. Só queria que a gente conseguisse resolver as coisas.

Também estou pensando na Lisa. Não posso ligar porque meu número está bloqueado, e não tenho tempo de ir a casa dela, então o que eu posso fazer, cacete?

A maioria dos meus pensamentos está em Dre. Hoje é o primeiro dia que venho para a escola desde que ele morreu, e é difícil. Começou hoje de manhã, quando passei pela casa da tia Nita e nem ele nem o carro dele estavam na entrada. Caí em prantos. Quando cheguei à escola, parecia que todo mundo me cumprimentava com um "Sinto muito pelo seu primo", e não com o "E aí?" de sempre. Condolências são só lembretes constantes de que Dre não está mais aqui.

O covarde que o matou está sentado do outro lado do refeitório, rindo e conversando com os outros GDs. Em toda aula que fazemos juntos, sei onde Ant está sentado. Quando ando pelos corredores, eu o procuro. Não sei como vou matá-lo, mas, acredite, eu vou. Dane-se Shawn e suas ordens.

— Já que o Mav não tá prestando atenção, vou ajudar o parceiro com as batatas fritas — diz Junie, e tenta pegar uma da minha bandeja.

Dou um tapa na mão dele.

— Cara, se não tirar a mão...

Rico quase cospe o suco de laranja.

— Só tava verificando se você tá aqui — diz Junie.

— Eu tô aqui.

Quer dizer, estou tentando estar. Finalmente presto atenção a tudo que está acontecendo ao meu redor e, caramba, o refeitório está bombando. Em uma das mesas, tem um aparelho de som tocando; em outra, está rolando uma batalha de rap. As líderes de torcida estão fazendo uma dancinha para sacanear um cara que tentou chegar em uma delas. Eu me sinto mal pelo colega.

O refeitório está dividido mais ou menos como o bairro. Os King Lords estão de um lado, e os Garden Disciples do outro. Quem não pertence a nenhum grupo se senta no meio. O que significa que tem muita gente entre Ant e eu. Eu o avisto rapidamente.

— Cara, o que você tá olhando? — Rico se vira para investigar.

Não posso contar para ele e Junie que foi o Ant que matou o Dre. Em poucas horas, a escola inteira ficaria sabendo.

— Nada. Viajando aqui. Sabe como é.

— Entendo. Provavelmente tá pensando no Dre, né? — arrisca Junie.

Rico solta um assobio.

— Essas coisas são difíceis de esquecer, cara. De vez em quando, do nada, eu fico lembrando o que aconteceu com o meu irmão.

— A mesma coisa comigo sobre a minha tia — responde Junie.

Quando Rico tinha nove anos, Tay, seu irmão gêmeo, morreu por causa de uma bala perdida enquanto dormia no beliche que compartilhavam. A tia do Junie foi esfaqueada numa festa de rua quando a gente estava no primeiro ano. O Garden tira alguém de todo mundo, e mesmo assim o defendemos. Acho que é porque é tudo o que conhecemos.

— Continue firme, Mav. Situações difíceis não persistem pra sempre. Pessoas duronas, sim — incentiva Rico.

— Uaaau — diz Junie, encostando o punho na boca. — Olha ele cheio das lições.

Rico levanta a gola da blusa.

— Tô tipo Gandhi.

Caio na gargalhada. Sempre posso contar com esses dois para me fazer rir.

— Vocês viajam.

— A gente tem muitas informações pra te atualizar, Mav. Mandaram o Cortez para o centro de detenção de novo. E nem foi por causa do esquemão que ele e DeMario estavam fazendo. Foi por outra coisa — conta Junie.

— Que esquemão?

— Sabe, aquela parada que fizeram nos bairros chiques? Que eles entravam em uma casa diferente todo dia? — diz Rico.

— Ah, sim, isso — finjo saber. Estou muito perdido.

— A gente tem o nosso próprio esquema agora.

— Ééé — concorda Junie, esfregando as mãos. — King colocou a gente na parada dele.

Desvio o olhar de Ant.

— Quê?

— King disse que você teve que se afastar. Ele precisava de ajuda e a gente precisava de dinheiro, então estamos na parada — explica Rico.

É a primeira vez que ouço falar sobre o assunto.

— E como nenhum de vocês me contou?

Junie dá uma mordida no segundo hambúrguer. Come muito nos dias em que tem treino.

— Você anda sumido, Mav. A gente pensou que você não ligava mais pra essas coisas.

Essa doeu. Ou posso estar viajando porque ainda estou irritado com o jeito com que Shawn me tratou no outro dia. Falando nisso...

— Vocês não tem medo de Shawn e os seniores descobrirem?

— Cara, é como diz o King: danem-se eles. Eles não fazem o que deveriam fazer pela gente — defende Rico.

— Não entendam errado, não tô do lado deles nem nada, mas vocês podem sim contar com eles.

— Não quero contar com eles, quero contar dinheiro. Os idiotas andam por aí dirigindo Benzes e Beamers. Você vê algum parceiro iniciante passeando de Benzes ou Beamers? — pergunta Junie.

— Não. — Preciso admitir.

— Exatamente. A gente fica aqui tentando pôr umas latas-velhas pra andar e pegando ônibus. A gente precisa cuidar uns dos outros. E se eles vierem pra cima da gente por causa disso, vão ter que se ver com todos nós.

— Caramba — digo, depois encosto na cadeira e olho de um para o outro. Nunca os vi falando desse jeito. — Isso tá parecendo um motim.

— Quê? A gente não quer mais só vender matinho.

Que idiota.

— Eu disse "motim", Rico. *Mo-tim*. Quer dizer "rebelião". Foi o que Napoleão fez na França no passado.

— Ah, não. A gente não tá se rebelando. Só ganhando dinheiro.

— É — concorda Junie, com a boca cheia de batata frita. — Você lê muitos livros, Mav. Devia aproveitar melhor o seu tempo.

Cara, que seja. A forma como King age com Shawn e os caras me deixa encucado. Agora ele conseguiu outros parceiros iniciantes para traficar por fora. Se Shawn descobrir, nem quero ver o que vai acontecer.

O sinal toca, acabou a hora do almoço. Levamos nossas bandejas para o lixo. Fico olhando Ant jogar a sua fora. Ele vai em direção a mesma sala que eu, para a aula de literatura mundial.

Mantenho os olhos fixos nele enquanto entramos na sala. Ele se senta no meio. Vou me sentar, mas a sra. Turner pega meu braço com delicadeza.

— Ei, Maverick — diz. A sra. Turner é a professora mais gentil da escola, e uma das mais jovens. Também é meio gata. Tem uma bunda maravilhosa, meu Deus. — Estou feliz que você voltou. Como você está?

— Eu tô bem — digo, e olho para Ant. Ele nos observa, satisfeito.

— Sinto muito pelo seu primo. O luto pode ser devastador. O sr. Clayton gostaria que você fosse à sala dele durante essa aula para conversar.

Agora, a turma inteira está me olhando. Não sou mais Li'l Don. Sou o cara que encontrou o primo com uma bala na cabeça.

Solto um suspiro.

— Já disse que eu tô bem, sra. Turner. Não preciso falar com o psicólogo.

Ela me entrega o bilhete de despensa.

— Vá, Maverick. Eu te atualizo sobre a matéria amanhã.

Ant bufa.

— Fracote.

Vou para cima dele.

— O que você disse?

— Você me ouviu! É um fracote igual ao seu primo. Era questão de tempo até aquele arrogante ser morto.

A sra. Turner me segura antes que eu parta para cima de Ant. Ela é forte pra cacete e me vira em direção à porta.

— Maverick, pra sala do psicólogo agora! Antwan, você vai me explicar esses comentários abomináveis mais tarde, na detenção.

Um "Uooou" ecoa pela sala.

A sra. Turner me encaminha para fora da sala e fecha a porta enquanto Ant tenta negociar sua situação.

Fico no corredor por um segundo. Juro por Deus que poderia entrar na sala e estrangular aquele cara com minhas próprias mãos. Agora eu tenho ir conversar sobre os meus "sentimentos" com o sr. Clayton? Como isso vai ajudar? Não vai trazer meu primo de volta nem dar um jeito no cara que o matou.

Não, esquece. Dane-se tudo. As condolências, os olhares, tudo.

Jogo o bilhete de despensa no lixo e saio do prédio.

Hoje o vento não está para brincadeira. Arrancou o capuz da minha cabeça. É por esse motivo que não tem quase ninguém na rua.

Estou a alguns quarteirões da escola quando um Mercedes-Benz prateado para ao meu lado; um S500 de 1997 com rodas de aro 50, para ser mais exato. O vidro fumê me impede de ver quem está dentro, mas todo mundo no Garden sabe que é Shawn.

Ele abaixa o vidro da janela do carona.

— E aí, Li'l Don? Tá indo pra onde?

Continuo andando. Ele é a última pessoa com quem quero falar.

— Não se preocupa, não.

— Não tô preocupado, só perguntei — diz, dirigindo ao meu lado. — Tudo bem?

— Tudo.

Shawn solta um suspiro.

— Você tá com raiva por causa do outro dia, né? Vamos conversar de homem pra homem.

Paro e olho para ele.

— Vai ser difícil, já que você me trata como se eu fosse uma criança.

— Não é esse o caso, Mav. — Ele alcança a maçaneta e abre a porta do carona. — Entra aí.

A Benz do Shawn é irada. Interior de couro, teto solar, TV no banco traseiro. Eu costumava falar para o Dre que um dia eu compraria um carro como este. Ele ria e dizia: "É, e vai acabar com ele. Você nem sabe dirigir direito."

Sinto muita falta dele.

Shawn está bebendo um frozen do posto de gasolina. É um desses caras esquisitos que pede sempre o mesmo sabor. Olha para mim.

— Olha aí o Li'l Don. Com essa jaqueta do Lakers e os Reeboks. Mandando bem!

Ninguém elogia como os seniores. Mas ele pode ir elogiar outro.

— Você disse que queria conversar. Pode falar.

— Tá bem. Primeiro de tudo, eu não diria que tratei você como uma criança, e sim como um irmão. Não faz muito tempo que você ficava seguindo o Dre e eu pra todo lugar. Você sempre vai ser aquele garotinho em quem a gente dava perdido no shopping.

— Vocês eram horríveis pra cacete — resmungo, e Shawn cai na gargalhada. Eu tinha 11 anos, Dre e Shawn tinham dezesseis. Eu queria ir ao fliperama, eles queriam azarar umas garotas na praça de alimentação. Eu estava enchendo o saco, de verdade. Eles me deram dinheiro para comprar um milkshake e, quando voltei para a mesa, tinham sumido.

— A gente tava tentando se dar bem, e você era um empata-foda. A gente achou que ia te ensinar uma lição. Caaara, te encontramos na Victoria's Secret, com aquelas vendedoras gostosas todas em cima de você. Elas e as garotas ficaram com raiva da gente.

— Ei, eu tinha jogo de cintura. Fiquei surpreso por vocês terem me deixado sair com vocês depois daquilo.

— Foi coisa do Dre. Ele queria manter você por perto. Dizia o tempo inteiro: "Se Mav não puder ir, eu não vou."

Aperto o espaço entre os olhos. Ele devia ter dito isso na hora em que morreu. Eu não podia ir, então ele não devia ter ido.

— A questão é que uma parte de mim sempre vai ver você desse jeito, Mav. Agora que Dre se foi, ele iria querer que eu cuidasse de você. Ele não queria nem que você vendesse maconha. Acha que ia querer que matasse alguém, mesmo que fosse por ele?

Por mais irritado que eu esteja...

— Não.

— Exatamente. Ele iria querer que você cuidasse da sua família, cuidasse do seu filho, fosse bem nas paradas da escola. Agora, se eu acho que você conseguiria matar alguém? Com certeza. Matar é fácil. O difícil é viver com isso depois, *se* você viver. Os GDs viriam atrás de você muito rápido, e a sra. Carter poderia enterrar você na semana que vem. Quer fazer sua família passar por mais um velório?

Fico enjoado só de pensar na minha mãe chorando por minha causa.

— Não.

— Então deixa que eu e os outros seniores resolvemos dessa vez. E, fala sério, o que você acha que iam pensar de mim se eu passasse a parada pra você, uma vez que o Dre era meu melhor amigo *e* eu sou o chefe? Preciso resolver essa.

— Todo mundo já acha que eu sou fraco, Shawn.

— E? Esquece o que os otários dizem. Você precisa viver por você *e* pelo Dre agora, entende? Pode fazer tudo que ele não teve chance de fazer.

Nunca tinha pensado nisso.

— Crie seu filho. Seja o melhor pai que puder. É assim que você vai honrar o Dre. Beleza? — Ele levanta o punho.

Eu o cumprimento.

— Beleza.

Shawn bebe mais um gole do frozen.

— Boa. E por que você não tá na escola?

— Eu e o Ant quase caímos na porrada. Ele disse que o Dre mereceu morrer, Shawn. Agora eu *sei* que foi aquele babaca. Vocês precisam pegar esse cara o mais rápido possível.

— Qualquer idiota pode falar merda, Mav. Isso não prova nada.

— Pode ser. Mas o jeito que ele disse...

— Provavelmente ele é só um babaquinha. A gente vai investigar. Enquanto isso, não deixa ele te provocar. Fica na escola. Como tão as coisas por lá, aliás? Rico, Junie, tão de boa?

Eu me remexo no banco, lembrando tudo o que eles me contaram no almoço.

— Tão sim, tão bem.

— E o seu amigo King? Tudo bem?

— Aham. E você, tá indo pra onde?

— Tô procurando o Red. Paguei pra ele me arranjar uma TV grande. Não vejo esse idiota faz mais de uma semana.

— Acho que você não vai ver essa TV. O Red tá sempre enganando todo mundo. Ele me deu Jordans falsificados.

— Espero que ele não seja tão burro a ponto de tentar me enganar.

Shawn abre o porta-luvas. Sua arma está guardada junto com um negocinho, bolado e pronto para fumar.

Ele acende e traga o baseado com uma das mãos e dirige com a outra. Isso aí é ser multitarefa em outro nível. Dá um tapa no bagulho.

— Porra! Essa aqui é da boa — diz, tossindo. Oferece para mim.
— Parece que você tá precisando relaxar. Não pega nada usar um pouquinho de erva.

Só fumei maconha duas vezes na vida. King me sacaneava porque ficava chapado e eu não acompanhava. Eu queria vender a maconha, e não fumá-la.

O baseado de Shawn me fez pensar nas duas vezes em que fiquei chapado. Viajei para tão longe que nada me incomodava. Nada de estresse, nada de preocupações, nada de dor. E, desde que o Dre morreu, eu só sinto dor.

Pego o baseado e dou um tapa.

O tempo passa devagar, e rápido. Em um segundo, estou no Benz de Shawn, vendo as ruas do Garden passarem. No próximo, é hora de ir trabalhar. O tempo é engraçado, cara. A vida é engraçada. Estamos todos neste planeta enorme, tentando resolver um monte de coisas. E se o planeta já resolveu tudo? E se o propósito das coisas é que a gente não resolva nada? E se Deus estiver brincando com a gente tipo... tipo se brinca de boneca? Umas Barbies, mas com diversidade.

Essa merda é profunda.

Estou bem. Não fumei tanto assim. Só estou relaxado pra caramba. Beleza, estou um pouco chapado.

Shawn me deixa na casa do sr. Wyatt. Ele é um cara legal, viu? Um cara legal mesmo. Dirigimos pelo bairro procurando o golpista do Red. Esse não é um sujeito legal. É o oposto de legal. Mas não como Ant. O Ant é o pior tipo de sujeito.

O sr. Wyatt deixou uma lista de coisas para eu fazer no jardim hoje. Só vai chegar mais tarde. Disse para eu pegar a lista com a esposa dele. Subo a escada da entrada — caramba, são muitos degraus — e toco a campainha.

A sra. Wyatt atende com Seven nos braços. Meu filho. Ei, eu tenho um filho. A vida é muito louca, cara. Daqui a um ano ele vai estar falando. Falando! Meu pequeno homenzinho. Ou é meu homem pequenininho? Caramba, não sei.

— Ei, cara! — Estendo as mãos para pegá-lo.

Sra. Wyatt o aproxima de si. Está me olhando com uma cara engraçada.

— O Clarence tá esperando você lá no jardim.

Quê, o quê? São tipo três e meia. Ele deveria estar na loja. Ai, caramba. E se ele perceber que estou chapado? Fica frio, Mav. Fica frio.

— Ah, beleza. Vou lá então. — Aponto o polegar para atrás de mim. — Espera, não é para esse lado, é para o outro. — Aponto para algum lugar atrás da sr. Wyatt. — Isso.

— Tudo... bem — diz, meio devagar.

Desço todos os degraus — sério mesmo, por que tem tantos assim? — e dou a volta até o portão dos fundos. O sr. Wyatt está na parte dos tubérculos e dos vegetais, onde me fez plantar nabos e cenouras há um tempo. Preciso ficar frio, como um cubo de gelo. Ou como Ice Cube, o rapper. Melhor ainda.

— E aí, sr. Wyatt?!

Ele se vira, com o cenho franzido.

— Não é bem assim que se cumprimenta o seu chefe.

Beleza, fiquei frio demais.

— Foi mal, foi mal. Fiquei surpreso pelo senhor não estar na loja.

— Decidi deixar meu sobrinho tomar conta de tudo por lá pra passar um tempo com a minha esposa.

Pelo jeito que seus olhos brilham, passaram um belo tempo juntos. Espero que o Seven tenha dormido enquanto isso. Não quero meu filho exposto ao sexo entre idosos.

Por que estou dizendo isso? Espere, eu disse ou só pensei? Por que meus pensamentos estão tão altos? Alguém colocou um microfone na minha cabeça? Como entraram aqui?

— Filho! — diz o sr. Wyatt.

— Oi?

Ele cruza os braços.

— Você andou dando um tapa na pantera?

Dou uma risada.

— Quem é que chama baseado de pantera, meu chapa?

Eu com certeza disse *isso* em voz alta.

— O nome é irrelevante. É óbvio que você andou fumando. Estou sentindo o cheiro em você.

Dou uma cheirada embaixo do braço. Não sinto nada.

— Tá dizendo que eu tô fedendo?

Ele aperta os lábios.

— Garoto. Esta é a sua segunda advertência.

— Ah, sr. Wyatt, não! Eu não tô chapado.

— E eu sou o James Brown.

— Você não tem cabelo suficiente pra isso.

Merda, eu disse isso em voz alta também.

O sr. Wyatt pega uma enxada e me entrega.

— Vá trabalhar. Quando eu der um jeito em você, vai desejar nunca ter nem olhado pra um bagulho.

Três horas depois, e o sr. Wyatt quase me matou de trabalhar.

Primeiro, descarreguei sacos enormes de adubo e terra da caminhonete dele. Uns dez de cada. Tive que levar aqueles negócios pesados, um a um, da entrada até o jardim dos fundos. Em seguida, ele me fez tirar as ervas daninhas do outro pedaço de terra onde quer começar a plantar. Depois, amoleci o solo com a enxada e joguei terra por cima. Agora, o sr. Wyatt quer que eu comece a plantar. Estou tentando recuperar o fôlego.

Ele dá um gole numa limonada, sentado no banco de pedra.

— Vai logo, filho. O alho não vai se plantar sozinho.

Eu estou quase desmaiando, esse é o nível do meu cansaço.

— Sr. Wyatt, só uns minutinhos... por favor?

— Não, senhor. Dinheiro é tempo, tempo é dinheiro, e esse desperdício não é maneiro. Olha, rimou. Você acha que posso ser um rapper? Um hip hop, não é assim que vocês fazem?

Não é que ele tem um lado palhaço escondido em algum lugar.

— Posso beber água?

O sr. Wyatt bebe sua limonada.

— Hm! Refrescante. Pra que você precisa de água?

— Eu tô com sede!

— Não está, não. Isso é efeito do baseado.

— Irmão... — resmungo. Ele toda hora dá um jeito de trazer o assunto à tona de novo. — Eu não tô mais chapado! Tô com sede! Preciso de um intervalo.

— Não agora, acho que você só precisa é de um cigarrinho. Você foi cara de pau o suficiente pra chegar no trabalho chapado. Devia estar pensando que precisava muito.

— Eu só queria tirar o Dre da cabeça, tá bem?!

Não tinha a intenção de dar um fora nele, mas foi o bastante para fazer o sr. Wyatt se calar.

Ele tira os óculos e aponta o lugar ao seu lado.

— Venha aqui, filho.

Solto a enxada e vou. Por mais duro que esse banco seja, parece a melhor coisa do mundo.

— Queria tirar seu primo da cabeça e achou que usar drogas era a melhor maneira de fazer isso?

— Não foram drogas, sr. Wyatt. Era só maconha.

— Que é considerada uma droga, filho. Pode não ser tão prejudicial quanto as outras, mas é ilegal, e você só tem 17 anos. Não precisa ficar chapado.

Dobro os braços em cima do colo.

— Eu disse, tava tentando tirar o Dre da cabeça.

— Por quê?

Olho para ele.

— Por que eu ia querer pensar nisso? Aquele cara era meu irmão, e eu o vi com uma bala... — Balanço a cabeça. — Não consigo pensar nisso.

— Por quê?

— Você é terapeuta ou algo assim?

— Por quê? — repete ele.

— Porque eu preciso tocar a vida! Não posso ficar chorando pelos cantos por causa do Dre. Preciso ser um homem.

O sr. Wyatt fica calado por um bom tempo.

Suspira.

— Filho, uma das maiores mentiras que já contaram é que homens negros não têm emoções. Acho que é mais fácil considerar que não somos humanos se acharem que não temos coração. Mas a verdade é que sentimos. Mágoa, dor, tristeza, tudo isso. Temos o direito de expor nossos sentimentos, como qualquer pessoa.

Encaro o chão, com as pernas tremendo como se estivessem prontas para saírem correndo daqui. Mas é impossível fugir de tudo que está fervilhando dentro de mim. Estou tentando fazer isso desde o dia em que Dre morreu e não adiantou nada.

O sr. Wyatt põe a mão na minha nuca, de modo firme para demonstrar que me apoia, mas também gentil para que o gesto pareça quase um abraço.

— Coloque pra fora — diz.

Um som sai de mim, e não sei dizer se estou gritando ou chorando. Puxo a camiseta para cobrir a boca, mas aquilo não abafa os soluços. Só absorve as lágrimas.

O sr. Wyatt põe os braços ao redor do meu corpo. Ele me abraça forte, como se soubesse que estou quebrando e estivesse tentando me manter inteiro.

— Está tudo bem, filho.

Não, não está. Enquanto meu primo estiver morto, nunca vai estar.

CATORZE

Nos jogos de futebol americano de sexta-feira à noite, não importa se você veste cinza ou verde. Só as cores da escola importam.

Hoje de manhã, minha mãe parou na porta do meu quarto e disse:
— Por que você não vai no jogo de hoje à noite?

De primeira, pensei que não. Hoje ela está de folga do segundo emprego, não posso pedir que passe o dia livre cuidando do meu filho.

— Não é você que está pedindo; eu estou oferecendo. Seria bom pra você sair e se divertir um pouco — disse.

Não sou idiota. Isso é mais sobre Dre do que sobre qualquer outra coisa. Ela me deu dinheiro também, então sei que está se sentindo mal por mim. Dez dólares. O suficiente para pagar o ingresso e um lanche. Estou falido até depois de amanhã, quando receber meu salário. Pra mim, esses dez são tipo cem.

Vou com King, Junie e Rico para o estádio. Está tão frio que dá para ver o ar que a gente exala. Não me importa. É meu primeiro jogo de futebol este ano, e vai ser dos melhores. O Garden High vai disputar com os perdedores do Washington High, a escola que fica no Presidential Park. Nossa rivalidade com eles faz com que a desavença entre King Lords e GDs pareça até menor. Estamos no território deles, no campo deles e, mesmo assim, o Garden High inteiro está presente, além de mais a metade dos moradores do bairro.

É difícil pacas encontrar lugares disponíveis. Ficamos em pé na grade, na lateral do campo, perto da linha de cinquenta jardas. Pelo menos vamos ter uma boa visão do jogo.

King assopra o hálito quente nas mãos.

— É melhor os caras darem uma surra nesses inúteis do Washington High hoje.

— Papo firme — concorda Junie, olhando pra uma garota que passa por nós. Ela é baixinha e usa uma fantasia de árbitro que deixa a bunda praticamente de fora. — Ei, gatinha. Pode usar meu apito quando você quiser.

Ela mostra o dedo do meio para ele. A gente racha o bico. Amanhã é Dia das Bruxas, mas com tantas pessoas fantasiadas, parece até que é hoje. Amanhã, eu, minha mãe e a tia Nita vamos levar Andreanna e Seven para pedir doces no bairro onde o primo Gary mora. Beleza, sou eu quem vai pedir os doces; Seven vai ficar tranquilão descansando no carrinho. Ano passado, as pessoas agiam de um jeito estranho quando pedia doces. Este ano, vou mentir e dizer que é para o bebê. Ninguém vai dizer "não" para um bebê fofinho.

— Nem acredito que o Mav finalmente saiu de casa. Parece até que tá em prisão domiciliar — provoca King.

Junie e Rico riem. Sabem tudo sobre prisão domiciliar.

— Cala a boca. Minha mãe tá cuidando do Li'l Man. É só por isso que eu tô aqui.

Rico escova os cabelos. Tem sempre uma escova.

— A Iesha nunca toma conta dele?

— Ela tá passando por umas coisas. — Olho para King. — Você tem visto ela ultimamente?

— Cara, esquece essa garota. O jogo vai começar — diz ele.

Os apitos soam e a banda do Garden High começa a tocar uma música antiga dos The Temptations. Entram marchando no estádio, capitaneados pelos regentes da bateria e pelas dançarinas, e seguidos pelo time de futebol. Nosso lado da torcida explode em comemorações. Do outro lado do campo, vêm as vaias do pessoal do Washington High. Caramba, o nosso lado grita mais alto ainda. É, a noite vai ser sinistra.

As dançarinas estão gatas pra cacete, usando macacões ou seja lá o que for aquilo. Talvez eu xaveque uma delas.

Ah, até parece. Não vou azarar de ninguém. Estou com muita saudade da Lisa. Todos os dias, passo pela casa dela a caminho do trabalho e deixo recados na caixa de correio. Ela ou a mãe devem recolhê-los, porque eles somem no dia seguinte, mas ainda não recebi resposta. Estou ficando sem opções e sem ideias.

— O time de futebol não é o mesmo sem você, King. Se você tivesse lá hoje... — diz Junie.

— Eu não deixaria esses idiotas fazerem nem um touchdown. Eu sou o cara. Acho bom eles reconhecerem!

Caímos na gargalhada.

— Você é bobo, cara — brinco.

— Falando sério, eles deviam te deixar voltar pro time. Você fez um favor pra todo mundo dando um safanão naquele treinador racista — diz Rico.

King observa enquanto o time solta os habituais gritos de guerra do pré-jogo na lateral da quadra.

— Sinto falta, não posso negar. Eu faria quase qualquer coisa pra voltar.

Acho que, para ele, ser expulso do time foi pior do que ser expulso da escola.

King olha para as arquibancadas, desvia o olhar e depois olha novamente.

— Por que aquele idiota tá olhando tanto a gente?

Todos nos viramos. Ant e alguns Garden Disciples estão sentados algumas fileiras atrás, e Ant está me encarando demais. Ele faz isso na escola. Nunca digo nada porque não quero arriscar entrar em uma briga. Eu estaria quebrando a promessa que fiz a Shawn.

— Ele ainda tá irritado por ter ficado na detenção depois de falar merda pra mim na semana passada. A sra. Turner foi pra cima dele.

King levanta os braços, como se dissesse "Aí, qual é o problema?".

Ant faz um gesto de "deixa pra lá" com a mão e olha para outro lado.

— Babaca. Se ele tentar qualquer coisa hoje, eu tô contigo, Mav — diz King.

— Com certeza — concorda Junie.

E Rico completa:

— Papo firme.

Esta é a parada sobre os parceiros: quando eles estão do seu lado, *eles estão do seu lado pra valer*. Posso ter perdido Dre, mas ainda tenho irmãos.

Ir a um jogo de futebol americano é quase como ser hipnotizado. Tipo, caramba, a gente tá congelando e nossos pés provavelmente já ficaram dormentes, mas nossa única preocupação é que estamos ganhando por dez pontos quando chega o intervalo.

Pela primeira vez em vários meses, me sinto eu mesmo de novo. Só eu e os parceiros, torcendo pelo nosso time, zoando e brincando. Faz tanto tempo que estou cuidando de um garoto que acabei esquecendo que eu sou um também.

Os times saem e as bandas marciais entram em campo. A batalha de bandas pode ser tão legal quanto o jogo. A maioria das pessoas fica nas arquibancadas para assistir, então a fila do quiosque de lanches não deve estar tão grande.

— Vou comprar uns nachos. Querem alguma coisa? — pergunto.

— Um hambúrguer e uma Sprite — responde Rico.

— Uma Sprite é uma ideia boa a pampa. Pega um cachorro-quente com chili e queijo e uma torta de nachos pra mim também — diz Junie.

— Aaah, torta de nachos. — Rico aponta para ele. — Esqueci que tinha isso. Traz pra mim também, Mav. Valeu, parceiro.

— É, valeu, maneiro você pagar a nossa comida — completa Junie.

Tá de sacanagem? Quem disse que eu ia pagar? Desde quando eles me passam lista de compras?

— É melhor vocês levantarem essas bundas preguiçosas daí e irem no quiosque comprar a comida de vocês.

— Cara, você que perguntou! — reclama Rico.

King ri.

— Tranquilo, Mav. Eu ajudo. Vamo lá.

Junie balança a cabeça.

— Impressionante.

Mostro o dedo do meio para o Junie pela segunda vez hoje e vou atrás do King.

Eu estava errado — a fila do quiosque está gigantesca. Só tem dois ou três atendentes, e o pessoal na fila já está reclamando.

King assopra o hálito quente nas mãos e as esfrega uma na outra.

— Tomara que a gente não espere a noite toda.

— Irmão, é um estádio no gueto. Óbvio que a gente vai esperar a noite toda. — Estico o pescoço para olhar os cartazes. — Merda! Os nachos custam tudo isso? É só o dinheiro que eu tenho.

— Você tá falido *assim*? — pergunta King.

— Basicamente. Não recebi meu salário ainda. Minha mãe me deu dez dólares pra gastar hoje.

— Dez dólares? Na moral, cara, sério? Olha. — King tira um maço grande de dinheiro do bolso. — É com isso que eu tô trabalhando agora. Só notas de cem.

— Caramba. Deu um upgrade nos negócios?

— É, meu chapa. A gente tem que dar o que o povo quer. Com todo o respeito, mas o Dre não tá mais aqui. Nada te impede de voltar pro esquema. Você podia estar ganhando essa grana.

Uma mulher sai irritada da fila dizendo que esses lerdos não vão fazê-la perder a performance do seu bebê. Avançamos.

Coço a cabeça.

— Não sei se quero me meter nessa de novo, King.

— Idiota, você só tem dez dólares! Quer dizer, não vai ter nem isso depois de gastar aqui.

Acredite, eu sei.

— Eu tô tentando me manter longe de problemas.

King balança a cabeça.

— Você tá pirando. Pelo menos vai atrás de quem matou o Dre? Não me diga que vai dar pra trás.

— Shawn me mandou deixar ele e os seniores resolverem a parada.

— O quê? Você devia ser sujeito homem e fazer qualquer coisa pela sua família. Porra, seu fraco!

Olho para ele de cima a baixo.

— O quê?

— Primeiro você desiste do nosso esquema — diz King, e começa a contar com os dedos. — Depois, fica em casa o tempo inteiro como se fosse uma dona de casa. Agora, não vai vingar o cara que você chamava de irmão. Isso é coisa de otário, Mav. Eu nem devia estar surpreso.

— Que merda você tá querendo dizer?

— Exatamente o que eu disse. Todo mundo sabe que você...

Começa uma gritaria e a gente olha para trás. Está rolando uma pancadaria no estacionamento, com uns caras brigando. Quatro usam bandanas amarelas — são Latin Royals. O Presidential Park é conhecido por ser o território deles. Os outros três são Garden Disciples. Não fico surpreso ao perceber que o Ant está no meio. Ele está sempre metido em alguma coisa. Agora a fila está andando bem rápido porque quase todo mundo está indo embora.

Dou um tapinha no braço de King.

— Cara, a gente devia dar o fora.

— De jeito nenhum! Isso é melhor que o jogo. E aí, quem você acha que ganha?

Esse é o problema. Ninguém ganha essas brigas com porrada. Elas geralmente terminam em...

Pow!

Pow!

Pow!

Eu me encolho. As pessoas gritam e correm pelo estacionamento. Ouço uns pneus cantarem. A banda para de tocar e o pessoal sai do estádio às pressas.

Só uma pessoa não se mexe.

Ant está caído no concreto, morto, em cima de uma poça de sangue.

QUINZE

A pessoa que assassinou o meu primo foi assassinada.

As três semanas que se passaram desde que tudo aconteceu foram esquisitas. Ant foi baleado durante um evento escolar, então a notícia saiu na imprensa inteira. Os pais dele apareceram chorando na TV, e me dei conta de que ele tinha pais. Assim como o Dre. Alguns garotos da escola ficaram realmente arrasados com a morte dele, e me dei conta de que ele tinha amigos. Assim como o Dre. Fizeram um memorial no estacionamento do estádio com flores e balões. Assim como fizeram para o Dre.

Pelo visto, todo mundo que morre faz falta para alguém. Até os assassinos.

Não sei como me sentir sobre tudo isso. Não estou feliz nem triste. Não estou aliviado nem satisfeito. Estou só... Não sei.

Shawn está do mesmo jeito. Com base no que andou ouvindo nas ruas, acha que foi mesmo o Ant quem matou Dre.

— Queria ter matado ele eu mesmo. Pelo menos, o covarde teve o fim que merecia. Talvez tenha sido a maneira que o Dre encontrou pra eu não precisar sujar as mãos com o sangue desse cara — disse.

É algo que Dre faria, de fato.

Estou dando o meu melhor para viver como ele queria. Vou para a escola, trabalho e cuido do meu filho. É isso. Na real, minhas notas provavelmente não estão como ele gostaria. Cuidar do Seven e trabalhar me mantém ocupado, e a escola é o melhor lugar para tirar um cochilo.

Talvez, em breve, eu não precise mais fazer isso. Há uma semana, Seven finalmente começou a dormir a noite toda. No começo, nem acreditei. Ficava acordando na expectativa de que ele fosse me acordar. Mas ontem à noite? Cara! Consegui dormir quatro horas seguidas. Quatro! É, eu contei. Não dá para dizer que milagres não acontecem.

Hoje é domingo, meu dia de folga. Minha mãe saiu com a Moe, então estou sozinho em casa com o Li'l Man. Deito no chão e faço Seven "voar" como se fosse o Super-homem, enquanto vemos *Space Jam* no videocassete. Só conseguimos assistir às fitas ou aos canais locais porque cancelamos a TV a cabo. Agora Seven come comida de bebê, que é mais cara do que fórmula. A gente tinha que cortar algum gasto. Também tive que vender meu Sega Genesis. As roupas do Li'l Man não cabiam mais, e o dinheiro que consegui na loja de penhores ajudou a comprar umas peças no brechó.

Estou começando a achar que ser pai significa não poder ter muitas coisas para você mesmo. Toda a minha energia, o meu dinheiro e o meu tempo são para ele.

Está passando a minha parte favorita de *Space Jam*: a cena em que Mike mostra aos Looney Tunes que ele ainda é o maioral enquanto toca aquela música "Fly like an eagle". Coloco Seven sentado na minha barriga. Ele precisa ver isso.

— Olha, cara, tá vendo esse aí? É o Michael Jordan, o maior jogador de basquete de todos os tempos. Ele foi campeão da NBA seis vezes e o melhor jogador da temporada cinco vezes. Todo mundo quer ser como o Mike. Vou comprar os tênis dele pra você logo, logo. Não confunda as coisas, a gente torce pro Lakers. Temos um cara aí chamado Kobe, que eu acho que vai nos trazer uns títulos.

Seven faz um som como se dissesse: "Sério?". Tudo bem, podem ser só gases, mas vou entender como um "Sério?".

Ele boceja e se deita em mim. A hora da soneca está chegando. Fico desse jeito por um minuto. Gosto de ouvir sua respiração e sentir seu peito subindo e descendo colado ao meu. Seven não sabe que sempre estou cansado nem que tecnicamente ainda sou um garoto. Só sabe que pode contar comigo.

Quando estamos assim, eu também não preciso saber de muita coisa. Só sei que o amo. Beijo sua testa para que ele saiba também.

A campainha toca. Seven se levanta e olha para a porta.

— O quê? Você vai atender? — brinco.

Eu o coloco no cercadinho que comprei com o dinheiro que ganhei vendendo meu aparelho de som, depois dou uma olhada lá fora.

Como assim? É a Lisa. Não a vejo nem falo com ela desde que me empurrou pela janela.

Abro a porta.

— Oi.

Tá usando um casaco enorme com capuz, calças de moletom e um boné de beisebol para esconder o cabelo.

— Oi — responde ela, bem baixo. — Posso entrar?

Abro caminho para deixá-la entrar. Lisa abraça o próprio corpo bem forte, como sempre faz quando está tentando manter o resto do mundo longe.

— Você tá bem? — pergunto.

— Hm, tô. Vim numa hora ruim?

— Mais ou menos. Preciso colocar o Seven pra dormir. Se você puder esperar um pouquinho. Vai ser rápido.

— Aham. Tranquilo.

— Beleza.

Tem algo de errado acontecendo, mas preciso colocar esse garoto na cama, então o pego no colo.

— Seven, diz "oi" pra Lisa.

O sorriso tímido de Lisa aumenta conforme ela olha para ele.

— Oi, Seven. Uau, o que você tá dando para ele comer, Maverick? — pergunta, rindo.

— Ei! É mais bebê ainda pra amar.

— Bebês gordinhos são os *melhores* bebês — admite, depois se aproxima e pega a mão de Seven, que devolve um sorriso meio babado. — Oi, Abobinha. Oi.

— Abobinha?

— É, ele parece uma abóbora gordinha. Parece muito com você. — O sorriso se esvai um pouco. — Tem uns traços da Iesha também.

Por mais que ame meu filho, odeio ver a tristeza nos olhos de Lisa. Tento dar um jeito nisso.

— Espera aí. Você disse que ele parece uma abóbora e que parece comigo. Quer dizer que eu pareço uma abóbora?

— Bem que você ia querer. Ele é lindo, você é só ok.

— Caramba, você é má! — digo, rindo. É como se as últimas semanas não tivessem acontecido. — Quer me ajudar a preparar ele pra dormir?

Lisa faz umas caretas para Seven e ele cai na gargalhada. Ela é muito boa com bebês.

— Depende do que vou ter que fazer. Não vou trocar fralda. Não, senhor, eu não vou não — diz, com voz de bebê.

Dou uma risadinha.

— Eu troco a fralda. Você só me ajuda a fazer ele dormir. Quero manter os horários certos. Tem um livro de paternidade aí que diz que é importante.

— Livro de paternidade?

— Isso aí. Comprei alguns. Quero fazer isso direito.

O sorriso de Lisa não chega aos olhos.

— Uau. Isso é… é ótimo.

Inclino a cabeça para o lado.

— Tem certeza que você tá bem?

— Hm, tô. Vamos colocar essa gracinha pra dormir.

Ela tá mentindo, mas é óbvio que ainda não está pronta para me contar o que está acontecendo. Vamos para o meu quarto e posso jurar que Seven percebeu que vou colocá-lo para dormir. Ele começa a chorar.

— Ah, para de fazer isso na frente das visitas — digo, e o coloco no trocador. — Uma garota bonita dessas aqui e você se comportando desse jeito. Isso não é legal, cara.

Lisa olha em volta, para o quarto. Está bem diferente desde a última vez em que esteve aqui. As coisas do Seven tomaram conta do espaço.

— Olha, você finalmente tirou todos aqueles pôsteres de mulheres peitudas.

Dou uma risadinha enquanto troco a roupa de Seven. Ela está falando dos cartazes das garotas da *Playboy* que eu tinha nas paredes. Lisa odiava.

— É, não podia expor o Seven a tudo aquilo.

Tiro a camisa dele pela cabeça. Ele choraminga como se dissesse: "Anda logo!".

— Tá bem, tá bem. Já que temos uma convidada especial hoje, vou cantar uma das músicas favoritas dela na Rádio Papai.

Canto "Baby-Baby-Baby", do TLC. É o grupo favorito de Lisa, e uma das suas músicas favoritas. Seguro o talco como se fosse o microfone e faço uma coreografiazinha.

Ela ri.

— Meu Deus, o que você tá fazendo?

Faço um gesto para que Lisa se aproxime do trocador. Ela se junta a mim. Eu canto, e ela me passa os lenços umedecidos e uma fralda limpa. Em pouco tempo, está cantando também.

Troco a fralda rapidinho. Pego meu filho no colo e dançamos com ele pelo quarto, cantando. Seven ri com nós dois mais do que quando estou sozinho com ele.

É a melhor sensação do mundo.

Seven gosta mesmo da Lisa. Tanto que estende os braços para ela. Nunca faz isso com ninguém. Minha mãe diz que ele é antissocial.

Lisa o pega no colo, e Seven boceja e coça os olhos.

— Cansamos você, foi? — pergunta ela, dando um beijo em sua bochecha. Ele deita cabeça no seu colo.

Passo a mão no cabelo dele.

— Melhor a gente colocar ele no berço antes que caia no sono no seu colo.

Lisa o coloca no berço. Ligo o móbile e dou um beijo na testa dele.

— Bons sonhos, cara.

Desta vez, acho que ele não vai resistir ao sono. Seus olhos mal estão abertos. Faço um gesto para Lisa me acompanhar para o corredor e fecho a porta com cuidado.

— Caramba. Nunca é fácil assim colocar ele pra dormir.
— Sério?
— É. Você deve ter um toque mágico. Preciso da sua ajuda toda noite. — Estou brincando, mas Lisa não ri. — Desculpa, não quis dizer...
— Tudo bem. Ele é uma fofura. Você é um ótimo pai, Maverick.
— Valeu. Eu tô tentando. É assustador às vezes.
Lisa abraça o próprio corpo bem forte.
— A gente pode conversar agora?
— Podemos. O que aconteceu?
Ela me olha nos olhos e percebo que tem mesmo algo de errado.
— A gente devia sentar.
Cara, alguém morreu?
— Tá, tudo bem.
Levo Lisa para a cozinha. O ambiente está com o cheiro do desinfetante Fabuloso, que minha mãe me fez usar para limpar o chão ontem à noite. Nessa semana, o restante da família vem passar a Ação de Graças aqui. Minha mãe quer que a casa esteja um brinco, e quer que eu seja o responsável por isso.
— Quer beber alguma coisa? — pergunto, enquanto Lisa se senta à mesa.
— Não, obrigada.
Eu me sento na frente dela.
— Beleza. O que aconteceu, então?
— Maverick, eu... — Lisa perde a voz e começa a chorar.
Estou com uma sensação horrível no estômago. Eu me levanto e vou abraçá-la.
— Ei, tá tudo bem. Seja lá o que for, pode contar comigo, ok?
As lágrimas de Lisa molham a minha camisa.
— Maverick... Eu tô atrasada.
Acho que ouvi direito, ela falou de um jeito meio abafado, mas fiquei confuso.
— Atrasada pra quê?
Lisa se afasta e seus olhos cheios de lágrimas encontram os meus.

— *Atrasada*, Maverick.

Meu coração bate acelerado. Ela deve estar falando de outra coisa.

— O que... O que isso quer dizer?

As lágrimas escorrem pelas bochechas de Lisa, e ela diz quatro palavras que fazem o tempo parar:

— Acho que tô grávida.

DEZESSEIS

Grávida?

O quê?

Preciso me sentar, e o chão está mais próximo do que qualquer cadeira. Eu me jogo no piso.

Como assim, cacete? A gente só transou uma vez sem proteção. E eu tomei cuidado. Não é possível, a não ser que...

Olho para ela.

— É meu?

As lágrimas de Lisa secam rapidamente, e ela me olha com uma expressão de fúria assassina.

— Será que é seu? — Ela repete, e se levanta. — Será que é seu?

Em poucos segundos, começa a me bater com força. Me bate, me chuta, dá socos.

Fico em posição fetal.

— Ai, ai! Calma!

— Será que é seu? — Ela dá um soco no meu braço. — Você tá de sacanagem comigo, né?

— Desculpa! Eu não sabia!

— Devia saber! Não fiquei com mais ninguém, Maverick! É tudo culpa sua!

— Como assim é minha culpa, caramba? — grito.

— Era pra você ter tomado cuidado!

— Eu tomei!

— É óbvio que não o suficiente! Aaah! — Ela soca o meu braço de novo. — Era pra eu ter terminado de vez com você! Era pra eu.... Ai, meu Deus. — Ela fica sem ar. — Meu Deus, meu Deus...

Eu me levanto e a abraço. No começo, ela me bate, mas está chorando demais para conseguir brigar.

— Não posso estar grávida, Maverick. — Ela soluça contra o meu peito. — Não posso.

Estou tão assustado que não consigo acalmá-la.

— Tem certeza que você tá?

Lisa enxuga as lágrimas dos olhos.

— Não fiz o teste, mas tô atrasada, e minha menstruação nunca atrasa. E hoje de manhã eu vomitei. Por sorte, minha mãe não tava em casa e... Ai, meu Deus. O que eu vou fazer?

— Ei, fica calma — digo, e a ajudo a se sentar. — Talvez você não esteja grávida. A gente precisa comprar um teste.

— Não posso. E se alguém me vir e contar pra minha mãe? Você sabe como ela é.

A srta. Montgomery é daquele tipo de pessoa bem rígida que frequenta a igreja, mesmo que fale palavrão e beba como um marinheiro. Lisa realmente não pode ser vista comprando um teste de gravidez. A mãe a mataria, ela estando grávida ou não.

— Eu vou comprar, então — digo.

— E se alguém vir você?

— A gente precisa confirmar, Lisa. É o único jeito.

— É muito ruim eu não querer saber?

Olho para a barriga dela. É difícil imaginar que possa existir um bebê ali dentro.

— Não, eu te entendo.

Ficamos em silêncio. Um testezinho pode mudar as nossas vidas. Lisa fecha os olhos.

— E se eu tiver grávida, Mav? O que a gente vai fazer?

— A gente vai dar um jeito.

Ela funga.

— *A gente?*

— É — digo, e limpo as lágrimas de suas bochechas. — A gente tá junto nisso.

Lisa me abraça e chora no meu ombro. Eu a abraço mais forte e digo que vai ficar tudo bem, mas a frase soa como uma mentira.

Beijo a testa dela e vou no meu quarto. Seven está apagado, sorrindo. Deve estar sonhando com algo bom. Não sabe que estou vivendo um pesadelo.

Coloco minha jaqueta do time de futebol americano. Minha melhor opção é ir ao Walmart que fica na região leste. São vinte minutos de caminhada, mas é melhor do que ser visto comprando um teste de gravidez. Olho minha carteira e sinto meu estômago apertar.

Só tenho dois dólares. Testes de gravidez custam muito mais do que isso. Teria que roubar para conseguir um no Walmart. Só tem uma loja onde eu posso comprar e pagar depois.

A do sr. Wyatt.

Dobro a esquina de cabeça baixa. Não sei o que vou dizer ao sr. Wyatt. Ele vai querer saber por que preciso de um teste de gravidez. Posso dizer que é para uma amiga. É, é isso. É quase verdade também... Lisa *é* uma amiga.

A quem estou querendo enganar? Ele não vai cair nessa. Vai falar um monte no meu ouvido. A única coisa pior do que isso seria...

Merda, minha mãe. Quando eu disse que talvez o bebê de Iesha fosse meu, ela ficou muito decepcionada. Eu estava agindo exatamente como o mundo espera dos garotos negros: fazendo um bebê enquanto ainda se é um bebê. Se já tiver mais um a caminho...

Deus, por favor, faça com que esse teste dê negativo.

Aceno com a cabeça para Jamal, o sobrinho do sr. Wyatt, enquanto ele varre a calçada em frente à loja. É um cara meio atarracado, caladão e nerd, que usa dreads. Acho que nunca me disse mais do que cinco palavras. A porta parece mais pesada do que o normal. O sininho toca para avisar ao sr. Wyatt que um cliente chegou. Ele está no caixa, conversando com o sr. Lewis. Cara, esse homem corta o cabelo de alguém em algum momento?

— Oi, filho. Está tudo bem? — pergunta o sr. Wyatt.

Espero que não perceba minhas pernas tremendo.

— Tá sim, preciso pegar uma coisa rapidinho.

— Não ache que vai pegar de graça. Só porque trabalha pro Clarence, não significa que pode sair pegando o que quiser — o sr. Lewis se intromete.

— Fica na sua, Cletus. Não venha querer dar as ordens na minha loja.

Enquanto eles discutem, vou procurar o teste. O problema é que não sei onde ficam os testes de gravidez. Perto do papel higiênico? Faria sentido já que a Lisa precisa fazer xixi para saber o resultado. Vou para o corredor dos papéis higiênicos, mas não é lá. Perto das fraldas? Faria sentido. Você está checando se vai ter um bebê. Não, não é lá também. Vou para perto das coisas de mulheres. Absorventes, essas paradas. Às vezes, minha coroa me manda comprar absorvente para ela. É constrangedor pra cacete.

É exatamente onde estão os testes. Têm dois tipos à venda. Não sei a diferença, então não vou arriscar. Pego um de cada.

Hora de encarar o sr. Wyatt. Meus passos parecem fazer um barulho do caramba, e o caixa está mais distante do que o habitual.

O sr. Wyatt e o sr. Lewis observam enquanto me aproximo. O olhar do sr. Wyatt se volta para os produtos na minha mão. Ele franze a testa, como se não tivesse certeza do que está vendo.

Deixo óbvio ao colocar os testes de gravidez em cima do balcão.

— Não é possível. Você não precisa de camisinhas, precisa da merda de uma vasectomia — diz o sr. Lewis, depois sai mancando da loja, resmungando. — Que coisa ridícula!

O sr. Wyatt aperta o espaço entre os olhos.

— Filho. Por favor, me diga que não são pra você.

Encaro o chão.

— Não são. São pra uma amiga.

— Olhe pra mim e diga.

Não consigo. Neste momento, não conseguiria nem me olhar num espelho e dizer isso.

— Meu Deus, filho. Quando o Senhor disse "multiplicai-vos", não era pra você fazer tudo sozinho. Você sabe usar camisinha?

— Eu sempre uso proteção, sr. Wyatt. Essa foi a única vez.

— Óbvio que não foi. Você já tem o Seven. Filho, você precisa ser mais inteligente do que isso. Não pode sair por aí fazendo bebês. Como vai sustentá-los? Como vai tomar conta deles?

Não sei. Só o que consigo fazer é encarar os meus tênis.

O sr. Wyatt sai de trás do balcão e segura a minha nuca, como fez naquele dia no jardim, depois suspira.

— Quem é a jovem?

— Lisa — murmuro. — Ela tá esperando lá em casa.

— Então não a deixe esperando.

Engulo em seco.

— Não tenho dinheiro. Posso...

— Vou descontar do seu salário.

Murmuro um "obrigado", escondo os testes sob o casaco e volto para casa.

Lisa está andando de um lado para o outro na cozinha. Tem três latas de refrigerante vazias na mesa, e ela está bebendo a quarta.

Coloco as caixas em cima da mesa.

— O que você tá fazendo?

— Vou precisar fazer xixi pro teste. Então tô enchendo a bexiga — explica.

— Ah, eu comprei dois testes. Não sabia a diferença, então peguei os dois.

— Ótimo. Quanto mais, melhor. Sabe, aposto que não tô grávida. Provavelmente é só uma coincidência estar atrasada e ter vomitado. Conheço meu corpo. Eu saberia se tivesse um embrião bizarro dentro do meu útero, né?

Não sei de nada.

— Talvez?

— Eu saberia. — Lisa pega as caixas. — Os testes vão dar negativo.

Ela vai para o banheiro, repetindo a frase em voz baixa. Vou atrás e espero no corredor.

— Os testes vão dar negativo — diz, do outro lado da porta. — Os testes vão... Merda!

Ai, caramba.

— O que deu?

— Nada! Eu fiz xixi na minha mão.

Eu cairia na gargalhada se a situação fosse outra.

— Precisa de mais xixi?

— Por quê? Você vai fazer por mim?

— Caramba, só tô perguntando.

— Deixa pra lá — resmunga ela.

Fico calado e espero. Depois de um tempo, ouço o barulho da descarga e Lisa abre a porta.

— Os dois testes levam cinco minutos.

Cinco minutos nunca pareceram tanto tempo.

— Beleza.

Ajusto o temporizador do relógio, e nos sentamos no chão do banheiro. É difícil não ficar encarando aqueles pauzinhos que podem mudar a nossa vida.

— Obrigada. Por comprar os testes e por ficar do meu lado. Mesmo que isso não seja mais do que a sua obrigação... sinceramente, eu não devia agradecer — diz Lisa.

Dou um sorrisinho.

— Tem razão. É minha obrigação. Eu te disse, a gente tá junto nisso. Não importa o que aconteça.

Mesmo que a parte do "não importa o que aconteça" seja bem assustadora.

Ela deve achar isso também porque não diz nada.

Olho para meu relógio.

— Três minutos.

Lisa assente.

Deita a cabeça nos joelhos e olha para mim.

— Anda lavando o cabelo?

Tenho usado meu cabelo preso no estilo afro puff desde que ela lavou. Às vezes passo xampu no banho. Condicionador ainda é coisa de mulher.

— Ando. Esse negócio de black power dá trabalho. Tô pensando em cortar com degradê do lado.

— Ficaria bonito. Como tá indo a escola?

— Acho que tudo bem. Tentando sobreviver. E você?

— Ocupada, mas é assim mesmo. Tem o basquete, a inscrição pras faculdades, o anuário, o jornal da escola... a formatura.

— Formatura? É só na primavera.

— Eu sei, mas minha mãe quer que eu compre o vestido agora. Disse que tá mais barato. Vou tirar as medidas essa semana. — Lisa olha para a própria barriga. — Talvez isso não importe muito agora.

Meu relógio apita e damos um pulo. Chegou o momento.

— Tá bem. Um tracinho significa que não tem bebê; dois tracinhos, que tem bebê — diz Lisa.

— Saquei.

A gente se levanta junto. Lisa fecha os olhos e estende o braço em direção ao balcão para pegar os testes.

— Por favor, Deus. Por favor — reza.

Lisa abre um olho e depois o outro. Sua expressão desaba. Sinto um buraco no estômago.

— Não. Não, não, não! — diz ela.

Joga os testes no balcão.

Ambos estão com dois tracinhos.

Lisa está grávida.

Na última hora inteira, essas palavras não param de se repetir na minha cabeça, como se fosse a pior música chiclete do mundo.

Lisa está grávida.

Ela não parou de chorar desde que descobrimos. Estou a abraçando no sofá, e quero chorar junto.

Lisa está grávida.

Estamos esperando minha mãe chegar para dar a notícia. Estou muito ferrado.

E Lisa está grávida.

Ela se recompõe, secando as lágrimas.

— O que a gente vai fazer?

— Não sei — murmuro. *Lisa está grávida.* As palavras martelam no meu crânio. Ponho a mão na testa. — Olha, você tem opções. O que quer fazer?

É óbvio que vai me afetar, mas eu não estou grávido. Lisa está. A decisão é dela.

Lisa morde a unha.

— Não sei. Tem uma clínica de aborto no centro. Ouvi dizer que é cara.

Caramba, estou sempre na pindaíba.

— Posso arranjar um jeito de conseguir a grana.

— Não quero você vendendo drogas de novo, Mav. Posso ligar pro meu pai. Ele pagaria.

Lisa não fala muito sobre o pai. Sei que é casado, e não é com a mãe dela. Tem outra família do outro lado da cidade. Dá dinheiro para a srta. Montgomery e a busca aqui de vez em quando. Mas não é da minha conta.

— A gente também pode dar pra adoção. Mas eu não sei. — continua Lisa, depois cobre o rosto com as mãos. — Não sei, não sei, não sei.

Vê-la chorar sempre me deixa arrasado. Ponho os braços ao seu redor.

— Seja lá o que você decida, eu tô dentro, tá bem?

Ela olha para mim.

— Tá falando sério?

— Com certeza. — Dou um beijo no seu cabelo. — Tem a minha palavra.

Lisa enterra o rosto na minha camisa e chora. Já sei o que vai fazer. É a única opção que faz sentido. E eu vou estar ao lado dela quando acontecer.

Um barulho de motor vem da garagem.

Lisa se assusta.

— Ai, meu Deus.

O motor desliga e ouvimos a porta do carro se abrir e fechar. Os passos da minha mãe se aproximam. As chaves tilintam e a porta abre.

— Cheguei! Trouxe o... — Ela nos vê no sofá. — ... jantar. Lisa, querida, o que você tá fazendo aqui?

O queixo de Lisa treme.

— A gente sente muito, sra. Carter.

Minha mãe larga a sacola do Red Lobster. É um dos restaurantes favoritos dela e da Moe.

— Sentem muito? Pelo quê? O que aconteceu?

— A gente... — Meu coração bate tão alto que mal consigo me ouvir. — A gente...

Lisa cobre a boca, depois se levanta e sai correndo pelo corredor.

— O que é tudo isso? — pergunta minha mãe, e vamos correndo atrás dela. Encontramos Lisa curvada sobre o vaso, vomitando.

— Eu sinto m... — Ela não consegue falar sem vomitar. — A gente não quer...

Minha mãe segura o rabo de cavalo de Lisa.

— Querida, do que você tá falando? Sente muito pelo quê?

É mais fácil olhar para o cabelo da minha mãe do que para os olhos. Vejo os fios brancos que ela diz serem minha culpa, e me sinto uma merda por saber que estou prestes a fazer nascer mais ainda.

Engulo em seco.

— A Lisa tá grávida, mãe.

Minha mãe não responde. Seu rosto não expressa qualquer reação. Ela apenas esfrega as costas de Lisa.

Talvez eu não tenha dito em voz alta como pensei.

— Mãe, eu disse que a Lisa...

— Eu ouvi — responde ela, e sua voz é quase um sussurro. — Vá pegar um refrigerante pra ela.

Vou para a cozinha e pego um refrigerante na geladeira. Quando volto, Lisa está sentada diante do vaso. Minha mãe limpa sua boca com uma toalha.

Passo a bebida para minha mãe, que abre a lata e oferece à Lisa.

— Isso vai ajudar a acalmar o estômago.

Lisa assente e bebe pequenos goles.

Minha mãe se senta na lateral da banheira e fecha os olhos. Solta um longo suspiro.

— A gente não conversou sobre isso, Maverick?

Minha mãe nunca me contou aquela história de sementinha... nem pensar, ela me disse exatamente como os bebês eram feitos, sem metáforas estúpidas. Comprou minhas primeiras camisinhas quando eu tinha 15 anos, assim que percebeu que eu e Lisa estávamos passando muito tempo juntos. Não foi um jeito de dizer "Vá transar". Deixou muito explícito que só queria que eu estivesse preparado.

Agora preciso admitir que eu não estava.

— Sim, senhora. A gente conversou.

— E você fez sexo sem proteção mesmo assim.

— Sim, senhora. Foi um acidente.

— Acidente é deixar cair um prato no chão. Vocês foram idiotas.

Não posso contra-argumentar.

Seven acorda chorando. Minha mãe se levanta.

— Eu vou olhar o bebê.

Passa por Lisa e sai do banheiro. Ainda não olhou para mim.

Os olhos de Lisa se enchem de lágrimas.

— O que foi que a gente fez?

Eu me sento no chão, ao seu lado, e a abraço. Em certo momento, ajudo Lisa a ir para o sofá, para se deitar um pouco. Toda essa choradeira não pode fazer bem, e ela não pode ir para casa assim. Vou até o meu quarto pegar um travesseiro e um lençol.

Minha mãe está inclinada sobre o berço de Seven.

Eu me aproximo.

— Ele tá bem, mãe?

Ela seca o rosto, e é aí que percebo que está chorando.

— Eu falhei com você, Maverick?

Sua voz calma me acerta como uma pedra. Tento engolir o nó na minha garganta.

— Não, senhora.

— Tem certeza? Porque é o que parece. Tentei fazer o meu melhor. Deus sabe que tentei e, mesmo assim, aconteceu isso. Dois filhos antes de completar 18 anos. Já foi ruim o bastante seu pai ter me convencido a deixar você entrar numa *gangue* pra ser protegido. — Ela balança a cabeça. — Que ótima mãe eu sou. Amar não é o suficiente. Ser rígida com você não é o suficiente. *Eu* não fui o suficiente.

Quero abraçá-la, mas não tenho esse direito.

— Óbvio que foi, mãe. Eu tomei algumas decisões erradas, só isso. Vou melhorar, eu prometo.

Ela anda de um lado para o outro, e seus olhos finalmente encontram os meus. Estão marejados.

— Como, Maverick? Quais são seus planos? O que você vai fazer?

Abro a boca para responder, mas...

Não sei.

Acho que isso é o que mais magoa.

Ela limpa o rosto novamente.

— Sabe, eu tenho adiado, mas tá na hora de a gente fazer uma viagem.

O quê?

— Uma viagem? Pra onde?

— Pra ver a pessoa de quem você mais precisa. A gente vai visitar o seu pai.

DEZESSETE

Hoje é véspera do dia de Ação de Graças, e em vez de preparar as sobremesas como sempre faz, minha mãe vai dirigir por três horas até a prisão Evergreen.

É um milagre que estejamos indo mesmo. Tivemos que preencher uma papelada enorme para Seven poder entrar. Ainda não sou legalmente o pai dele — precisamos de Iesha para oficializar, e não sei onde ela está —, então tecnicamente a gente não poderia preencher os documentos do bebê. O primo Gary teve que cobrar uns favores. Pra começar, é uma palhaçada que as pessoas precisem ser "aprovadas" para visitar seus entes queridos na prisão.

Arrumo a bolsa de fraldas do Seven na cama enquanto seguro o telefone com o ombro. Quero verificar se está tudo bem com Lisa. Ela ainda não contou para a mãe sobre a gravidez porque está esperando Carlos vir para casa. Disse que o irmão pode ajudar a srta. Montgomery a não perder a cabeça. Teoricamente, ele chega hoje.

Lisa não me disse o que quer fazer sobre a gravidez. Acho que está com medo de admitir que quer um aborto. Sempre digo que vou apoiar qualquer decisão, na esperança de que ela assuma logo.

O telefone toca apenas uma vez e ela atende.

— Oi, Mav.

Esqueço que a mãe dela tem identificador de chamadas.

— Ei, como você tá se sentindo? — pergunto. A pobrezinha está tendo enjoo de manhã, à tarde e à noite. Disse para a mãe que é problema de estômago.

— Tô bem — responde, em voz baixa. — Carlos chegou agora há pouco.

— Ah, legal. — Esse é o motivo por que ela está falando baixo. Quero perguntar se isso significa que vai contar, mas não quero pressionar, sabe? — Qual são seus planos pra hoje?

Lisa bufa.

— Se esse é seu jeito de perguntar se vou contar, mandou bem.

Sorrio. Ela me conhece bem demais.

— Ei, você que tá dizendo, não eu.

— Aham. Bem, não vou contar hoje. Quero esperar passar a Ação de Graças pra não ser tudo muito dramático.

— Ei, não se preocupa. Eles provavelmente vão ficar irados, mas a gente vai superar. Antes que você se dê conta, tudo isso já vai ter passado.

— Hm, sobre isso... — Ela faz uma longa pausa. — Eu quero ter o bebê, Mav.

É como se uma pedra tivesse caído no meio do meu peito.

— Você... Você quer?

— Quero. Outras garotas tomariam uma decisão diferente, e eu respeito. É a escolha delas. Mas eu quero ser mãe.

— Você quer ficar com ele, então?

— Quero.

Eu pensava — achava — que ela tivesse muitos planos, tipo ir para a faculdade e jogar basquete. Um bebê não se encaixa nesses planos. Por mais bizarro que vá soar, a única coisa que estava me impedindo de começar a vender drogas numa esquina qualquer era a ideia de ela fazer um aborto. Porque aí não seria um bebê, seria uma gravidez.

Mas agora é um bebê — *meu* bebê — que eu preciso sustentar e do qual eu preciso cuidar.

— Mav? Você tá aí?

Limpo a garganta.

— É. O quê, hm... O que fez você decidir ficar com o bebê?

— Eu acho, ou melhor, eu *sei* que dou conta. Minha mãe e o Carlos vão ficar com raiva no começo, mas vão ajudar. Tenho certeza de que meu pai vai ajudar também.

Minha cabeça está latejando, cara.

— E a faculdade? Você queria uma bolsa de estudos pra jogar basquete.

— Eu tenho notas boas o suficiente pra conseguir bolsas de estudo que não sejam pelo esporte. Ainda vou fazer faculdade. A Keisha fez. Esse bebê não significa que minha vida acabou.

Nunca conheci ninguém com tanta determinação. Lisa fala como se estivesse tudo resolvido. Sem mais. Se diz que a vida dela não acabou, então não acabou.

Mas a minha parece ter acabado. Ser pai do Seven já é difícil demais. Outro bebê significa mais choro, mais fraldas, mais mamadeiras e mais dinheiro. Mais, mais, mais. Não tenho mais. Não sei o que fazer. Não sei nem o que dizer, e agora a ligação está tão silenciosa que ficou constrangedor.

— Uaaau. Parece que aquele papo de me apoiar em qualquer decisão não era tão sério assim — diz Lisa.

Joga a promessa na minha cara, e é como um jato de água gelado.

— Lisa, espera aí...

— Preciso ir. Espero que a visita ao seu pai seja boa.

Depois, só ouço o barulho da ligação cortada.

Eu e minha mãe estamos nos aprontando para pegar a estrada.

Tento colocar Seven na cadeirinha do carro, mas o cinto o está incomodando. Dou uma puxada nas tiras para tentar resolver.

Minha mãe percebe que estou com dificuldades.

— Ele precisa de uma cadeirinha nova. Tá muito grande pra essa.

Olho para ela.

— O quê? Achei que essa servia pra todos os bebês.

— Não, essa é pra bebês menores. Você precisa de uma maior.

O que vai custar um dinheiro que não tenho. A história da minha vida.

Na estrada, minha mãe acelera a cento e vinte quilômetros por hora. A vovó diz que ela tem "o pé pesado". Acho que vai fazer a viagem de três horas durar só duas. Seven não para de tagarelar na cadeirinha apertada, como se estivesse tentando compensar o pouco assunto entre minha mãe e eu.

Antes de sairmos, contei para minha mãe que Lisa tinha decidido ficar com o bebê. Ela me lançou o mesmo olhar sem expressão de quando falei que Lisa estava grávida e disse "Ok". E foi isso.

Observo a floresta passar e estou a ponto de pular pela janela e fugir para lá. Lisa acha que dá conta do bebê, mas será que eu dou? Seven já precisa de mim para tudo e, na maior parte do tempo, não tenho certeza se estou fazendo o certo.

Estraguei tudo. Minha mãe sempre me dizia: "Não cresça rápido demais. Vai sentir falta de ser criança". Eu achava que ela estava implicando comigo, mas agora entendo. Porque, de repente, tenho dois filhos e queria mais do que nunca continuar sendo um garoto. Assim não teria ninguém para depender de mim.

Meus olhos se enchem de lágrimas. Minha vida acabou pra valer, cara. Nunca mais vou dormir. Nunca mais vou ter dinheiro. Nunca mais vou conseguir curtir com meus amigos. Nunca vou para a faculdade. Vou ensacar compras no supermercado pelo resto dessa vida de merda.

Puxo a camiseta para cobrir a boca e me viro pra janela. Minha mãe não tinha que me ver chorando quando é ela quem está com o coração partido.

A prisão Evergreen fica numa cidadezinha que só tem uma loja e um restaurante. Eu e minha mãe fomos ao restaurante uma vez. Só tinha gente branca e, assim que entramos, todos nos olharam com desprezo. Demos meia volta e saímos na mesma hora.

Estamos *nesse* tipo de cidade. E, ainda por cima, parece uma fazenda colonial. A prisão é cercada de quilômetros e mais quilômetros de plantações. Às vezes, os detentos trabalham nelas. Quando eu era criança, achava que a cadeia era tipo um castelo — uma montanha de concreto com uma cerca alta de arame farpado. Criei essa história na minha cabeça, de que a prisão tinha sido tomada por caras maus que sequestraram meu pai, e que ele conseguiria escapar. Mas meu pai não pode escapar de uma sentença de quarenta anos.

Não estão revistando os carros hoje, então minha mãe estaciona e entramos direto. Feriados são dias em que há muitas visitas na prisão, por isso as filas são maiores. Passamos por detectores de metais e somos revistados antes de entrar na área de visitantes. Só pude trazer uma chupeta, uma mamadeira, uma fralda, um brinquedo e uma muda de roupas para o Seven. Eu o carrego pelo detector de metais, e os policiais o revistam para garantir que não haja nada escondido na fralda.

Odeio essa merda.

A área de visitantes parece um refeitório de escola, mas com guardas ao redor. Tem umas mesas e umas cadeiras amarelas, feias, fixadas no chão. As paredes são de um amarelo claro e cor de concreto, e o piso é branco e amarelo. Acho que estavam tentando dar um efeito de luz do sol para compensar a ausência de janelas.

Pegamos uma mesa e esperamos. Minha mãe trouxe dinheiro para comprar algo na máquina de lanche. Foi só o que pôde trazer além das chaves do carro. Ela compra todos os biscoitos disponíveis e os coloca na mesa — nossa própria versão de uma Ação de Graças em família.

Provavelmente parece que estou embalando Seven com o joelho, mas a verdade é que não consigo manter as pernas paradas. Não sei por que estou tão nervoso, afinal é o meu pai. Ele nunca me dá bronca.

Um sinal sonoro alto é disparado e uma porta se abre. Um a um, os detentos com macacões laranja se reúnem com os seus. Parece que todos os visitantes já encontraram quem estavam procurando, e começo a me perguntar se meu pai vai aparecer.

Bem no finalzinho, ele surge.

O cara é igualzinho a mim. Quer dizer, eu sou igual a ele. Minha mãe fala que somos idênticos. Comenta isso nos momentos mais aleatórios. Posso estar encarando o dever de casa a ponto de as minhas sobrancelhas quase se tocarem, e minha mãe começa: "Você parece tanto o seu pai."

Também diz que nosso jeito de andar é igual. Meu pai anda como se o mundo tivesse sido criado para ele. Agora está careca, mas antigamente usava o cabelo cacheado igual ao do Eazy-E. Era magrinho, porém, como não tem muito o que fazer na prisão além de levantar peso, ficou forte.

Ele nos vê e o sorriso toma conta de seu rosto.

Minha mãe corre para os braços dele. Esse abraço é o único momento em que podem se tocar durante a visita. Regras da prisão. Eles se beijam e eu desvio o olhar, como um garotinho.

Meu pai olha para mim. Hoje em dia temos a mesma altura, mas me sinto como uma formiga diante de uma montanha — pra mim, ele sempre parece maior do que qualquer coisa. Não sei se é porque o pessoal do Garden age como se ele fosse um deus ou se é só porque é meu pai.

Minha mãe pega Seven no colo e meu pai me abraça. É um daqueles abraços largos e apertados que me envolve por inteiro.

— Eu tava com saudade, garoto — diz, todo bruto. — Eu tava com saudade.

—Também tava com saudade, pai.

Ele me segura e se afasta um pouco para me olhar.

— Caramba, cara. Você... — Ele limpa a garganta. — Você continua crescendo, hein? O que anda comendo?

— Tudo — responde minha mãe.

Meu pai dá uma gargalhada.

— Dá pra perceber. — Ele segura a minha nuca. — Meu homem de confiança.

O comentário também pareceu um abraço.

Ele se vira para minha mãe e vê Seven. Seu rosto se ilumina.

— Aí está o bebê.

Estende os braços para Seven, que se agarra à blusa da minha mãe e choraminga.

— Tá tudo bem, Bonitinho. Esse é o seu vovô — explica minha mãe.

Passo a mão no cabelo do Li'l Man, querendo dizer a mesma coisa. Se a gente está de boa, ele fica de boa: deixa meu pai pegá-lo no colo sem muita reclamação. Por mais gordinho que esteja, parece minúsculo nas mãos gigantes do meu pai.

— Seven Maverick Carter — diz meu pai, como se estivesse testando. — Consegue dizer "vovô"? Diga "vovô".

Minha mãe ri.

— Adonis, esse bebê é pequeno demais para falar.

— Sei lá. Do jeito que vocês dizem que ele é esperto, vai começar a falar logo, logo. Tô pronto pra ouvir o que ele quiser dizer — afirma, e dá um beijo na bochecha dele.

Eu e minha mãe nos sentamos de um lado da mesa, e meu pai se senta do outro, com Seven no colo. Tem permissão para segurar o Li'l Man durante toda a visita, mas não pode mais nos tocar. Os guardas ficam vigiando para garantir que ele não faça.

Seven balbucia alguma coisa, e meu pai fica: "É, eu sei", como se estivessem conversando.

— Como foi a viagem? — pergunta ele.

— Tudo bem. Estava um pouco engarrafado por causa do feriado, mas eu já esperava. Você tá bem? — responde minha mãe.

Ele finge comer a mão de Seven, que grita e gargalha. Meu pai abre um sorriso enorme.

— Estou sobrevivendo. Finalmente consegui aquele emprego que queria na cozinha. Vocês tão olhando pro mais novo auxiliar de cozinha da prisão Evergreen.

— Olha! Sério mesmo? — pergunto.

— Adonis, isso é maravilhoso — completa minha mãe.

— É sério. Não trabalho mais nos campos. O senhor me levou pra casa grande.

Eu e minha mãe caímos na risada. Entendo a piada, mas não é legal.

— Se tudo der certo, vou poder fazer umas receitas minhas em vez dessa gororoba que nos obrigam a cozinhar. Convenci o chef a encomendar uns temperos. A comida precisa de outras coisas além de sal e pimenta.

— Tomara que eles te ouçam. Vou usar a sua receita pra fazer os inhames amanhã. Mas não vão ficar iguais — lamenta minha mãe.

— Tá ouvindo, Mav Man? Se você cozinhar bem, qualquer mulher vai sentir sua falta, não tem jeito. — Ele dá uma piscadinha.

Não consigo sorrir. Meu pai devia estar em casa, cozinhando para a gente.

Seven tagarela bem alto, e meu pai continua:

— Sei, amigão. Eu tô aqui com você. E como tão as coisas em casa, pessoal?

Minha mãe se vira para mim, e o clima muda. Mães, cara. Elas matam com o olhar.

— Seu filho tem algo pra te contar, Adonis.

Seu filho. Minha mãe age como se eu perdesse o DNA dela quando faço besteira.

Meu pai desvia o olhar de Seven.

— O que ele tem pra me contar?

Agora, minhas pernas estão tremendo de verdade. Cara, estou viajando. Meu pai vai me apoiar.

Olho para a mesa.

— Hm... Meu... Hm...

— Meus olhos tão aqui em cima e meu nome não é "Hm". Conta logo. E senta direito.

Meu pai nunca me deixa falar com as pessoas sem olhá-las nos olhos e nunca me deixa embaralhar as palavras. É melhor dizer logo, sem hesitar.

Eu me sento direito, como ele me ensinou: ombros retos, peito estufado e olhos nos dele.

— A Lisa, ela tá grávida.

— Você tá de brincadeira? — Ele se encosta na cadeira, chocado, depois olha para a minha mãe. — Você não ensinou nada sobre camisinha pra ele?

— Pode parar por aí. Não se atreva a colocar a culpa em mim, Adonis.

— Só tô tentando entender por que esse garoto saiu por aí fazendo bebês desse jeito.

— Tenho certeza de que se o pai estivesse em casa para ensinar, ele se sairia melhor.

— Lá vamos nós — resmunga meu pai. — Não quero ter esse papo hoje, Faye.

— Então não me culpe. Estou fazendo o melhor que posso.

— Tá mesmo? Talvez se não ficasse com essa *Moe* o tempo inteiro...

— Como é que é? Deixe ela fora disso.

— Não fui eu quem a trouxe pra dentro de nada. Ligo pra casa pra falar com a minha mulher e você tá passeando com ela. Não é nenhuma surpresa que o nosso filho esteja por aí engravidando garotas.

— Sinto muito por arranjar tempo pra viver minha vida!

Meu pai faz um "tsc" com a boca.

— Viver sua vida, é assim que você chama?

— Isso mesmo. Viver minha vida como eu quiser. O mundo não parou porque você tá aqui.

Quero desaparecer, cara. Odeio quando eles brigam. Não entendo por que meu pai implica tanto com a Moe. Minha mãe tem o direito de sair com a amiga sem se preocupar comigo.

— Pai, isso não tem nada a ver com a minha mãe. A culpa é minha, beleza?

— É muita audácia sua jogar a culpa em mim — continua minha mãe, como se eu não tivesse dito nada. — Quando foi a última vez que você foi realmente um pai pro seu filho, Adonis?

— O que você quer que eu faça, Faye? Hein? Que porra você espera que eu faça?

— Não sei, mas é melhor descobrir. E rápido.

Minha mãe se levanta, pega Seven e vai para o outro lado da sala. Meu pai esfrega o rosto.

— Maverick, como assim, bicho?

— Pai, foi um acidente. Eu não tive a intenção...

— Não importa qual foi sua intenção. Isso é muita irresponsabilidade.

— Eu sei. Sinto muito, tá bem?

— Não é suficiente! Isso não é um boletim com notas ruins ou uma briga na escola. Você tá fazendo bebês, Mav. Que porra você tem na cabeça, cara?

Por que ele está agindo desse jeito?

— Eu não tava pensando, só isso.

— Não tava pensando — repete ele, com uma risada cruel. — Uau, você não tava pensando. O que seu nome significa, Maverick?

— Pai, fala sério.

— Responda. O que o seu nome significa?

Sinto como se tivesse voltado para a primeira série. Minha professora, a sra. Stanley, era uma senhora branca de meia-idade que usava batom vermelho. No primeiro dia de aula, ela fez a chamada e, quando viu meu nome, falou:

— Maverick? Hm... Que nome estranho.

As outras crianças riram. Foi como se a sra. Stanley tivesse me dado um soco. Quando cheguei em casa, contei ao meu pai o que tinha acontecido.

— Você sabe o que seu nome significa. Aposto que o nome dela não significa merda nenhuma. Amanhã, pergunta o nome dela e o que significa — disse ele.

Fiz isso. Ela disse que seu nome era Ann, e não achava que tivesse qualquer significado. Era só um "nome normal".

Eu disse exatamente o que meu pai tinha me dito para falar.

— Maverick significa "pensador independente". Sua mãe e seu pai não eram mavericks, batizando você com esse nome.

A professora me mandou para casa com uma advertência. Meu pai amassou o papel e jogou fora. Depois disso, ele me fazia repetir o significado do meu nome todos os dias, para que eu soubesse quem era.

Olho para o meu pai e digo o significado do meu nome, como fazia antigamente.

— Então por que você não tava pensando, cacete?

— Foi no dia do velório do Dre.

Meu pai fica em silêncio, como acontece quando as pessoas lembram que perdi meu irmão. Ele solta um suspiro lentamente.

— Luto é um fardo pesado, Mav Man. Um fardo pesado. Mas não é desculpa.

Olho para ele.

— O quê?

— Você não tava pensando no Dre quando tava com aquela garota. Nós dois sabemos disso. Você deixou a coisa entre a suas pernas tomar a decisão por você. Não use o Dre como pretexto.

— Não tô usando como pretexto!

Meu pai dá um tapa na mesa.

— Trata de baixar essa voz, porra!

— Pai, calma.

— Calma? Acha que tenho que ficar tranquilo vendo meu filho fazer esse monte de merda?

Espera aí. É ele quem está vestindo um macacão laranja.

— Mais merda que esconder cocaína na casa onde você mora com sua esposa e seu filho?

Ele pode parecer uma montanha, mas estou começando a me sentir uma também.

— Ah, beleza — diz meu pai, passando a mão no queixo. — Parece que hoje é o Dia de Atacar o Adonis, né? Diga o que quiser, mas eu tava sendo homem e cuidando da minha família.

— Com certeza não tá sendo agora.

As narinas dele inflam.

— Cuidado.

— Ou o quê? — Estou me sentindo corajoso pra cacete, e tudo o que eu sempre tive medo de dizer de repente não parece tão assustador. — Você nos deixou. Minha mãe precisou se matar de trabalhar pra me sustentar e levar dinheiro pra casa. Tive que entrar numa gangue por sua causa. Você não tem direito de falar nada pra nenhum de nós dois.

— O que eu fiz não tem *nada* a ver com o fato de você andar engravidando as garotas por aí.

— É, é verdade. Eu tomei algumas decisões erradas. Mas vou estar presente na vida dos meus filhos. Diferente de você.

Ele não consegue dizer nada, como eu imaginava.

Eu me afasto da mesa.

— Cara, tô saindo fora.

— Maverick, a gente não terminou a nossa conver...

— Terminamos, sim. Primeiro você culpa a minha mãe, e agora quer vir pra cima de mim? O que você faz além de levantar peso? Eu sou mais homem do que você. Eu tô cuidando dos meus.

— Filho...

— Filho nada. Não tenho pai desde os oito anos.

Percebo que o acertei em cheio pela forma como ele murcha. Ótimo. Pego as chaves da minha mãe e vou em direção à porta. Ela me chama, mas não paro até chegar no carro.

É muita audácia daquele cara, sinceramente.

Entro no carro e abro o porta-luvas. Tive que deixar meu pager guardado. Recebi algumas mensagens de um número que não reconheço enquanto estava lá dentro.

Tem um telefone público no estacionamento. Corro até lá e ponho uma moeda. Aposto que não foi engano, pela quantidade de mensagens. Esta é minha última moeda.

— Alô? — atende uma garota.

— Oi, é o Maverick. Recebi uma mensagem desse número.

— Espera aí, Mav — responde a pessoa, e percebo que é Tammy. Ouço um barulho abafado, como se ela estivesse passando o telefone para outra pessoa.

— Mav? — diz Lisa.

Ajeito o corpo. Parece que ela estava chorando.

— Lisa, ei, tá tudo bem?

— Minha mãe sabe que eu tô grávida. Ela me expulsou de casa, Mav — conta, chorando.

* * *

Mais ou menos uma hora depois, minha mãe sai do prédio.

É óbvio que está irritada comigo pela forma como falei com o meu pai. O que não é novidade, porque já estava irritada quando chegamos. Colocamos Seven na cadeirinha, e conto tudo que Lisa me disse.

Logo depois que nos falamos por telefone hoje de manhã, Lisa vomitou de novo. A srta. Montgomery perguntou se ela tinha certeza de que era o estômago. Lisa teve a sensação de que a mãe já sabia a verdade, então admitiu que estava grávida e que o filho era meu.

A srta. Montgomery pirou. Lisa não me contou tudo o que a mãe disse, mas deve ter sido pesado. Terminou com a srta. Montgomery mandando a filha sair de casa. Lisa não sabia para onde ir, então foi andando para a casa de Tammy. Estamos indo para lá agora.

Durante as três horas de viagem, minha mãe me dá um gelo. É completamente fria. Só me levou para ver meu pai para que ele fizesse o papel dele me dando uma bronca. Não pode ficar irritada com o fato de eu ter jogado algumas verdades na cara dele, porque fez a mesma coisa.

Ela para na porta da srta. Rosalie, resmunga que vai levar Seven para casa e vai embora.

No bairro, a srta. Rosalie é conhecida como a "Moça dos Lanches". É normal ver crianças saindo da casa dela com pacotes de Skittles e Doritos. Ela faz as melhores raspadinhas. Acho que, na hora de fazer, aquela mulher põe um saco inteiro de açúcar no suco. Recentemente, começou a vender nachos, e o negócio é bom pra caramba. Por mais um dólar, ela joga uns *jalapeños* e *chili* por cima. Se adicionar picles picantes e uma Sprite, é uma refeição completa pra mim. Já gastei muito dinheiro nessa casa. Se bobear, a srta. Rosalie ganha mais dinheiro do que alguns traficantes.

Toco a campainha e a srta. Rosalie atende a porta com um sorriso afetuoso. Não se deixe enganar. Dizem por aí que ela anda armada, inclusive.

— Oi, Maverick, querido. Como você está?
— Tudo bem. A Lisa tá aí?
Ela abre a porta.
— Lá no quarto da Tammy.

Os móveis da sala estão todos cobertos com plástico. Minha avó faz isso para conservar as coisas. Na sala de jantar, a mesa está cheia de caixas de doce, potes e jarras de picles. Há algumas panelas elétricas para fazer o chili e o queijo dos nachos, além de um freezer para guardar as raspadinhas.

Percorro o corredor e ouço Lisa e Tammy falando baixo, quase cochichando. Quando me veem na porta, elas param.

— Oi Mav, — diz Tammy. Ela está no chão com as pernas cruzadas e Lisa, sentada na cama.

— Oi, Tam. Não queria incomodar.

— Tudo bem. Vou deixar vocês sozinhos. — Tammy se levanta, sai e fecha a porta.

Os olhos de Lisa estão vermelhos e inchados. Odeio que ela esteja chorando.

— Como foi a visita ao seu pai?

Eu me sento ao seu lado.

— Isso não importa. Você tá bem?

Ela abraça a mochila na frente do peito. Está lotada, provavelmente com as roupas dela.

— Na verdade, não. Fico o tempo todo pensando no que minha mãe disse. — A voz de Lisa falha um pouco. — Carlos ficou parado lá, deixando ela falar coisas horríveis, Maverick. Ele não me defendeu em nenhum momento.

Óbvio que aquele covarde não fez nada. Sorte a deles que eu não estava lá.

— Sinto muito que você tenha passado por isso. Eles foram injustos, cara, sério.

Lisa funga.

— Eu sabia que a minha mãe ia ficar irritada, mas não esperava que fosse me expulsar.

— Não se preocupa, tá bem? Você pode ficar na minha casa. Minha mãe não vai se incomodar.

Eu acho. Na real, tem dias em que me pergunto se ela não se incomoda com a *minha* presença lá.

— Sua mãe já tem muita coisa pra lidar, Mav. A srta. Rosalie me ofereceu o antigo quarto da Brenda. Ela se mudou com o namorado. Eu disse que vou aceitar.

— Não precisa fazer isso. Tô dizendo, minha mãe não vai se incomodar. Você é minha namorada, vai ter um filho meu, precisa ficar com...

— Espera aí... Mav. Ficar com o bebê não significa que somos um casal. Você sabe disso, né?

— Desculpa. Disse pela força do hábito. — Mais ou menos. Fiquei com cara de panaca. — Mesmo assim, a gente vai ter um filho. Faria sentido você ficar conosco.

— Agradeço a oferta, mas preciso de espaço, e não vou ter isso na sua casa.

Do jeito que ela fala, parece que a srta. Rosalie mora numa mansão.

— A gente vai fazer dar certo. Posso dormir no sofá e você fica...

— Não é desse tipo de espaço que eu tô falando.

Pelo jeito como olha para mim, fica óbvio sobre o que ela está falando.

— Você não me quer por perto, né?

— Maverick...

— Pensei que a gente tava junto nisso.

Lisa dá uma risada de zombaria

— Pois é, ficou muito óbvio hoje de manhã.

Eu devia ter imaginado que ela falaria disso.

— Eu tava chocado, beleza? Já tenho muitas obrigações com o Seven, você precisa entender isso.

— Então não devia ter dito que me apoiaria em qualquer decisão que eu tomasse! Eu pensei... — Ela fecha os olhos. — Quer saber? Não importa mais. Agora que minha mãe e meu irmão não vão ajudar, preciso resolver o que é melhor pra mim e pro meu bebê.

— Você tá dizendo que eu não sou o melhor pra vocês?

— Sinceramente, não sei.

Eu me levanto.

— O que você tá querendo dizer?

— Ai, meu Deus, sabe exatamente o que eu quero dizer. Você é um King Lord, Maverick. Acha que eu quero que o pai do meu bebê seja um membro de gangue?

— Não tinha importância quando você me namorava!

— Era diferente! Não quero meu filho envolvido com essas coisas. E, pra piorar, você vende drogas.

— Eu parei de vender! Tô me matando de trabalhar pro sr. Wyatt.

— Ótimo. E quais são seus planos pra depois?

— Eu vou descobrir!

— Não posso confiar nas suas "descobertas". Não posso nem confiar em você pra não transar com outras garotas! Acha que isso é suficiente pro meu bebê?

Achei que tinha sido ruim naquele dia em que ela falou para o Carlos que eu não valia a pena. Mas isso é pior.

— Você também acha que eu sou um merda, igual sua mãe e seu irmão.

— Eu não disse isso, apesar de você ter tomado umas decisões estúpidas.

— Eu te falei, já larguei essa coisa das ruas.

— Ah, então você não é mais um King Lord? Ótimo.

— Você não entende.

— O que tem pra entender?

— Muita coisa! Você não sabe como é nas ruas. Sentadinha na sua casa sem fazer a menor ideia.

— Uaaau.

— Só tô dizendo que somos de mundos diferentes, só isso.

Lisa assente.

— É. É bem óbvio que somos duas pessoas diferentes. Eu sou só uma patricinha metida que estuda no colégio católico, né? Bom, essa patricinha do colégio católico e seu bebê merecem algo melhor do que você.

Um tapa na cara teria sido melhor.

— É assim que vai ser?

— É do jeito que você acha que vai ser.

E eu achando que a gente estava nisso junto. Essa garota me deixou com cara de otário. Ela é pior do que a mãe e o irmão. Eles dizem que me acham um merda na minha cara, Lisa me fez pensar que ela me amava.

Agora vejo como são as coisas. Nitidamente.

— Beleza — digo, concordando com a cabeça. — Faz o que você achar melhor, Lisa.

Dou todo o espaço de que ela precisa. Vou embora.

DEZOITO

O feriado de Ação de Graças era o meu favorito. Então Dre morreu.

A família inteira está na nossa casa. Além da tia Nita e do tio Ray, estão também a vovó; Billy, o irmão da vovó; Hattie, a mulher do tio Billy; os filhos e netos deles, além do único bisneto; e Letha, a irmã mais velha da vovó, o marido dela, Joe, e Joe Jr., o filho deles. Keisha vai trazer a Andreanna mais tarde, estão com os pais de Keisha. A irmã mais nova da vovó, Cora, vai vir depois de visitar o filho, Gary, o advogado. Ela diz que a mulher dele não sabe cozinhar, então vai ter que passar aqui para comer direito.

Nos feriados, a casa parece magicamente maior, apesar de o lógico fosse parecer menor, com tanta gente aqui. Mas hoje, de certa forma, parece vazia. Dre não está para entrar na cozinha de fininho comigo e provar a comida antes da hora. A esta altura, ele já teria começado uma partida de futebol americano no jardim. Assim que o time dele perdesse, diria que alguém trapaceou.

Está ruim demais. A família não está tão animada e brincalhona quanto o normal. É como se a gente estivesse celebrando a Ação de Graças por obrigação. É horrível pensar assim, mas ver como Ant magoou todos eles me faz pensar que ele teve o que merecia.

A história da Lisa também não está contribuindo com o meu humor. Tudo que ela disse ontem está martelando na minha cabeça.

Acha que sou um bandido inútil. Não vou mentir, provavelmente muita gente pensa assim, mas vindo dela dói mais.

Na sala, tio Ray, tio Billy e outros gritam enquanto assistem a algum jogo de futebol americano na TV. As crianças todas estão correndo no jardim. Tia Letha está tirando uma soneca no meu quarto. Disse que estava com dor de cabeça, mas minha avó acha que é uma desculpa para não ter que cozinhar. Já Tia Hattie não sabe mesmo, então a vovó nem a deixa chegar perto da cozinha.

Vou para lá com Seven. Não sei se é porque tem muita gente em casa, mas ele está bem grudento hoje. Tentei colocá-lo no cercadinho com o bisneto do tio Billy, mas ele fez um escândalo. Ainda não consegui tirá-lo do colo.

Há caçarolas cobertas com papel alumínio espalhadas por toda a cozinha. Tia Nita mexe uma panela cheia de vegetais no fogão. Minha mãe e a vovó tiram travessas do forno. O cheiro está bom. O peru está pronto — tio Billy preparou hoje de manhã. Da última vez que dei uma olhada, a gente estava esperando só o pernil.

Seven não para de se mexer. Deve estar com fome. Pego uma mamadeira na geladeira e a aproximo da sua boca. Acho que não fui rápido o suficiente, porque ele mesmo pega e começa a tomar.

— Não deixe ele encher a barriga, Maverick. Dê um pouco de purê de batata-doce mais tarde, veja se ele gosta — orienta minha mãe.

Olha, ela está falando comigo agora? Mesmo surpreso, não digo nada.

— Sim, senhora.

— Dê também um pouco de broa de milho e licor de pote — diz minha avó, mexendo na barriga dele. — Tem que dar uma boa comidinha tradicional pra esse bebê. Esse negócio de fórmula não serve pra nada.

Eu amo a minha avó, cara. Ela é uma força da natureza baixinha e gordinha, com uma voz muito maior do que se imaginaria. Quando ela fala, você escuta. Quando está com raiva, você foge. Diz que nunca errou um tiro. Ela me ama incondicionalmente, diferente da minha mãe e de Lisa. Não sei qual das duas me irrita mais.

— Mav, querido, trouxe algo pra você. Olhe naquelas travessas ali — diz.

Levanto o papel alumínio delas. Duas estão cheias do macarrão com queijo da minha avó, duas com pão de milho temperado e... caramba, tem mais uma com pão de milho.

— Você fez três travessas de pão de milho temperado?

— Com certeza — responde, sorrindo. Está usando a dentadura hoje. Ela odeia usar esse negócio. — Sei que meu bebê Mav adora meu pão de milho temperado.

Dou uma risada, mas minha mãe rebate:

— Ele não é um bebê, ele faz bebês.

— Ah, calma, Faye. Ele não é o primeiro pai adolescente do mundo. Eu e seu pai te tivemos cedo também. Um bebê não é o fim do mundo — defende a vovó.

— Não é um bebê. Lisa está grávida. Vão ser dois — responde minha mãe.

Tia Nita se vira.

— O queeeeeê?! Ai, merda!

Ela deixou a colher cair dentro da panela.

Quero desaparecer, cara. Sei que minha situação é ruim, mas parece ainda pior quando escuto. Não sou mais o Maverick, agora sou o adolescente estúpido de 17 anos que estragou tudo e teve dois filhos.

Eu devia aceitar que é isso que sou, um adolescente estúpido.

— Lisa é aquela baixinha que ele estava namorando? — pergunta a vovó.

Minha mãe assente.

— A própria.

— Caramba, garoto! Você é mesmo fértil! Engravida as garotas só de olhar. Deus tenha misericórdia.

Minhas bochechas estão queimando. O chão podia se abrir e me engolir.

— Não foi assim, vovó.

— Nunca é. Que o diga esse aí segurando a própria mamadeira. Já vai dar espaço pra outro. Hm, hm — Ela balança a cabeça, desaprovando. — Hm, hm, hm!

A campainha toca. Só pode ser Deus me salvando, na real.

— Eu atendo.

Tenho que passar por cima de todo mundo na sala para chegar à porta. Deve ser o Shawn ou o King. Shawn é praticamente da família, sempre aparece para comer um pouco, e todo ano minha mãe convida o King para que ele não passe o feriado sozinho. Abro a porta, e é o King. Fico chocado pra cacete ao ver quem vem junto.

Iesha está pendurada nele, parecem um casal de namorados, mas não é possível. Meu melhor amigo teria me contado se estivesse namorando a mãe do meu filho.

— O que vocês tão fazendo aqui? — pergunto.

O rosto de Iesha se ilumina ao ver Seven.

— Aí está o meu garotão! Oi, amorzinho!

Ela estende os braços para pegá-lo, mas eu recuo.

— Perguntei o que vocês tão fazendo aqui.

— Quem é, Mav? — pergunta minha mãe, vindo em direção à porta. — King! Você conseguiu vir. E... — A animação na voz dela some. — Trouxe a Iesha?

— Desculpe pelo atraso, sra. Carter — diz King. Ele é sempre muito educado com a minha mãe. — Obrigado pelo convite.

Minha mãe me olha e juro que posso ouvi-la dizer "Que merda é essa?".

— Não tem de quê, querido. Você é da família. Não sabia que ia trazer alguém.

— Ah, me desculpe. Imaginei que não teria problema, já que a Iesha é mãe do garotinho.

Iesha se agarra mais nele.

— É, eu queria cozinhar pro meu homem em casa, mas ele disse que a gente podia vir aqui. — Ela se inclina e dá um beijo nele de um jeito bem provocante.

Eiii, que porra é essa? Agora a mãe do meu filho é namorada do meu melhor amigo? A situação parece ter saído de uma das novelas que a minha avó gosta de assistir. Uma coisa tipo *Vale tudo do gueto*. Meus tios e primos estão todos olhando para a gente. Somos mais interessantes do que o jogo na TV.

Minha mãe aperta os lábios.

— King, você pode nos dar licença um minutinho? Iesha e Maverick, venham comigo.

Não foi um pedido, e sim uma ordem. Minha mãe vai direto para o quarto dela. Levo Seven, e Iesha vem atrás. Minha mãe me diz para fechar a porta. Faço isso e tenho quase certeza de que baixaram o volume da TV. Minha família enxerida quer ouvir.

Minha mãe cruza os braços e manda na lata para Iesha:

— Onde você estava?

— Eu avisei o Maverick da minha situação semanas atrás, tá bem?

— Mudar de casa não é impedimento pra visitar o seu filho. Nosso número está na lista telefônica, e você obviamente sabe onde moramos.

— Eu não tava pronta pra lidar com tudo isso.

— O que? Ter um filho? Tenho que lidar com isso todo dia — digo.

— Garoto, dá um tempo! Fiz isso sozinha durante três meses.

— E eu já tô fazendo há ainda mais!

— Ei — interrompe a minha mãe. — Não quero essa troca de agressões aqui. Nem quero que vocês se acostumem a discutir na frente dessa criança. Parem com isso agora.

Minha mãe respira fundo.

— Agora, preste atenção, Iesha. Depressão pós-parto é difícil. Eu entendo. Não desejo isso nem pra minha pior inimiga. Mas você poderia ter visitado seu filho. Isso não tem desculpa.

Iesha abraça o próprio corpo e encara o chão.

— Eu me senti mal por abandonar ele e por não dar conta.

— Isso não significa que você precisa desaparecer, querida. Sinto muito que a sua mãe não tenha te apoiado como devia, e que você tenha passado por tanta coisa sozinha. Mas você tem responsabilidades agora. Seven precisa de você tanto quanto precisa do Maverick.

— Se eu entrar naquela onda ruim de novo... ele não precisa — murmura Iesha.

E lá vou eu de novo me sentir mal por essa garota depois de tudo que ela fez.

— Iesha, vai ficar tudo bem.

Minha mãe passa a mão no ombro dela.

— E, se não ficar, você não está sozinha. É preciso muita gente pra educar um filho. Seven tem muitas pessoas. Então você também tem.

Iesha não consegue olhar para nenhum de nós.

Minha mãe suspira.

— Vamos fazer o seguinte, Iesha: nessa semana, você vai no escritório de advocacia do meu primo, no centro da cidade. Vai assinar os documentos pra tornar Maverick legalmente pai do Seven, mudar o nome dele e dar a guarda pro Maverick.

A cabeça de Iesha se vira rapidamente.

— Ah, de jeito nenhum! Não vou dar a guarda do meu bebê pro Maverick!

— E deixar ele comigo por meses é o quê? — pergunto.

— Você é o pai! É sua obrigação cuidar dele, idiota!

— E você é a mãe, mas fez o que fez — diz minha mãe, andando pelo quarto. — Maverick precisa da guarda pra pedir assistência. É a sua mãe quem recebe os vouchers de alimentação do governo pro Seven, e faz meses que ele não mora mais na casa dela. Agora, a gente pode fazer isso do jeito fácil ou pode ir pro tribunal. A escolha é sua.

— Eu quero poder ver meu filho!

— Você vai poder. Maverick, você fala pra Iesha qual é o melhor dia da semana pra ela vir visitar o Seven. Iesha, você aparece no dia combinado. Conforme o tempo for passando e vocês forem pegando confiança um no outro, vão adicionando mais dias e planejando visitas para o Seven passar a noite com Iesha. Estamos combinados?

— Combinado — resmungo, mas vamos ver sobre essas visitas de passar a noite.

— Beleza. Posso pegar meu bebê agora? — pergunta Iesha.

Minha mãe acena com a cabeça para mim.

— Tudo bem, Maverick.

Deixo Iesha tirá-lo dos meus braços, e Seven começa a chorar. Ele se debate do jeito que os bebês fazem quando não querem ficar no seu colo, como se estivessem tentando fazer você derrubá-los.

Iesha tenta segurá-lo.

— Tudo bem, garotão. A mamãe tá aqui.

Seven não está nem aí. Estende os braços para mim.

Não é só porque ele me conhece, é porque não quer ficar com ninguém além de mim. Está assim o dia inteiro, mas neste momento não consigo explicar.

Pego-o nos braços e suas mãozinhas gordas agarram a minha camisa.

— Ei, cara. Papai tá com você.

Iesha franze a testa.

— Por que ele tá agindo assim?

— Faz meses que o Seven não te vê, querida. Dê um tempinho pra ele — acalma minha mãe.

— O jantar está pronto! — grita tia Nita.

Minha mãe vira a cabeça para a porta.

— Vamos lá, pessoal.

A gente segue para a cozinha para se unir ao restante da família. Não nos sentamos em volta de uma grande mesa redonda como fazem na TV. Todo mundo serve o próprio prato e se senta onde quiser, espalhado pela casa. Mas antes a vovó precisa fazer os agradecimentos. Damos as mãos e abaixamos a cabeça. A vovó faz umas orações longas, cara. Fala como se Deus não soubesse o que está rolando e ela precisasse atualizá-lo.

— E Deus, — diz, depois de cinco minutos de oração — por favor, ajude essas jovens mães a entender suas prioridades. Ninguém disse que seria fácil, mas elas agem como se não tivessem nenhuma responsabilidade e esperam que as outras pessoas criem seus filhos. Ajude essas jovens, Pai! — Minha mãe deve ter contado sobre Iesha. — Ajude meu neto Maverick também, Senhor. Por favor, o ajude a parar de fazer tantos bebês. Tire dele toda essa fertilidade e masculinidade, Senhor! Afaste os maus espíritos!

Ouço alguns "Sim, Senhor" e "Amém" do restante da família. Tia Letha põe a mão na minha testa e diz: "Em nome de Jesus!".

O chão realmente poderia se abrir e me engolir, cara.

Minha avó termina a oração agradecendo pelos anos que passamos com o Dre. É difícil se sentir grato sabendo que a gente poderia ter passado mais tempo ainda.

Dez minutos depois, ela acaba e todo mundo pode fazer seu prato. Menos eu. Coloco o Seven na cadeirinha. Nunca consigo comer e alimentá-lo ao mesmo tempo.

Minha mãe põe a mão no meu ombro.

— Querido, vá fazer o seu prato.

— Vou depois. Preciso dar comida...

— Não. Iesha veio aqui comer a nossa comida, então pode alimentar o filho dela.

Minha mãe diz isso em voz alta, para tudo mundo ouvir. Iesha está segurando dois pratos — um para si mesma e outro para o King. Minha mãe lança um olhar para ela que eu conheço muito bem.

Iesha deixa os pratos de lado.

— Eu dou comida pra ele.

— Foi o que eu pensei — diz minha mãe, depois beija minha têmpora. — Vá comer, querido.

Sorrio. É muito legal quando ela está do meu lado.

Encho o prato com pernil e peru, uma colherada enorme de macarrão com queijo e coloco os inhames ao lado — porque esse é o jeito certo —, depois adiciono um pouco de couve. Pego outro prato só para o pão de milho temperado. Jogo um pouco de molho de cranberry, ponho dois pãezinhos por cima, pego uma lata de Sunkist na geladeira e estou pronto para comer.

O único problema vai ser achar um lugar para sentar. A mesa da cozinha já está cheia e a da sala de jantar e de estar, lotadas. Eu e Dre costumávamos comer na varanda, então é para lá que vou. Eu me sento no degrau e coloco um dos pratos onde ele geralmente ficava. É como tê-lo aqui comigo.

Jogo um pouquinho do Sunkist no chão para homenageá-lo. Era o seu favorito.

— Queria que você estivesse aqui, cara.

Tomo um gole e parto pra cima da comida. Caramba, minha mãe, a vovó e a tia Nita mandaram bem demais. Vou precisar fazer mais uns pratos até o fim do dia.

Fico imaginando se Lisa está conseguindo comer ou se os enjoos matinais ainda estão muito intensos. Não liguei hoje. Se ela quer espaço, então beleza, vou dar espaço. Não quer dizer que não estou pensando nela.

A porta se abre.

— Caramba, não tem um lugar pra sentar lá dentro — diz King.

Ele se senta ao meu lado, num dos degraus, segurando dois pratos. Vai realmente ficar aqui, como se não tivesse feito nada de errado.

Coloco meu prato no chão.

— Ei, cara, o que tá rolando?

— Rolando com o quê? — pergunta, a boca cheia de pão de milho temperado. — Cara, sua avó caprichou demais nisso aqui.

— Sabe do que eu tô falando. Você e a Iesha estão juntos?

Ele dá uma pequena garfada no macarrão com queijo e no pernil.

— Acho que estamos. É um problema pra você?

— Você trouxe ela na minha casa sabendo que ela não aparece nem pra ver o nosso filho.

— Então você não devia estar feliz por eu ter trazido?

— Cara, por que não me disse que ela tava na sua casa? Eu perguntei no jogo de futebol e você mudou de assunto.

— Ela não tava na minha casa naquela época.

— E por que não me avisou quando ela foi pra lá?

— Eu nem te vejo, cara. Você nunca sai comigo nem com o restante dos caras.

— Porque tô ocupado tomando conta do meu filho, graças a Iesha! Você não sabe...

Um Datsun velho e barulhento para cantando pneu na frente da minha casa. A porta do motorista se abre e um cara musculoso, negro de pele negra mais clara, sai num pulo.

— Que porra é essa? — diz King.

O motorista vem na nossa direção. Não, vem na *minha* direção. Quando me dou conta, é Carlos, o irmão da Lisa, e...

Pow! O punho dele está no meu olho.

— Seu filho da puta! — grita.

Não tenho nem chance de dizer ou fazer alguma coisa. Carlos me ergue da escada e me arrasta para o jardim. Assim que caio no chão, sinto suas botas na minha barriga, no meu peito, nas minhas pernas, nas minhas costas. Fico em posição fetal para tentar me defender.

Pelo barulho, a família inteira veio correndo para fora. A vovó e os primos pequenos estão gritando. Minha mãe berra e pede que alguém o detenha. São necessários três primos da minha mãe e o King para conseguir pará-lo.

— Ele engravidou a minha irmã! — grita Carlos, enquanto é contido. — Esse filho da puta engravidou a minha irmã caçula!

Fico de joelhos. Não consigo me levantar. Tudo gira. Ou, pelo menos, tudo que eu enxergo. Meu olho direito está inchado por causa do soco.

— Carlos — digo, enquanto o sangue pinga dos meus dentes. Meu lábio abriu. — Sinto muito, tá bem?

— Seu merda! Você arruinou a vida dela!

Ele consegue se desvencilhar de King e dos outros. Tão rápido quanto chegou, ele entra no carro, bate a porta e vai embora.

DEZENOVE

Levo dois dias para conseguir enxergar alguma coisa com aquele olho. Quatro dias depois, ainda está machucado.

Hoje é o primeiro dia de aula depois do feriado prolongado de Ação de Graças, e meu olho roxo está chamando muita atenção. Enquanto ando, percebo que sempre tem alguém me encarando ou rindo. Encontro Rico e Junie embaixo da escada, onde os King Lords costumam se reunir, e os dois soltam um "Caraaamba" quando me veem.

— Quem te deu uma surra? — pergunta Rico.

— Espero que esteja com a cara tão ruim quanto a sua — diz Junie.

— Deixa pra lá, gente.

— Sério, o que rolou, cara? A gente pode revidar se você quiser — insiste Rico.

— Não foi nada. Eu me machuquei caindo da escada.

Junie levanta a sobrancelha.

— Escada dá soco agora? Isso aí é um olho roxo, meu parceiro.

— Foi a sra. Carter, né? Sua mãe tem cara de que sabe dar porrada — brinca Rico.

Junie assente.

— Verdade. E é gata.

Que merda é essa?

— É a minha mãe, seu pilantra!

— E? Ela tem uma *bunda*. — Junie se move como se estivesse passando a mão no traseiro dela. — Eu adoraria ser o seu padrasto.

Dou um socão no braço dele.

— Ei! Você precisa bater é em quem te deixou com esse olho roxo.

— Esquece. O que tá rolando com vocês? Como tão as coisas nas ruas?

— Cara, você ficou sabendo? Shawn foi preso no dia de Ação de Graças — conta Rico.

— O quê? — digo, quase gritando. — Você só pode estar de brincadeira!

— Bem que eu queria. Ele foi parado numa blitz. Você sabe que adoram fazer essas paradas nos feriados. Os policiais acharam a arma, e não tava registrada. Levaram ele lá pro centro.

No dia de Ação de Graças, fiquei me perguntando por que ele não tinha aparecido.

— Ele não pode pagar a fiança?

Junie balança a cabeça.

— É um crime grave, eles levam essa parada a sério. O parceiro deve ficar um tempinho lá.

— Caramba. — Parece que foi ontem que eu estava passeando de carro com Shawn. Juro, cara, no Garden você encontra alguém num dia e, no seguinte, a pessoa está presa ou morta. — E quem tá responsável pelo grupo, então?

— Todos os seniores querem ser os mandachuvas. Ainda bem que a gente tá ganhando dinheiro com o King e não preciso lidar com eles — diz Junie.

— Papo firme. Sem Shawn *e* Dre, não é mais a mesma coisa. Eles eram os únicos seniores que realmente ligavam pra gente. Temos que cuidar de nós mesmos agora — completa Rico.

— Que merda. — Não sei o que dizer.

— Não surta, Mav. Tá tudo bem. Enquanto a gente tomar conta uns dos outros, vamos ficar de boa nas ruas — diz Junie.

— Enquanto isso, estamos resolvendo o que fazer nesse baile de inverno. Você tem que ir.

Baile de inverno? Ai, droga, esqueci que é na semana que vem.

— Não sei, cara.

— Por que não? Sua mãe pode ficar com seu filho, que nem no dia do jogo de futebol — sugere Junie.

Não agora que engravidei Lisa. Não estou pronto para contar para os meus amigos que outro bebê vem aí. Não preciso que a escola inteira se meta na minha vida.

— Não, ela provavelmente não vai querer ficar com ele pra isso. E nem tenho ninguém pra levar mesmo.

— Quem disse que é pra levar alguém? Eu vou sozinho mesmo, pra ganhar quantas chupadas eu quiser. — Rico bate na palma da mão de Junie, que ri.

— A gente vai alugar uma limusine. E usar uns smokings irados, tipo mafiosos. Você não pode perder essa.

Ele está falando de limusines e smokings, e eu só penso no dinheiro.

— Quanto vai custar tudo isso?

— Você só precisa inteirar uns duzentos — diz Rico.

— Cara, preciso comprar uma cadeirinha de carro nova pro meu filho. Não posso desperdiçar dinheiro num baile.

— Por isso que tá usando esse tênis velho todo dia? — pergunta Rico, e Junie cai na gargalhada.

Meus tênis são os mesmos Reeboks que comprei no verão. Normalmente, eu já teria um novo a esta altura.

De vez em quando, eu me pergunto o quanto as coisas seriam diferentes se eu ainda estivesse vendendo drogas. Teria um tênis novo, fato, e poderia comprar tudo de que Seven precisa.

Não posso fazer isso. Dre não queria que eu fizesse. Dou de ombros para Rico.

— Tenho coisas mais importantes com que me preocupar.

— A gente vai ter que começar a te chamar de Vovô Carter. Retiro o que disse. Minha avó sai mais do que você, *e* é muito mais descolada também — provoca Rico.

— Dane-se — murmuro.

O sinal da primeira aula toca. Sigo Rico e Junie pelo corredor, enquanto falam sobre os planos para o baile. É como se falassem uma língua que já não conheço. As palavras são familiares, mas perderam totalmente o significado.

Eu e Junie vamos para a aula de história. O sr. Phillips escreve no quadro enquanto nos sentamos.

— Espero que estejam todos preparados para a prova de hoje — diz, de costas para nós. — Estou confiante de que estudaram no feriado.

Fico paralisado e fecho os olhos.

Não estudei nada. Estava totalmente imerso no fato de que vou ter mais um filho.

Hoje já não é meu dia.

Acabei fazendo três provas, e não tinha estudado para nenhuma. Era tudo do que eu precisava num momento em que minhas notas já estavam vacilando.

Deito a cabeça no encosto duro do ônibus. Estou indo encontrar Lisa no consultório médico. Ela me ligou na sexta-feira, falou que tinha uma consulta hoje depois da escola e que eu podia ir. Só isso. Essa garota me irrita, cara. O sr. Wyatt disse que posso ir para o trabalho depois da consulta, mas é óbvio que vou ter que ficar até mais tarde. Não tenho uma trégua.

O consultório é no quinto andar de um arranha-céu. As pessoas no saguão estão vestindo ternos e carregando pastas. Pareço de outro mundo com casaco de capuz, calça jeans e mochila. Entro no elevador com uma senhora branca, e ela segura a bolsa com mais força, como se estivesse com medo de que eu fosse roubá-la. As pessoas têm muito mais medo de mim do que deveriam.

No quinto andar, saio do elevador e sigo as placas até o consultório. Definitivamente, não é uma clínica gratuita. Tem uma fonte de água e música de elevador tocando, além de quadros chiques nas paredes.

Informo a recepcionista que vim encontrar alguém e dou uma olhada na sala de espera. Lisa está no fundo, com o blazer azul-marinho e a saia plissada que ela deve usar no Saint Mary's. Deixou o uniforme descolado usando um tênis do Jordan. Está preenchendo uns papéis e não percebeu que estou aqui.

A pessoa ao seu lado percebeu.

Carlos me encara. Uma de suas mãos está enfaixada, provavelmente por causa do soco que me deu.

Ignoro o idiota e me sento do outro lado de Lisa.

— Não tô atrasado, né?

— Não, acabamos de... — Ela olha para cima e fica abismada. — Ai, meu Deus, Maverick, isso é um olho roxo?

— Não foi nada.

— Não foi nad... — Lisa olha para a mão de Carlos, e depois para mim de novo. Solta um suspiro. — Vocês dois brigaram?

Carlos esfrega as articulações dos dedos.

— Não foi uma briga. Eu enfiei a porrada nele.

O idiota me bateu uma vez e está falando merda.

— Só porque eu deixei. Não vai acontecer de novo.

— Ah, eu adoraria uma revanche.

— Qual vai ser, então?

— Ei, por favor! Não comecem — interrompe Lisa.

— Tá bem — concorda Carlos, com os dentes cerrados. — De qualquer forma, eu tenho todo o direito de estar puto por ele ter arruinado a vida da minha irmãzinha.

— Ele não arruinou a minha vida, e ele não fez o bebê sozinho. Eu participei, e com vontade. Maverick me disse que não tinha camisinha e eu quis transar mesmo assim com...

Carlos se encolhe.

— Não preciso de mais detalhes, obrigado.

— É óbvio que você precisa. Se vai ficar com raiva dele, precisa ficar com raiva de mim também.

— Acredite, eu tô com raiva de você.

— É. Foi bem perceptível — diz Lisa, com calma.

Espera aí, o que ele fez? Juro que se ele tiver dito alguma coisa pesada para a Lisa...

— Lisa Montgomery? — chama uma enfermeira.

Conheço a voz. Ergo o olhar, e com certeza é...

— Moe?

A melhor amiga da minha mãe está segurando a porta que leva às salas de exame. Ela me vê e seus olhos se arregalam.

— Mav, o que você está fazendo aqui?

Eu e Carlos nos levantamos e seguimos Lisa.

— Lisa tem uma consulta — digo.

A esta altura, minha mãe já contou a história para Moe, que abre um pequeno sorriso para Lisa.

— Bem que achei o nome familiar. Como você está, querida?

— Tudo certo, eu acho. Pronta pra consulta.

— Você está em boas mãos. — Moe olha para Carlos e levanta as sobrancelhas. — Só uma pessoa pode acompanhar a paciente.

— Eu sei — responde Carlos, olhando para mim. — Só queria lembrar minha irmã de que eu tô aqui fora se ela precisar.

Não, ele queria *me* lembrar.

Lisa murmura um "Obrigada" e segue Moe.

Dou um tapinha no ombro dele.

— Aproveite a espera, *Carlton*.

Antes que ele possa responder, Moe fecha a porta.

Ela nos leva para um lugar, onde verifica o peso e pressão arterial de Lisa. Outra enfermeira recolhe o sangue e lhe dá um potinho para urinar. Depois, Moe nos encaminha para a sala de exame e dá um avental para Lisa.

— Precisa usar isso. Não fique nervosa. É um exame simples. A dra. Byrd vai fazer mais perguntas do que qualquer outra coisa.

Lisa respira fundo.

— Tá bem.

— Vamos cuidar bem de você. Faye me mataria se a gente não cuidasse. Como ela está, Mav?

— Tá bem. Se recuperando da Ação de Graças. Achei estranho você não ter aparecido.

O sorriso de Moe se esvai um pouquinho.

— Não queria causar problemas. A dra. Byrd já vem. — Ela pega a prancheta e sai da sala.

Franzo a sobrancelha e aponto para a porta.

— O que ela quis dizer com isso?

— Maverick... Nada. — Lisa balança a cabeça. — Deixa pra lá. Não é meu papel dizer isso.

— Quê? Não é seu papel falar o quê?

Lisa suspira.

— Você não entendeu ainda, né?

Sei que minhas sobrancelhas estão praticamente se tocando agora.

— Não entendi o quê?

Lisa dá um sorrisinho.

— Até que você fica fofo quando tá confuso.

— É mesmo? Achei que eu era um merda.

— Eu nunca disse isso, Maverick. Você que chegou à essa conclusão sozinho.

Ela tira o blazer e, opa, essa garota está tirando a roupa na minha frente. Não estou reclamando (nem sou um pervertido), mas me pegou de surpresa.

— Vai ter que tirar tudo?

— Vou.

Ela tira a camisa, depois o sutiã. Fico com uma bela visão. Cara, adoro ver esses dois. Só queria poder tocá-los de vez em quando. Não sou pervertido, juro.

Lisa me olha com maldade.

— Para de olhar pra eles.

Olho para a parede.

— Você fala como se eu nunca tivesse visto.

— Se preferir, pode ir pra sala de espera com o Carlos.

— Tá bem, tá bem. Não vou olhar.

— Melhor assim — diz, e ouço um zíper se abrir.

Pego um brinquedo estranho que está na mesa. Parece uma espécie de triângulo de cabeça para baixo com duas hastes saindo de cada lado. Alças? Não sei. A parte do meio é vermelha e rosa. Tem um pequeno túnel virado para baixo que dá numa abertura, como se fosse para encaixar uma bola ou algo assim.

— Que tipo de brinquedo é esse? — pergunto.

— Isso é um útero, Maverick.

Solto aquilo rapidinho.

Lisa bufa.

— É só um modelo, relaxa. Pode olhar pra mim agora.

As roupas e o tênis estão formando uma pilha na cadeira ao meu lado, e ela está sentada na beira da maca de exame, com o avental, balançando os pés.

— Carlos fez um estrago em você, hein.

É o que todo mundo diz. A vovó queria chamar a polícia e denunciá-lo por agressão. Minha mãe não deixou. Disse que eu mereci.

— Um pouco — digo. Nunca vou dar tanto crédito para ele. — Eu deixei. Eu merecia o que ele tava sentindo.

— Ah. — Lisa olha para baixo. — Mav, me desculpa pelo que eu disse no outro dia.

— Não precisa se desculpar.

— Preciso, sim. Dei umas pancadas desnecessárias.

— Deve ser coisa de família.

Lisa revira os olhos.

— Ainda bem que você consegue fazer piada com o fato de ter apanhado.

— Ei, é só jeito de falar. Falando sério? Desculpa também.

— Você não tava mentindo, tem *mesmo* muita coisa que eu não sei sobre o lance das ruas.

— Não tem nada de errado com isso. Queria eu não saber de algumas coisas. Mas, de qualquer forma, como você tá? Tudo bem com a srta. Rosalie e a escola?

— Os enjoos matinais são horríveis, obviamente. Que nem os enjoos que sinto à tarde e à noite. Ontem foi melhor, só vomitei de manhã. Hoje, por enquanto, tá tudo bem. A srta. Rosalie tem sido legal. A escola está... interessante.

— Como assim?

— Hoje mais cedo tive que contar pro treinador que tô grávida. Menos de uma hora depois, fui chamada na diretoria. Uma das freiras e o capelão estavam me esperando

— O que eles queriam?

Lisa fica olhando para os pés balançando.

— Queriam falar sobre a minha salvação. Disseram que cometi um pecado fazendo sexo antes do casamento e quebrando o voto de pureza. Disseram que preciso pedir perdão e que, se eu fizer um aborto, vou ser condenada eternamente.

Que merda é essa? Tem muita coisa que eu não sei sobre Deus, mas esse papo parece bobagem.

— E você acreditou?

— Acredito que Deus é muito mais misericordioso do que eles dois. Disse que não pretendo fazer um aborto. Eles queriam que eu colocasse o bebê pra adoção e me deram o contato de uma agência católica com a qual já trabalharam.

Em primeiro lugar, por que estão se metendo na vida da Lisa desse jeito? Em segundo lugar, por que uma escola trabalharia com uma agência de adoção?

— É isso que você quer?

— Não, eu quero ficar com o meu filho. Disse isso pra eles, daí eles começaram com uma conversa de que preciso casar pro bebê não nascer em pecado.

— A gente pode ir no cartório. Não é nada demais.

Ela fica chocada.

— O quê?

— Tô brincando, Lisa, caramba. — Mas tem outra coisa passando pela minha cabeça. — Mas a gente pode namorar pelo menos?

É, eu quero voltar com ela. Quero desde que nos separamos.

— Mav, eu já disse que esse bebê não significa que somos um casal.

— Também não tô dizendo que a gente tem que voltar por causa disso, mas por que não podemos?

Ela põe uma mecha do cabelo atrás da orelha.

— Não quero namorar um membro de gangue, Mav.

— Você andava comigo e com os parceiros. Não tô entendendo por que é um problema agora.

— É exatamente esse o problema — diz ela, com calma. — Você *não vê* um problema.

— Lisa...

Alguém bate à porta e uma mulher negra e corpulenta, com sardas, entra na sala.

— Olá! Eu sou a dra. Byrd. Como vocês estão?

Espera aí. Recepcionista negra, enfermeira negra, médica negra. Todo mundo que trabalha aqui é negro. Não sabia que algo assim era... "possível" não é bem a palavra. Só vou dizer que não sabia.

A dra. Byrd confirma que Lisa está grávida. Pergunta se ela quer dar continuidade à gravidez e, quando Lisa diz que sim, a dra. Byrd começa a perguntar sobre o histórico médico dela e da família. Quer saber o meu também. Conto que minha mãe tem asma e que a irmã mais nova do meu pai teve anemia falciforme, por isso morreu com 14 anos. Também conto que Seven tem alergia a gatos. Descobrimos quando a tia Nita cuidou dele, e ele espirrava toda vez que o gato dela, Bubbles, chegava perto.

A dra. Byrd não diz nada sobre o fato de eu já ter um filho. Não nos subestima nem fica de nariz empinado por termos 17 anos. É muito gentil e compreensiva. Faz um negócio chamado "exame pélvico" e, nossa, não sabia que ginecologistas e obstetras faziam tudo isso. A dra Byrd entra *lá*, digamos assim. Lisa conversa com ela sobre a escola e tudo mais, como se a mulher não estivesse dentro da... pois é.

Depois do exame, a dra. Byrd diz que podemos fazer perguntas. Lisa trouxe uma lista. Sério mesmo, ela tira um caderno da mochila. Pergunta desde "Preciso mudar minha dieta?" até "Posso transar estando grávida?".

Presto total atenção nessa última. Estou surpreso, só isso. E fico surpreso de verdade quando a dra. Byrd diz que sim.

— O bebê não vai ver? Sabe, o... — pergunto, levantando a sobrancelha.

A dra. Byrd ri. Sabe onde quero chegar.

— O bebê não vai ver nada. Tem outras perguntas, rapaz? Ficou tão quietinho que quase esqueci que você estava aqui.

— Tá tudo bem. A consulta é da Lisa.

A dra. Byrd vira a cadeira na minha direção.

— Você está aqui, então obviamente quer se envolver. O que você gostaria de saber?

— Hm... — Não quero parecer um idiota. — Quando a gente vai descobrir o sexo? Quando vai fazer aquele negócio de vídeo?

— A ultrassonografia. Não conseguimos saber o sexo do bebê assim no início da gravidez. Mas vamos fazer uma ultra hoje.

— Vamos? — pergunta Lisa.

— Aham. Com isso, posso saber a sua data de parto. E talvez a gente consiga ouvir o coração.

Ela liga uma máquina e ajuda Lisa a se ajeitar na maca. Não é como as ultrassonografias da TV, em que eles passariam gel na barriga de Lisa. A dra. Byrd enfia algo parecido com uma varinha na... pois é. Esse negócio de ginecologista é muito louco.

— E se você ver que tem algo errado? — pergunta Lisa.

— Vamos pensar nisso *se* acontecer. Agora relaxe.

Fico ao lado de Lisa e pego sua mão. Ela me deixa segurá-la.

A tela da ultra parece uma TV sem sinal. Tudo preto e branco, meio borrado. Tem uma parte no meio que parece um buraco negro, e lá tem uma coisinha... um borrão?

— Aí está o seu bebê — diz a dra. Byrd.

Aperto os olhos.

— Aquele borrãozinho?

Lisa bate em meu peito com a parte de trás da mão.

— Não é um borrão! É tipo um amendoim.

A dra. Byrd ri.

— Entendo por que você chamou de borrão. Dê uma olhada mais de perto e vai conseguir distinguir a cabeça e os membros em formação.

Uma parte parece mesmo uma cabeça redonda, e tem umas coisinhas penduradas mais para baixo.

— Acho que tô vendo.

— Eu tô vendo — sussurra Lisa. — E essa parte pulsando no meio?

— Esse é o coração. Às vezes não é possível ouvir assim tão cedo, então não se assustem. Mas vamos ver se...

Ela aperta um botão na máquina e um *bum, bum, bum* abafado preenche a sala. Estou sem palavras. Nenhuma é boa o suficiente.

Os olhos de Lisa brilham.

— É o meu bebê. Quer dizer, meu embrião.

A dra. Byrd sorri.

— É o seu embrião.

Depois, nos diz que Lisa deve dar à luz por meados de julho. Por enquanto, tudo bem. Ela imprime a imagem da ultra para mim e para Lisa, e receita algumas vitaminas. Pede para Lisa voltar daqui a um mês.

Lisa se veste e eu a levo para a sala de espera, onde fica o guichê de pagamento. Está muito envolvida com a imagem para prestar atenção no caminho.

— Meu amendoinzinho — murmura.

O plano de saúde da mãe dela cobre boa parte da consulta. Do jeito que a srta. Montgomery é má, estou surpreso que não tenha deixado Lisa desamparada. Só precisamos pagar um negócio chamado "coparticipação".

Pego a mochila e procuro minha carteira.

— Quanto é?

— Vinte dólares — diz a senhora negra atrás do balcão.

Só o que tenho é um chiclete. O sr. Wyatt me pagou na semana passada. Paguei a conta de luz, a conta de água e comprei uns brinquedos para o Seven.

Não é possível que eu só tenha isso. Vasculho a carteira e a mochila de novo. Lisa fica olhando, a mulher no guichê fica olhando.

— Foi mal — murmuro. — Minhas bochechas ardem. — Sei que tenho uma...

— Mav, não tem problema. Eu posso pagar — diz Lisa.

— Não, eu vou pagar. Só preciso encontrar...

— Qual é o problema? — pergunta Carlos.

É óbvio que ele veio se meter.

— Nada. Vou resolver.

— A coparticipação é vinte dólares. Mav quer pagar, mas... — explica Lisa.

O cara me empurra para o lado. Pega a carteira e dá vinte dólares para a senhora.

— Alguém aqui tem filhos demais pra sustentar.

Cara, se a gente não estivesse num consultório médico...

— Só tenho mais um filho, idiota.

— Pelo visto, um já é demais. Como é que você pretende sustentar o filho da minha irmã?

Meu maxilar trava.

— Não é da sua conta.

— Em outras palavras, você não sabe. Típico. Vamos, Lisa. Vou te levar pra comer, o que é mais do que esse bandido consegue fazer. Minha sobrinha ou sobrinho deve estar com fome.

Fico esperando que Lisa me defenda. Mas ela olha para o chão e coloca uma das tranças atrás da orelha.

— Falo com você depois.

Sai do consultório com o irmão e eu fico sozinho com um chiclete.

Lisa está contando comigo e Seven está contando comigo, assim como o novo bebê. É óbvio que não posso fazer muito por nenhum deles com o salário que ganho trabalhando para o sr. Wyatt. Se não consigo pagar uma coparticipação de vinte dólares, com certeza não vou conseguir comprar fraldas e comida.

A vida que Dre queria para mim simplesmente não funciona.

Preciso voltar para o esquema das drogas.

PARTE 3

DORMÊNCIA

VINTE

Uma grama verde e reluzente está começando a crescer sobre o túmulo de Dre. É um sinal indiscutível de que a primavera está quase chegando, e o pior lembrete de que a vida continua, mesmo sem ele.

Dre está enterrado bem nos fundos do cemitério, então não dá para ouvir os carros passando na estrada. Tia Nita e tio Ray compraram uma lápide bonita de verdade. Tem o nome dele, a data de nascimento e de morte, e o define como "filho e pai amado", o que não parece suficiente. Em letra cursiva, há a frase "Nós o amávamos, mas Deus o amava mais". Difícil de acreditar.

Estou sentado na grama, com as costas apoiadas na lápide. É um daqueles dias frios de fevereiro quando o sol está tão brilhante que você quase sai de casa sem casaco. O túmulo de Dre está decorado com ursinhos, flores e cartões. Pego um coração de papel cor-de-rosa que tem umas figurinhas desenhadas com giz de cera. Imagino que sejam Andreanna e o pai.

É o suficiente para me fazer chorar. Seco as lágrimas.

— Isso não é legal, Dre. Não era pra eu já estar chorando. Tem um tempo que não venho aqui, né? Desculpa, cara. As coisas tão corridas. Você deve estar ocupado aí, curtindo com Pac e o vovô, nem deve ter percebido. Antes que você comece, não, não tô matando aula hoje. A gente foi dispensado. Os professores tão fazendo um negócio de desenvolvimento. Então pensei em vir dar um oi.

Descanso a cabeça na lápide.

— A coisa tá difícil nas ruas, Dre. Shawn foi preso há uns meses. Dizem que os policiais identificaram a arma dele como a mesma de um assassinato. Talvez ele não saia. Agora, P-Nut se autoproclamou o chefe — digo, e balanço a cabeça. — Aquele idiota não sabe comandar nada. Ele e outros parceiros seniores tão brigando. É tanto drama e discórdia, cara. Eu, o King, o Rico e o Junie decidimos cuidar de nós mesmos. Cuidamos dos aspirantes também. Sei que é o que você gostaria que a gente fizesse.

Continuo contando.

— É, a gente tá fazendo o nosso próprio esquema de tráfico às escondidas. Eu me recuso a trabalhar pro idiota do P-Nut. É coisa temporária pra mim, Dre. Juro. Assim que conseguir um trabalho fixo e me estabilizar, vou parar.

Imagino Dre torcendo o nariz, como se dissesse "Tá, sei".

— Tô falando sério, cara, e eu nem vendo muito. Só o suficiente pra não passar aperto. Minha mãe suspeitaria se eu aparecesse com dinheiro demais. Consigo esconder dela uns duzentos a mais por semana.

Passo a mão pela grama.

— Essa grama que tá crescendo em cima de você é boa pra cacete. Parece grama centípede. Esse negócio é muito fácil de cuidar. O sr. Wyatt a chama de "poderosa". Cara, às vezes ele parece estar falando de mulheres quando fala de plantas. Ainda trabalho pra ele. Ajuda a venda das drogas passar despercebida pela minha mãe. Ela já tá no meu pé por causa da escola.

Conhecendo Dre, ele perguntaria: "Suas notas estão *tão* ruins assim?".

— É, não posso mentir. É difícil manter boas notas e fazer todo o resto. Aposto que vou ter que ir nas aulas de recuperação durante o verão. Já tô com medo. Nem vou pensar nisso. Preciso te contar as novidades. Seus pais e Keisha tão bem, vivendo um dia de cada vez. É muito louco como Andreanna tá crescendo rápido. Ela e Keisha foram lá em casa semana passada. Andreanna queria ver o "Sevy". Minha mãe diz que você era igual comigo.

Meus lábios começam a tremer e meus olhos ardem.

— Porra. — Puxo a camisa para cobrir a boca e, antes que me dê conta, estou chorando. — Porra, porra, porra!

O sr. Wyatt diz que o luto vem em ondas. Às vezes, me puxa para o fundo do mar. Não é à toa que fica difícil de respirar enquanto choro.

Este é o momento em que Dre seguraria a minha nuca e diria: "Tá tudo bem, primo."

— Não, não tá. Não é justo, Dre. E não me venha com essa bobagem de "A vida não é justa". Não conta nesse caso.

"Quem disse?", ele perguntaria.

— Eu, idiota. — Dou risada e seco o rosto com o braço. — Sinto muito a sua falta. Não tenho ninguém pra conversar ou só curtir e ficar de boa. Parece que não tô no mesmo planeta que o Rico e o Junie. Eu e King, acho que posso chamar o que temos de "relação profissional". Desde que ele não me contou que Iesha foi morar com ele… — Balanço a cabeça. — A gente não é mais amigo como antes. Preciso me acostumar a perder as pessoas. Meu pai, você, Lisa, King. Parece até uma lista de fantasmas do passado.

Tento rir da minha própria cara. Não consigo.

Limpo a garganta.

— Tá bem, de volta à família. Vamos ver, a vovó tá bem. Nada nunca desanima aquela mulher. Minha mãe tá bem. Trabalhando o tempo inteiro, como sempre. Meu pai tá bem, acho. A gente não tem se falado muito desde aquela palhaçada que ele aprontou na visita. Ele não devia ter me atacado daquele jeito, Dre. Ele é a última pessoa que teria direito de dar um esporro em alguém, entende?

"Não, não entendo", ele diria provavelmente.

— Dane-se, cara. Eu não preciso de um pai, eu *sou* pai. Queria que você pudesse ver o Seven. Tá crescendo tanto. Iesha visita ele todo domingo, mas ainda sou responsável pelas coisas do dia a dia, e é muita coisa. Tô morrendo de medo de ter mais um.

Arranco uma folhinha da grama e passo entre os dedos.

— A gravidez da Lisa tá indo muito bem. Logo, logo a gente vai descobrir o sexo do bebê. Se for menino, vou dar o seu nome, Andre

Amar. Ele vai saber tudo sobre você, principalmente como eu te dava uma surra no basquete.

Quase consigo ouvir Dre rindo e dizendo: "Seu bundão mentiroso."

— Não se preocupe, Lisa provavelmente vai dizer a verdade. Eu e ela somos só amigos. Ela diz que não tem nenhuma chance de a gente ficar junto enquanto eu estiver nas ruas. É, beleza, vamos ver. Tô planejando uma surpresa pro Dia dos Namorados nesse fim de semana, e acho que posso mudar a opinião dela. Vamos fazer um passeio guiado no campus da Markham. Ela vai me dar uma chance depois disso, certo?

Olho para o relógio.

— Falando em Lisa, preciso ir. Ela foi pra escola hoje, e gosto de pegar o ônibus com ela na volta pro Garden. Falo com você depois. Manda um "oi" pro vovô. — Faço um cumprimento para a lápide. — Te amo, cara.

Deixá-lo aqui é a pior parte. Minha vida continua, e ele é só algo sobre o que a grama cresce.

Por alguma razão, guardo aquela folhinha no bolso.

Os alunos do Saint Mary's saem aos montes e ocupam as calçadas. Estou parado perto de um telefone público no fim do quarteirão. Deve parecer que estou esperando Lisa, mas meus clientes conhecem o esquema.

Esqueça o que você já ouviu falar; os usuários não são só do gueto. A maioria das pessoas para quem eu vendo não moram no Garden, são universitários brancos que querem experimentar algo novo, empresários do centro da cidade que querem fazer uma "loucura" no fim de semana, e esses adolescentes ricos do Saint Mary's, que gastam a mesada inteira ficando chapados. Tenho um cliente, o Jack, que tem dois filhos, esposa e faz faculdade de direito. *Faculdade de direito.* Quer dizer que ele sabe melhor do que ninguém que maconha é ilegal. Mesmo assim, visita o Garden a cada duas semanas para pegar a verdinha. Uma vez, trouxe o filho pequeno, Simon, dormindo na cadeirinha no banco traseiro da minivan. Não é o tipo de cara que as pessoas imaginam que compre maconha.

Meio que me deixa irritado ver como a vida funciona. Estou tentando ganhar uma grana para garantir que não cortem a luz da casa da minha mãe enquanto um mauricinho rico me liga disposto a gastar duzentos dólares em uma "experiência". Nem pensa no que o dinheiro significa para alguém como eu. E aí, quem precisa tomar cuidado com os policiais? Não é ele, sou eu. Eu é que preciso ficar atento 24 horas por dia.

Para não ser pego, aprendi a disfarçar muito bem as minhas merdas. Por exemplo, dois garotos porto-riquenhos da escola de Lisa se aproximam de mim. Nós nos cumprimentamos com a palma da mão, e é nesse momento que me dão o dinheiro. Conversamos por uns minutinhos, caso alguém esteja olhando. Batemos as mãos de novo e eu passo os saquinhos de maconha, a quantidade de sempre. Depois eles seguem o próprio rumo, e é isso.

Aaron Branquelo vem na minha direção. Tem um cabelo castanho ensebado que quase cobre os olhos. Parece que saiu de uma *boy band*. Ah, só pra constar, sei a cara desses idiotas só porque Lisa ama *NSYNC. Anda demais com essa galera de escola particular.

Ele passa a mão no nariz, sinal de que quer pó. Depois me cumprimenta com a palma da mão, passando o dinheiro.

— Mav, meu parça.

Finjo coçar a testa para ver quanto tenho na mão. É, esse valor é suficiente. Pego um saquinho do bolso.

— O que tá rolando, A?

— Tudo de boa. Pisante maneiro, irmão!

— Valeu. Peguei lá no shopping.

— Não, irmão, valeu você por ter dado um gás na minha festa no fim de semana. As coisas perderam o controle!

Não sei por que esses garotos brancos curtem tanto cocaína. Mas, ei, se eles compram, eu vendo.

— Cara, sem problema nenhum. Você sempre aparece com uma grana maneira.

— Vale a pena ter avós ricos. Eles me deram esse dinheiro aí por nada, só por dar.

— Caraaamba, eles querem me adotar?

— São uns babacas racistas. Você não ia querer, e nem eles.

Cacete. Pelo menos ele é honesto.

— Falo com você depois, parceiro? — pergunta ele, e levanta a mão para me cumprimentar. Bato e entrego a cocaína. Dinheiro fácil.

Ele vai embora e Lisa aparece no portão da escola. Abro um sorriso... até perceber que ela está rindo e conversando com o Connor Sem Graça.

Que merda é essa? Eles só andam grudados agora. Lisa está de braços dados com ele, que carrega a mochila dela. Juro, parece que estão no seu próprio mundinho.

Ele a ajuda a colocar a mochila nos ombros.

— Connor, você se lembra do meu amigo Maverick. Maverick, esse é o Connor.

Eu sou só o amigo. Ele é o "Connor". Não é possível que ela esteja querendo ficar com esse cara. Não é possível.

Ele dá uma levantada rápida de queixo.

— E aí?

Espera aí, esse cara branco cumprimenta assim?

— E aí? — digo, acenando do mesmo jeito.

— Enfim — diz Lisa, virando-se para ele, como se eu tivesse interrompido. — Promete que vai comprar o CD do TLC assim que sair? Certeza de que vai ser irado.

— Óbvio. Desde que a gente estabeleça que eu não sou um inútil como o cara da música delas.

Lisa ri.

— Você com certeza não é.

Connor sorri para ela, que sorri de volta. É como se eu nem estivesse aqui.

— Ah, quase esqueci! — diz Connor, tirando a mochila para procurar algo. Pega um ursinho marrom e entrega para Lisa. — Comprei pro seu bebê.

— Ownnn! — Lisa abraça o ursinho. — É muito fofo! Obrigada, Connor.

— Comprou um brinquedo pro *nosso* bebê? Não é meio cedo pra isso?

— O que posso fazer? Eu gosto de bebês — diz ele, e se vira para mim, com um olhar fulminante. — E sou bom com eles também.

Eiii, esse idiota basicamente acabou de dizer que quer criar o meu filho.

Ele dá um beijo na bochecha de Lisa.

— Falo com você depois.

— Até mais — responde ela, e sorri enquanto o olha se afastando. Aponto para ele.

— Não me diga que você tá saindo com esse cara sem graça!

— Uau, eu tô bem, apesar de o nosso filho ter me deixado enjoada o dia inteiro. Obrigada por perguntar. E você, como tá?

— Na moral, Lisa. Você não pode estar afim desse cara de verdade. O que você vê nele?

— Pra começar, ele não faz parte de nenhuma gangue. Em segundo, tem planos pra própria vida. Em terceiro...

— É cafona pra cacete.

Lisa aperta os lábios.

— Essa é sua opinião. E, de qualquer jeito, nada disso é da sua conta. Você e eu somos só amigos, lembra?

— Eu sei — digo, tentando me fazer de durão. Não quero que ela pense que estou surtando com isso. — Mas preciso saber quem pode vir a conviver com o meu bebê, né? — Toco a barriga dela. O casaco esconde um pouco. — Como ele tá hoje?

— *Ela* tá bem.

— Não, *ele*. Aposto que é um menino.

— Aposto dez dólares e uma costela do Reuben's que é uma menina.

— Costela?

— É! Com batata frita e molho à parte.

— Você é muito comilona! Beleza, combinado — digo, e levanto a mão para cumprimentá-la.

Ela bate a minha palma.

— Já pode me pagar esse prato de costela, parceiro.

Sorrio enquanto começamos a andar para o ponto de ônibus.

— Você tá com fome, né?

— Dãr... Serviram uns bifes horríveis e purê de batata no almoço. Beleza, eu comi, mas seu bebê queria churrasco.

— *Meu* bebê? Não é nosso?

— Quando *ela* fica assim, é só sua — responde Lisa.

Balanço a cabeça.

— Você é igual a minha mãe. Quando faço besteira, sou filho do Adonis. É uma viagem.

Lisa segura nas alças da mochila.

— Sabe... Você devia falar com o seu pai.

Solto um gemido.

— Esquece isso, Lisa.

— Não. Você ama seu pai, ele ama você. Sabe o que eu daria por uma ligação da minha mãe pra saber como eu tô?

A gente se senta no banco do ponto de ônibus.

— Ele me chamou de estúpido por engravidar você.

— Transar sem camisinha *foi* estúpido. Nós dois já admitimos isso. Por que é tão diferente vindo dele?

Porque ele não tem moral para me julgar.

— Como foi a escola hoje?

— Uau, é assim que se evita o assunto, é? Beleza, tudo bem. Vou deixar passar essa. Tá tudo bem na escola. Tirei dez na prova de cálculo da semana passada. Bam!

— Olhaaa! Essa garota tá arrasando! — Batemos os punhos.

— Eu arraso mesmo. — Lisa abre um pirulito Blow Pop. É viciada nesse negócio. — Como foi seu dia livre? Sorte a sua ser aluno de escola pública.

Dou uma risada.

— Foi tranquilo. Dormi um pouco. Sabe como é, tô sempre cansado. Depois fui visitar o Dre. Você e o Connor ficaram juntos o dia inteiro? — Sim, vou voltar a esse assunto.

Lisa dá um sorrisinho enquanto pega o fone de ouvido e o discman na mochila. Na escola, ela usa fone para não ter que ouvir as fofocas e os cochichos. Garotas grávidas ouvem muitas coisas ruins.

— Vou ouvir uma música e descansar os olhos. Me avisa quando o ônibus chegar.

Lisa coloca o fone. Não respondeu a minha pergunta.

Esse lance da Lisa com o Connor está me incomodando de verdade.

Juro, estou fazendo de tudo para reconquistá-la. Tipo, quando chegamos ao Garden, paguei uma costela do Reuben's para ela, já que estava com desejo. Ligo todo dia para saber como ela está, a levo de volta para casa na saída da escola, dou dinheiro, compro um monte de coisas para ajudar com as dores e os desconfortos da gravidez. Estou sendo um ótimo namorado mesmo sem ser namorado. Aí chega esse garoto branco com um ursinho e ela se derrete na frente dele?

Assim fica difícil.

Saímos do Reuben's e vamos para a casa da srta. Rosalie. Lisa diz que pode ir sozinha, mas as ruas estão muito perigosas para ela ficar andando sozinha por aí. Uns dias atrás, uma bala perdida acertou uma garotinha por causa de uma idiotice que o P-Nut começou com os Garden Disciples.

Tem um Honda vermelho parado na garagem, atrás do Oldsmobile da srta. Rosalie.

— A Tammy comprou um carro novo? — pergunto.

— Não — responde Lisa, com a sobrancelha franzida. — Não sei quem é.

Vou com ela até a varanda e abro a porta. Lisa leva um susto.

— Bren!

A irmã mais velha de Tammy se levanta do sofá e dá um abraço em Lisa.

— Leelee!

— Ai, meu Deus! Para de me chamar assim! — reclama Lisa.

— Nunca. — Brenda a segura e se afasta um pouco para olhar para ela. — Não ligo se você vai ter um bebê. Você sempre vai ser a "Leelee" e a Tam sempre vai ser a "Teetee".

Lisa revira os olhos.

— O que você tá fazendo aqui?

— Minha mãe tava enchendo o saco pra eu trazer Khalil pra ver ela.

— Estava mesmo — confirma srta. Rosalie, que está sentada na poltrona reclinável embalando um menininho enquanto Tammy balança um chocalho na frente dele. Lisa me disse que Bren teve um filho no mês passado.

De repente, Lisa não quer saber de outra coisa.

— Ownnn! Oi, Khalil! Bren, ele é a sua cara.

— Você acha? Pra mim, parece o irmão gêmeo do Jerome. Oi, Mav. Coloco a comida de Lisa na mesa.

— E aí? Faz um tempo que não te vejo.

— Eu e o pai do Khalil nos mudamos pra outra cidade, mas vamos voltar. Queremos ficar mais perto da Tammy e da mamãe. Vamos tentar encontrar um apartamento essa semana.

— Que maneiro.

As únicas coisas que Brenda e Tammy têm em comum são as covinhas e os olhos castanho-esverdeados. Tammy é quietinha. Brenda? Nunca. É sempre a alma da festa. Da última vez que ouvi notícias dela, tinha engravidado de um cara e ido morar com ele. Lisa disse que Tammy e a srta. Rosalie não gostam do cara, mas Bren faz o que quer.

— Você quer seu quarto de volta enquanto procura? — pergunta Lisa.

— Não, a gente vai ficar num hotel. Não quero minha mãe se metendo em tudo.

— Alguém precisa se meter — resmunga a srta. Rosalie.

— Mãe... — reclama Brenda.

— Deixa pra lá. — A srta. Rosalie entrega Khalil para a filha. — Vou tirar as costelinhas de porco do freezer. Alguém me implorou para cozinhar, apesar de eu me meter em tudo.

— Também te amo — diz Brenda enquanto a mãe sai, depois se vira para Khalil. — A vovó sabe que vai cozinhar pra mim apesar de tudo. Não sei por que tá dando esse chilique.

— Espera aí, srta. Rosalie — digo, enquanto enfio a mão no bolso. Tiro duzentos dólares e entrego a ela. — Uma ajudinha. Obrigada por tudo o que a senhora faz pela Lisa.

— Menino, não preciso do seu dinheiro. A gente tá bem.

— Então pode guardar pra uma emergência.

A srta. Rosalie revira os olhos, mas pega as notas e enfia dentro da camisa. É igual a minha avó, que guarda dinheiro no sutiã. — Aham. Vou guardar isso pra *Lisa*.

— Pode fazer o que quiser com ele.

Ela balança a cabeça e vai para a cozinha.

Lisa me olha, com a testa franzida.

— Você tá cheio da grana ultimamente.

— Sabe como é, peguei uns bicos pelo bairro.

— Isso aí, Maverick. Não tem nada de errado em um homem dar um jeito pra sustentar os seus. É assim que o meu amor faz também — diz Brenda.

— Acho que sim — concorda Lisa, mordendo o lábio, depois se vira para Brenda. — Posso segurar o Khalil?

— Pode sim.

Lisa toma o lugar da srta. Rosalie e Brenda entrega Khalil para ela com cuidado. Eu me sento no braço da poltrona. Tinha esquecido como os recém-nascidos são tão pequenininhos... só peguei Seven quando ele já tinha três meses. Khalil é tão pequeno que parece um boneco. Deve estar olhando para a gente ou para as luzes, não sei. Ele se estica e solta uns grunhidos.

— Ele tá bem? — pergunto.

— Tá sim. Provavelmente vou ter que trocar a fralda em breve — responde Brenda.

— Não faça cocô em mim. Não senhor, não faça não — diz Lisa para ele, com ternura.

— Boa sorte. Ele fez em mim mais cedo — diz Tammy.

Ei, estou feliz que não tenha sido em mim. Passo o dedo ao longo do cabelo preto e grosso de Khalil. Ele é supercabeludo.

— Caramba. A gente vai ter um desses daqui a uns meses. — digo.

— Vocês tão prontos? — pergunta Brenda.

— Não — respondemos juntos, Lisa e eu. Brenda e Tammy riem.

— Ele é tão pequeno e tão frágil. Você não fica com medo de quebrar? — pergunta Lisa.

— Papo sério — Jogo Seven para lá e para cá, e ele sobrevive. Mas estou com medo de segurar Khalil.

Brenda ri.

— Eu ficava no começo, mas ele não é tão frágil quanto parece. Juro, seu bebê também não vai ser. Já sabem o sexo?

— Maverick acha que é menino, já eu *sei* que é menina.

Ela pode tirar o cavalinho da chuva.

— Andre Amar não é menina.

— Caramba, já escolheram até o nome?

— Só no caso de ser um menino. Faz sentido homenagear o Dre. Mas a gente quer um nome diferente se for menina — diz Lisa.

— Sinto muito pelo seu primo, Mav. Ele era um cara muito legal — lamenta Brenda.

Meses depois, as condolências ainda machucam.

— Valeu. Você conhecia ele?

— Conhecia. Jerome era cliente dele, e ele era cliente do Jerome.

Uma porta se abre no corredor e alguém boceja alto.

— Nossa. Eu precisava muito tirar esse ronco depois de dirigir — diz um cara.

Conheço a voz rouca.

Red, aquele traficante, entra na sala, alongando o corpo e bocejando.

— Obrigado por me deixar tirar um cochilo no seu quarto, Tam.

Tammy responde um "aham", com a expressão contrariada.

Espera aí. *Red* é o namorado de Brenda?

Ele se aproxima dela e dá um beijo.

— Dormi tão bem que agora tô pronto para qualquer coisa. — Ele levanta a sobrancelha para Brenda, e ela dá uma risadinha.

— Jerome, se comporte.

Eu deveria saber que os pais dele não colocariam o nome de Red. Às vezes, você só descobre o nome verdadeiro de alguém do Garden quando vai ao velório e lê o folheto. Red percebe que eu e Lisa estamos na poltrona.

— Foi mal. E aí, galera?

— Oi, Red — cumprimenta Lisa, totalmente seca.

— E aí, Mav? Como tá a vida?

— Tudo tranquilo. Quanto tempo.

— Pois é. A gente precisa se movimentar. Preciso recuperar o dinheiro que perdi quando você e seu amigo destruíram minhas coisas — diz, rindo, mas parece forçado. Ainda está irritado.

— Você me vendeu um tênis falsificado. A gente não podia deixar passar batido.

— Vocês têm sorte que eu perdoo. — Ele se aproxima da poltrona. — Como tá o carinha do papai?

Red pega Khalil dos braços de Lisa, e é então que eu vejo — um relógio de ouro com diamantes brilhando no pulso dele. Tem um arranhão no vidro, daquela vez que caiu durante uma guerra de arminhas de água.

Como eu sei? É o relógio do Dre. O mesmo que roubaram na noite em que ele foi morto.

VINTE E UM

Não consigo ver nada além do relógio de Dre.
Não estou pirando, conheço o relógio do meu primo. Sempre quis que meu avô o desse pra mim. Só fiquei com um dos chapéus, porque eu era o mais novo. Dre sempre jogava isso na minha cara, como o irmão mais velho chato que era.
Ele usava o relógio o tempo inteiro, em todo lugar. Que porra o presente do meu avô está fazendo no pulso de Red?
Os olhos dele seguem o meu olhar até o relógio. Ele dá um passo para trás.
— Hm, amor, acho que o Khalil precisa trocar a fralda.
Brenda pega o bebê, dizendo que Red mesmo pode trocar a fralda. Ele responde algo e fica me observando, mas não me olha nos olhos... quase como se estivesse nervoso.
Por que tá nervoso?
Ele limpa a garganta.
— Volto daqui a pouquinho, amor.
Saio do transe de repente. Brenda implora que Red fique um pouco mais, só que ele já está indo em direção à porta.
Eu me levanto e vou atrás, mas alguém me segura pelo braço.
— Mav.
Olho para Lisa. Tinha até esquecido que ela estava presente.
— Oi?

— Você tá bem?

Preciso ir atrás de Red. Preciso ir atrás de Red.

— Tô, tá tudo firmeza.

A porta do carro bate na garagem.

— É, preciso ir pro trabalho. Falo com você mais tarde.

Eu me desvencilho dela e corro para fora, mas é tarde demais. O carro de Red já está sumindo no fim da rua.

O sr. Wyatt me pediu para ficar na loja hoje. Provavelmente é o dia de trabalho mais fácil que já tive. Estou ensacando as compras enquanto ele as registra. Simples. E, mesmo assim, estou distraído demais para fazer direito.

Todo mundo no Garden sabe que Red é um trapaceiro de marca maior. É por esse motivo que sempre consegue coisas de primeira — é tudo ilegal. Com certeza compraria um relógio roubado, então pode ter pegado com o Ant.

Mas a expressão no rosto dele. Quando percebeu que eu estava olhando o relógio, ficou nervoso de verdade. Por que ficaria tão abalado por causa de um relógio roub...

— Que droga, garoto! Preste atenção no que está fazendo — reclama o sr. Wyatt.

Ai, merda. Derrubei uma bandeja de ovos. As gemas e claras estão espalhadas pelo chão, perto de mim.

A sra. Rooks, uma das vizinhas, põe a mão no quadril.

— Agora me diga, como vou fazer meu bolo red velvet se todos os ovos se espatifaram no chão?

— Me desculpe, Elaine. Maverick, pegue duas bandejas de ovos pra ela. Vou descontar do seu salário. Isso vai te ensinar a prestar atenção. E depois limpe essa bagunça — manda o sr. Wyatt.

A parte do trabalho que mais odeio é lidar com a língua solta do sr. Wyatt. Tenho que me controlar todo dia.

Pego duas bandejas de ovos para a sra. Rooks. Ela põe os óculos e examina cada um, como se não confiasse que peguei os bons. Acho que está satisfeita, porque me deixa colocá-los na sacola.

O sr. Wyatt espera que eu termine de limpar o chão e o meu tênis, para me perguntar:

— Onde você tá com a cabeça? Parece que está no mundo da lua desde a hora que chegou.

— Desculpa, sr. Wyatt. Tô tendo um dia difícil.

Ele cruza os braços.

— Se continuar nesse ritmo, vai perder metade do salário. O que é mais importante do que seu trabalho neste momento?

Seria idiotice minha contar a história do Red.

— Sabe como minha vida é, sr. Wyatt, muitas coisas acontecendo.

O sr. Wyatt respira fundo.

— É, eu entendo. Mas você precisa manter o foco, filho. Resolva uma coisa de cada vez até atingir seus objetivos.

— Objetivos?

— É, objetivos. Você não tem?

— Sei lá, quero comprar um carro. Ah, e um daqueles carrinhos duplos pro Seven e pro outro bebê.

— Filho, isso é uma lista de tarefas. Estou falando de realizações. O que você quer da vida?

Olho para ele.

Ninguém nunca me fez essa pergunta.

Tá bom, antigamente, quando eu era pequeno, os professores me perguntavam o que queria ser quando crescesse. Eu respondia coisas tipo astronauta, médico ou veterinário. Mas, a certa altura, parei de me imaginar sendo qualquer uma dessas coisas. Não existem astronautas, médicos e veterinários no meu bairro. Todo mundo que conheço só está tentando sobreviver, e é o que quero fazer.

Dou de ombros, e o sr. Wyatt franze a testa — Você não tem nenhum sonho?

— Sonhos não compram fraldas.

— Talvez não de cara, mas podem comprar um dia. O que você queria ser quando era criança?

— Ah, o que é isso, sr. Wyatt? Isso é bobagem.

— Me dê esse prazer. Diga, o que você queria ser?

Coloco as mãos nos bolsos.

— Queria ser como o meu pai.

— Por isso você faz parte daquela gangue?

— É pra me proteger, sr. Wyatt. As ruas são perigosas. Você precisa escolher o lado cinza ou o verde se quiser sobreviver.

— Não acredito nisso. Tem rapazes por aqui que não fazem parte de gangues. Meu sobrinho não faz. O filho dos Montgomery, Carlos, também não faz. Agora, olhe pra eles. Jamal está prestes a ir pra universidade, e Carlos está na faculdade também.

Esses são os piores exemplos que ele poderia dar.

— Não me leve a mal, sr. Wyatt, mas seu sobrinho parece ser um nerd. E, sobre Carlos, a mãe sempre manteve Lisa e ele presos em casa. É óbvio que não precisam de proteção. Tanto faz, eu sou o Li'l Don. Todo mundo espera que eu me junte ao grupo.

— Porque o fruto não cai longe da árvore? De qualquer forma, ele pode rolar para distante. Só precisa de um empurrãozinho.

— É, sei.

O sr. Wyatt balança a cabeça.

— Vai entrar em um ouvido e sair pelo outro. Você tinha outros sonhos, Maverick?

Eu tinha um sonho quando era criança, mas nunca contei a ninguém. Vai parecer idiota, mas era a única coisa que eu queria ser.

— Ser um Laker.

— Um dos jogadores de basquete?

— É. Queria entrar no time e convencer o Magic a largar a aposentadoria e jogar comigo. A gente ia ser melhor que o Bulls. Mas não vai rolar. Jogo muito mal.

— Preciso concordar com você. Já vi você jogar, e essa definitivamente não é uma opção. E que sonhos você tem tido recentemente?

Dou de ombros de novo.

— Às vezes acho que seria legal ter meu próprio negócio, como você. Não precisar dar satisfação a ninguém. É maneiro.

— Um empreendedor. Isso é plausível. E que tipo de negócio você tem em mente?

— Talvez uma loja de roupas? Eu poderia vender camisetas, tênis, bonés, tudo descolado. Ou uma loja de música. Todo mundo ama música, e CDs e fitas são coisas que nunca vão acabar — digo, e olho para ele. — Acha que pode funcionar?

Ele sorri.

— Acho que sim. Você pode tentar, mas precisa de um plano.

— Que tipo de plano?

— Bem, primeiro você precisa terminar o Ensino Médio ou fazer um supletivo. Eu tenho um supletivo. Depois, eu recomendaria fazer alguns cursos numa faculdade comunitária ou uma escola técnica.

— Espera aí, pra quê? Vou ser meu próprio chefe.

— Vai precisar de um empréstimo pra começar o negócio, filho. Sendo um homem negro, se você entra num banco sem um determinado nível de escolaridade, vão rir da sua cara. Além disso, digamos que a loja não dê certo e você acabe tendo que fechar, ou que não dê lucro o suficiente. Precisa de um plano B. Pense nisso com antecedência e melhore a sua educação.

Balanço a cabeça.

— Não vai dar certo, sr. Wyatt. Eu mal ando tendo tempo pra escola.

— Boa sorte, então. Vai acabar vendendo tralha no porta-malas do carro, que nem aquele traficante do Impala.

Red. Por alguns minutos, o sr. Wyatt me distraiu da minha distração.

— Ei, tenho uma ideia. Estava planejando resolver algumas coisas amanhã, mas, se eu sair agora, consigo resolver ainda hoje. Por que você não toma conta da loja enquanto estou fora? — pergunta ele.

Meus olhos se arregalam.

— Sério mesmo?

— É só por uma ou duas horas. Assim você sente o gostinho de como é o seu sonho na realidade.

Pra ter coragem de fazer isso, ele realmente deve acreditar em mim. Pior, confiar em mim, sem saber que estou usando esse trabalho para esconder da minha mãe que estou vendendo drogas.

O sr. Wyatt pega as chaves e a carteira no escritório. Antes de sair, diz para me lembrar de conferir as notas e verificar se não são falsas, e de checar a câmera de segurança.

Olho em volta. Pelas próximas duas horas, é tudo meu. Não tem ninguém para me dizer o que fazer e nem quando fazer.

Isso é que é vida.

Pego a vassoura. O sr. Wyatt diz que varrer o ajuda a pensar, e é disso que preciso. Até hoje, eu tinha certeza de que Ant tinha matado Dre. Ele disse que meu primo merecia morrer. O que é tão ruim quanto se gabar de o ter matado. Mas e se não foi ele?

Não tenho muito tempo para pensar. Dois garotinhos melequentos que moram nos conjuntos habitacionais entram na loja. Pegam salgadinhos, biscoitos e sucos, e jogam uma meia cheia de moedas no balcão, como pagamento. Peço para contarem tudo. Esses meninos precisam aprender a contar dinheiro.

Em seguida, a sra. Pearl entra. Ela mora em frente à casa da mãe de Lisa. Pega alguns maços de folhas de nabo e, mesmo que eu não tenha perguntado, diz que colocar bicarbonato de sódio na panela deixa as verduras mais limpas. Prometo que não vou me esquecer.

Quando não tem ninguém, dou uma olhada nos corredores e nas prateleiras para verificar se está tudo no lugar. Quando toca o sino da porta, volto para o caixa. Registro as compras, coloco-as na sacola e os clientes vão embora.

Sinceramente, nem sinto que estou trabalhando. A primeira hora passa muito rápido. As coisas ficam mais tranquilas, então pego o limpa-vidros e passo um pano na porta. Não é legal deixá-la cheia de manchas de dedos.

Um carro esportivo cinza estaciona na frente da loja. Fico tenso.

P-Nut e três parceiros seniores saem vestindo roupas cinza e pretas. P-Nut está com umas correntes que poderiam ser vistas a um quarteirão de distância. Meu pai dizia que coisas brilhantes só atraem atenção indesejada. É por isso que, na maior parte do tempo, Shawn era discreto. Já P-Nut parece querer que todo mundo o veja e saiba o que ele faz.

Espero que o intrometido do sr. Lewis não o veja. Vai adorar dizer ao sr. Wyatt que estou aprontando alguma coisa.

Seguro a porta para P-Nut e os parceiros entrarem.

— O que você tão fazendo aqui?

— Olha isso! O velho Wyatt mandou o Li'l Don limpar a porta. Quem ele acha que você é? o Mr. Limpeza?

Os parceiros seniores riem como faziam com as piadas de Shawn. A diferença é que as piadas de Shawn faziam sentido.

— É "Mr. Músculo", P-Nut — corrijo.

Ele faz um gesto de "tanto faz" enquanto os parceiros andam por um dos corredores.

— Os idiotas sempre focam nas tecnicalidades. E você limpando o chão e as portas deles, playboy.

Tecnicalidade?

Deixa pra lá, não importa. No momento, o idiota do P-Nut é o chefe e deve saber sobre essa história do Red.

— P-Nut, preciso falar com você.

— Ah, droga — resmunga, no corredor de salgadinhos. — Um homem não pode saciar sua fome antes de ser abordado pra falar sobre *operacionatividades*?

Ele joga um monte de pacotes de salgadinho no balcão e me dá uma nota de cem.

— O que você quer, Li'l Don? Melhor me dar o troco certo ou vou te enfiar a porrada.

A sorte dele é que é o chefe, ou eu ia dar um fora nesse idiota.

— A gente não aceita notas maiores do que cinquenta, P-Nut.

— Que tipo de estabelecimento é esse? — P-Nut abre a carteira e tira duas notas de cinquenta. — Mesmo assim quero meu troco.

— Beleza — digo, e começo a registrar. Os seniores colocam mais salgadinhos na pilha.

P-Nut se debruça sobre o balcão. Abre um pacote de Doritos e começa a comer.

— O que o rapazinho precisa falar comigo?

Engulo o que eu realmente queria dizer, em respeito ao Dre.

— Eu vi o Red mais cedo, P-Nut, e ele tava com o relógio do Dre. O relógio que foi roubado quando ele foi morto.

— E daí?

Sinto meu estômago revirar.

— Não acha estranho? O que ele tá fazendo com o relógio do meu primo?

P-Nut lambe os dedos cheios de queijo.

— Aquele merda do Ant provavelmente vendeu pra ele. Grande coisa.

— Não, P-Nut. E se foi ele quem matou o Dre?

P-Nut cai na gargalhada.

— Até parece! O covarde do Red não mata ninguém. É fraco igual a você.

Os parceiros seniores riem.

Trinco os dentes.

— Eu não sou fraco.

— Essa é a maior mentira de todas. Nos últimos meses, você ficou se escondendo nessa loja e na casa da mamãe enquanto o resto de nós ganha a vida nas ruas. Sua sorte é que eu respeito o desejo de Dre de manter você fora do esquema das drogas, ou então ia te obrigar a trabalhar.

— Olha, P-Nut. Acho que você precisa dar uma olhada no Red, sério mesmo. Ele pareceu bem nervoso quando percebeu que eu...

— Li'l Don, você tá me irritando. Já disse que o Red não é nenhum assassino. Você tá tentando me fazer parecer burro?

Você não precisa de mim pra isso.

— Não.

— Então para de discutir. Fica parecendo que você tá abusando da minha *bonde*za, e você não quer isso.

Os seniores me encaram, e me sinto como um pedaço de carne fresca na cova dos leões. O grupo não é mais liderado pelo Shawn, e sim pelo P-Nut. Ele adoraria mandar os caras me darem uma surra.

Não digo mais nada. Registro as compras e eles vão embora.

Pela primeira vez na vida, não tenho certeza de que posso contar com a gangue. E parece que Dre também não pode.

VINTE E DOIS

Esta noite não consegui dormir pensando no Red.
Red.
Red.
Red.
É a mesma coisa na escola, no dia seguinte — estou sentado na porta da secretaria pensando em Red. Sou um dos vinte alunos esperando para conversar com o sr. Clayton, o psicólogo. Nessa semana, ele vai falar com todos os alunos do último ano, um a um, para discutir o nosso "futuro". Do jeito que minhas notas estão indo, meu futuro provavelmente vai ser frequentar as aulas de recuperação no verão.
No momento, não me importo. Estou quase tonto com a guerra que está acontecendo dentro da minha cabeça.
Red estava usando o relógio de Dre.
Mas e se não era o relógio de Dre, só um parecido?
Por que Red ficou nervoso quando viu que eu estava olhando?
Ele é um criminoso, óbvio, mas, como P-Nut disse, não é do tipo que mata alguém.
Mas ele desapareceu assim que Dre morreu.
— Maverick Carter? — chama o sr. Clayton.
Tento tirar Red da cabeça pelo menos por enquanto, e entro na sala para conversar com o sr. Clayton. Ele me recebe com um aperto de mão forte. O sr. Wyatt fala que um aperto de mão diz muito sobre

um homem. O sr. Clayton não atura bobagem. Eu já sabia. Parece o Steve Austin negro, careca e de ombros largos. Aposto que levanta uns pesos maiores do que eu.

— Prazer em vê-lo, sr. Carter. Fico feliz que finalmente tenha aparecido aqui.

Ah, é. Tinha esquecido que ele queria falar comigo quando o Dre morreu.

— Foi mal.

— Sem problemas. Venha, sente-se.

O escritório é maneiro. Nas paredes, há quadros com fotos em preto e branco de várias pessoas negras que parecem importantes. Só reconheço o Malcolm X e o Huey Newton, fundador dos Panteras Negras. Meu pai me contou sobre eles, mas nunca ouvi falar desses caras nas aulas de história.

Eu me sento na cadeira de frente para a mesa do sr. Clayton. Ele pega uma pasta no armário e se junta a mim.

— Ouvi dizer que nesse ano aconteceram algumas coisas que mudaram a sua vida.

Estou só esperando *o olhar*. Juro, quando adultos ficam sabendo que tenho dois filhos, dá para ver que passam a me achar um lixo. É como se vissem meus bebês como lixo também, só porque os tive muito jovem. De jeito nenhum.

— Olha, se vai me dar uma bronca por causa dos meus filhos...

— Calma, sr. Carter. Sem julgamentos. Estou aqui para ajudar, irmão. — Ele olha para os documentos da pasta. Meu nome está escrito no topo. — Vejo que se tornar pai afetou suas notas nesse ano. Sua média diminuiu drasticamente.

— É, mas eu não sou burro.

O sr. Clayton olha para mim por cima dos óculos.

— Então por que suas notas não refletem isso?

Parece que ele pegou o comentário do livro de frases da minha mãe.

— Tem muita coisa acontecendo, você mesmo disse.

— Entendo, sr. Carter. No entanto, há vários adolescentes que conseguem manter as notas altas mesmo sendo pais. A não ser por um milagre, que demandaria um enorme esforço da sua parte, você não vai se formar em maio.

Merda.

— Vou ter que fazer as aulas de recuperação no verão, né?

Droga, não queria ter que lidar com isso, mas acho que vai ter que ser assim.

— Adoraria que fosse fácil assim.

— Não é?

— Não, senhor. Você teria que fazer as aulas de recuperação de *todas* as matérias, e não oferecemos todas elas. O governo não pode pagar. Agora, você pode tentar aumentar sua média o suficiente pra se formar. Senão, vai ter que repetir o último ano pra conseguir seu diploma.

Que droga, cara. Eu pensei... Sei que minhas notas são ruins, mas imaginei...

— Sr. Clayton, não posso repetir. Como que eu vou vir pra escola todo dia com dois filhos?

— Vai ter que dar um jeito.

— Não, cara! Eu não devia ter que fazer o ano inteiro de novo!

O sr. Clayton tira os óculos e esfrega os olhos.

— Irmão, você não pode esperar subirem os créditos pra decidir que quer ver o filme. Obviamente, a escola não foi sua prioridade este ano, a julgar pelas notas e todas as faltas. A formatura é daqui a poucos meses. Por que você se importa agora?

Quer saber? Não me importo. Eu me levanto.

— Foda-se — murmuro.

— Ei, espere aí, sr. Carter.

— Não vou fazer mais um ano, sr. Clayton. Papo firme.

— Está bem, é compreensível. Você também tem a opção de fazer um supletivo. É equivalente ao diploma de Ensino Médio. — Ele tira um panfleto da gaveta e me entrega. — A secretaria de educação tem um programa pra adultos. É perfeito pra você.

Adultos. Parece que não sou mais um garoto.

— Seriam três meses de aulas à noite. No fim, você faz uma prova. Se passar, pega o diploma. Senão, faz as aulas de novo.

E de novo e de novo.

— Talvez seja melhor voltar logo pra cá.

— Acho que você tem bons motivos pra tentar. Um diploma de supletivo ou de Ensino Médio vai te dar mais oportunidades pra sustentar seus filhos.

Já sustento, e não preciso voltar para essa merda de escola nem assistir aula.

O sr. Clayton me dá um cartão e pede para ligar para ele se decidir me matricular no supletivo, depois diz que posso voltar para a aula. Sabe, aquelas aulas que não vão servir pra nada agora.

Jogo o cartão do sr. Clayton e o panfleto no lixo ao sair do prédio.

Para que vou correr atrás de um diploma de supletivo ou de Ensino Médio? Não, sério mesmo. As pessoas dizem que isso vai facilitar a minha vida, mas o diploma de Ensino Médio da minha mãe só a ajudou a conseguir dois empregos que não pagam o suficiente.

Não, cara. Chega dessa merda de escola. Está na hora de ganhar dinheiro.

Vou pra casa do King.

Ele mora numa casa alugada, perto do Rose Park. Bato na porta, já que a campainha nunca funcionou. Ouço o barulho da fechadura do outro lado e Iesha atende revirando os olhos.

— O que você quer?

Cara, não quero lidar com ela hoje.

— Oi pra você também. O King tá aí?

Iesha me olha como se eu fosse burro e faz um gesto apontando para a garagem.

— Por acaso o carro dele tá aqui?

— Sabe quando ele volta?

— Espero que logo. Ele foi comprar o café da manhã e a gente tá com fome.

— A *gente*?

Ela passa a mão na barriga, orgulhosa.

— Ontem a gente descobriu que eu tô grávida. Desta vez, é filho do King de verdade.

1. Puta merda, o que estão colocando na água por aqui?
2. Ela mal aparece para cuidar do bebê que já tem.
3. ...

— Tá tentando substituir o Seven, já que ele não é do King?

O sorrisinho debochado desaparece do rosto de Iesha.

— Vai se ferrar, Maverick! Ninguém tá tentando substituir o Seven.

— Mas parece.

— Cala a boca! Você não tem o direito de falar isso. Engravidou sua namorada patricinha. Tá tentando substituir o Seven, já que ele não é dela?

— Não, simplesmente aconteceu.

— Aqui também! Posso não ter sido muito presente na vida do Seven por alguns meses, mas nunca disse que não amo o meu filho.

— Tá bem, tá bem. Foi mal.

Ela aponta a unha enorme para meu rosto.

— Devia se sentir mal mesmo. É melhor começar a me deixar ver ele mais vezes. As visitinhas de domingo não são suficientes.

Seco o rosto. Não vim aqui para isso.

— Tudo bem, a gente vai dar um jeito. Me dá só uns dias.

— Beleza. Mas, não demora muito — diz Iesha, e o carro de King entra na garagem. Ela sai bufando pela casa. — Aaah, não aguento esse cara!

A minha vida, cara... Vou precisar lidar com essa garota pelo menos pelos próximos 18 anos.

Agora, lá vem o vacilão. King se aproxima, segurando umas sacolas do McDonald's.

— O que tá rolando, Mav?

Coloco as mãos nos bolsos. Não esqueci o que ele fez na Ação de Graças.

— Meu estoque em casa tá baixo, quero abastecer.

— Beleza, chega aí — diz, e o sigo para dentro. King tem só uma TV, um sofá, um PlayStation e um aparelho de som na sala. Ele não tem nem cortinas, pendura lençóis e cobertores da loja de 1,99 nas janelas. — Ei! Trouxe a comida! — grita para Iesha.

Ela vem e pega uma das sacolas.

— Obrigada — diz, e volta para o quarto.

King se senta no sofá, balançando a cabeça.

— Mulheres. Você veio num ótimo momento, parceiro. Dissolvi umas pedras ontem à noite. Segundo um dos meus clientes fixos, é boa demaaais. Deixa muito chapado — Ele ri.

— Beleza. Levo qualquer uma.

King inclina a cabeça para o lado.

— O que tem de errado com você?

— Nada. Só me dá o produto e eu vendo.

— Qual é a porra do seu problema ultimamente? Não me diga que ainda tá irritado porque Iesha veio morar aqui. Já faz meses! Ela não é sua namorada, por que ficou irritado?

— Porque você não me disse onde ela tava e sabia que eu tava tendo dificuldades com meu filho!

— Eu não sabia que ainda você tava procurando ela!

— Só me passa o produto, King. Não tô no clima hoje, tá bem?

— Foi por isso que perguntei o que tem de errado, idiota! É óbvio que você tá chateado. — Ele se inclina para a frente. — Sério, Mav. Sou seu melhor amigo. Conversa comigo.

Apoio a mão na nuca. O lance da escola e a situação com o Red estão martelando na minha cabeça, e o fato é que não tenho com quem conversar. Lisa não é uma opção; ela não precisa desse estresse. O sr. Wyatt também não; minha mãe, definitivamente não. Poderia falar com o túmulo de Dre, mas nunca receberia uma resposta.

Só sobrou o King.

Solto um suspiro. Está bem, talvez eu esteja surtando com esse lance da Iesha. Não é tão grave assim, acho. Além disso, King está certo, já faz meses.

É melhor eu conversar com ele.

— Descobri que não vou poder me formar. Querem me fazer repetir o último ano.

— O quê? Isso é uma palhaçada — diz King.

— É minha culpa, King. Admito. Mas me recuso a fazer mais um ano. Seria muita perda de tempo.

— Com certeza. Quem quer olhar pra cara enrugada do sr. Phillips por um ano a mais?

— Verdade. — Rio com ele. — O sr. Clayton disse que posso fazer umas aulas noturnas pra pegar o diploma do supletivo.

— Outra perda de tempo. Quando você resolver focar só o esquema das drogas, vai ganhar mais do que o Clayton e os professores. Aposto.

— Eu sei — murmuro. Saí da escola sabendo. Ao mesmo tempo, não quero traficar pra sempre. Falei a verdade para o Dre. Vender drogas é um negócio temporário.

Mas ser homem não tem nada a ver com o que quero. Tenho que fazer o que for necessário, e no caso, agora, é vender drogas.

— Ei — diz King, e olho para ele. — Sem estresse. Você é meu *brother*, vou garantir que você fique bem. Somos parceiros pra vida, lembra? — Ele levanta o punho para me cumprimentar.

Agora estou me sentindo realmente um idiota.

— Cara, me desculpe por...

— Eu te perdoo. Tá tudo certo. Beleza? — diz King.

Eu o cumprimento.

— Beleza.

Ele pega umas batatas fritas na sacola do McDonalds.

— Era só esse negócio da escola que tava te incomodando?

Vejo o relógio de Dre no pulso Red nitidamente na minha mente.

— Não — digo, entre os dentes. — Encontrei o Red ontem. Ele tava usando o relógio que roubaram de Dre quando ele foi morto.

King tira os olhos da sacola.

— O quê? Você tá de sacanagem.

Era isso que o P-Nut deveria ter dito.

— Nem um pouco. Além disso, quando me viu olhando pro relógio, ficou apavorado.

— Caaara! Isso é muito suspeito. Contou pro P-Nut e o restante da galera?

Eu me sento ao lado do King.

— Nem me fale. Contei pra aquele idiota ontem. Ele disse que Red provavelmente comprou o relógio de Ant, e que é covarde demais pra ter matado o Dre.

— Como assim? A gente tá falando do mesmo Red, aquele bandido? — King balança a cabeça. — O estúpido do P-Nut não pode mesmo ser o chefe.

— E você diz isso pra mim? — Cruzo os braços. — Ele ameaçou vir pra cima de mim se eu insistisse no assunto. Disse que eu tava fazendo ele parecer burro.

— Ele já se olhou num espelho recentemente? "Burro" tá escrito na testa dele.

Dou um sorrisinho.

— Você não sabia? P-Nut é cheio de *inteligentismos* que o *preparizaram* pra *situalização* atual.

Eu e King caímos na gargalhada. É muito bom voltar a rir com ele.

— Sabe o que isso significa, né? — diz, um pouco depois.

Esse é o motivo por que eu não consegui dormir na noite anterior.

Olho para o chão e quase consigo enxergar Dre. Nunca vou esquecer que o segurei no meio da rua enquanto o sangue escorria de seu corpo. A cena está tatuada na minha mente pra sempre.

Se foi Red quem o matou, juro por tudo que eu amo que ele está com os dias contados.

Olho para King.

— Preciso matar aquele cara.

VINTE E TRÊS

Seven não liga para Red nem para o fato de eu não poder me formar. Está transformando o dia num inferno.

Limpo o rosto dele pela centésima vez. Estou tentando fazê-lo comer um purê de ervilha e cenoura com molho de maçã que a sra. Wyatt me ensinou. Esse garoto... Ele balança a cabeça para desviar a colher, e mantém a boca bem fechada. Quando consigo enfiar alguma coisa na boca, ele cospe na hora. Tem respingos verdes e laranja espalhados por todo canto.

— Qual é, cara? Sei que ervilha e cenoura não são as coisas mais deliciosas do mundo, mas me dá uma trégua, vai? Papai teve um dia difícil.

— Pa-pa-pa-pa-pa! — repete ele. A primeira vez que falou foi no Natal. O melhor presente que já ganhei, sério mesmo.

Enquanto ele diz "Pa-pa", coloco uma colher cheia de comida em sua boca.

O garoto olha para a minha cara e, juro por Deus, cospe a comida direto no meu rosto.

Não se engane com a fofura, bebês são gângsteres. Não dão a mínima para o que você está passando.

Pego uma toalha de papel e limpo a gororoba.

— Para de cuspir a comida.

Ele também cospe framboesas, direto na minha cara.

Encosto a testa na cadeirinha alta. Desisto. Ele é muito teimoso e muito esperto. Ontem, dei panquecas no café da manhã e ele não soltava o último pedaço de jeito nenhum. Fez um escândalo quando tentei tirar dele. Deixei pra lá e o levei assim mesmo para a sra. Wyatt, segurando a panqueca.

Minha mãe acha que ele está sentindo que tem outro bebê a caminho e já está se comportando mal. Não sei, mas isso precisa acabar, de verdade. Já tenho muita coisa com que lidar hoje à noite. Para começar, preciso contar a minha mãe que não vou me formar. Talvez ela me mate, o que me impediria de lidar com meu outro problema... Red.

King disse que vai me arranjar uma arma. Vai ser moleza quando eu tiver meu cano. Mesmo assim, meu estômago revira toda vez que penso em atirar no Red.

Seven dá umas batidinhas na minha cabeça.

— Pa-pa-pa-pa-pa!

Olho para ele e dou um sorriso.

— Tá tentando me animar, cara?

Ele enfia a mão na comida e oferece para mim.

— Aaah — digo, e abro a boca. Eu o deixo me dar a comida e depois finjo que vou comer a mão dele. Seven tira a mão, rindo.

A risada dele sempre me faz sorrir.

— Quer saber, cara? Entendo por que você cospe. Essa comida de bebê é horrível. Vamos ver o que o papai pode te dar em vez disso.

Pego o seu favorito: cereal de arroz. Parece um mingau e não é exatamente uma janta, mas, cara, me dá uma trégua. Tive um dia daqueles. Seven se agita todo na cadeira quando vê a comida.

— Ah, agora sim — digo, fazendo uma dancinha. — Temos cereal de arroz, ei! Cereal de arroz, ei! Papai tá chegando com a salvação.

Ele abre bem a boca para cada colherada. Essa barriguinha cheia garante que ele durma rapidinho. Obrigado, Deus, pelo cereal de arroz.

Agora é esperar minha mãe chegar em casa. Ela só sai do segundo emprego por volta de dez e meia. Limpo a cozinha, Sento. Levanto de novo. Dou uma olhada no Seven. Ligo a TV. Desligo. Não sei o que posso dizer à minha mãe para suavizar a notícia. Não vou me formar, a única coisa que ela sempre quis de mim. Não existe "suavizar".

Ela não pode descobrir nunca que vou atrás de Red. Tenho mais medo dela do que da polícia.

Eu me sento à mesa da cozinha e esfrego as têmporas. Red está realmente andando por aí usando o relógio de Dre. O que me deixa muito irado. Não importa se o matou ou não, é desrespeitoso demais. Não é possível que não saiba que o relógio é de Dre. Não é possível! Não ficou nervoso à toa.

Eu devia ter falado alguma coisa. Melhor, devia ter arrancado o relógio do pulso dele e depois metido uma bala nele.

Preciso parar, estou me precipitando. Preciso de provas. Senão, vou matar o namorado de Brenda, o pai do Khalil, à toa. Mas aposto que Red não pensou em Keisha e Andreanna.

Espere um pouco. Keisha estava no telefone com Dre naquela noite. Pode ter ouvido alguma coisa útil. É difícil imaginar que ela diga, sem dúvidas, que foi o Red, mas devo ao Dre a tentativa.

Posso falar com ela nesse fim de semana. Keisha me ajudou a organizar a visita surpresa de Lisa ao campus da Markham, e vai nos encontrar para almoçar depois do passeio. É o momento perfeito.

Pela janela da cozinha, vejo faróis piscando. Um minuto depois, a porta da frente se abre. Minha mãe nunca avisa que chegou para não me acordar caso eu esteja dormindo. Ouço o barulho da bolsa enquanto ela a joga no sofá e de seus passos em direção à cozinha.

— Oi, querido — diz, e beija minha testa. — Não precisava ficar acordado me esperando.

— Eu queria. Como foi o trabalho?

Minha mãe arregaça as mangas e abre a geladeira.

— As coisas estavam tranquilas nos dois trabalhos. Como foi seu dia? Ia falar com o sr. Clayton, né?

De repente, minha boca fica seca. Só preciso dizer quatro palavras: "Não vou me formar", só isso. Mas elas ficam presas na minha garganta.

Engulo todas.

— Foi tudo bem. Ele me disse o que eu precisava fazer pra me formar. — O que é mais ou menos verdade.

Minha mãe pega um pote de comida e cheira, depois torce o nariz.

— Eca, meu Deus. Preciso jogar isso fora. Que bom que ocorreu tudo bem. Você precisa fazer seja lá o que ele tenha te dito pra fazer, Maverick. Tenho fé em você.

Não mereço o que ela pensa de mim.

— Sim, senhora.

Minha mãe pega um pote com sobras de espaguete.

— Antes que eu esqueça, viu a conta de luz na caixa de correio? Preciso pagar de manhã.

— Já paguei, e a conta de água.

Ela ergue olhar do pote de espaguete.

— Pagou?

— Sim, senhora. Fui ao banco mais cedo e paguei as duas.

— Está bem, sr. Homenzinho. Você está me deixando mal-acostumada, pagando todas essas contas. Obrigada, Deus, pelo sr. Wyatt e por esse trabalho. Como está o Seven?

— Tá bem. Deu trabalho hoje.

Minha mãe ri.

— É a função dele. Você merece por todo o trabalho que deu pro Adonis e pra mim.

Eu me afasto da mesa.

— Só fiquei acordado pra dizer boa noite. Vou dormir.

— Espere aí — diz minha mãe, fechando a porta da geladeira. — Preciso conversar com você.

Seu tom de voz me deixa apreensivo.

— Tá tudo bem com você, mãe?

Ela puxa a cadeira para perto de mim e se senta.

— Está, não é nada de ruim. Só estou adiando há muito tempo.

Eu volto a me sentar.

— Entendi... O que é, então?

Minha mãe entrelaça os dedos, depois bate com eles na mesa, em seguida os entrelaça de novo.

— Eu... — Ela aperta os lábios e os olhos. Respira fundo. — Tenho um encontro no domingo.

Domingo é Dia dos Namorados.

— Entendi. Tá saindo com algum cara pelas costas do meu pai?

Não queria falar desse jeito, mas eles *são* casados. De que outro jeito eu diria?

— Na verdade, não. Não é nada pelas costas dele. O Adonis sabe. E não é um homem. É a Moe, Maverick.

Levo um segundo para entender. Vários segundos, pra dizer a verdade. Merda, estou travado.

— Moe?

— É. Faz alguns anos que Moe e eu temos um relacionamento.

Relacionamento?

— Achei que vocês eram só amigas.

— A gente... *Eu* achei que era melhor que parecesse isso. Nem todo mundo aceita tão bem. Deus sabe que a sua avó não aceita.

— A vovó sabe?

Minha mãe suspira novamente, coçando o cabelo.

— Ela suspeitava. Sempre achou "engraçado", é como ela chama. Sua tia Nita sabe e, como eu disse, seu pai sabe.

— É por isso que ele não quer você saindo com a Moe?

— É.

A cozinha fica em completo silêncio.

Um milhão de pensamentos passam pela minha cabeça. Difícil escolher um.

— Você sempre foi assim?

— Você sempre gostou de garotas?

— Sempre.

— Então aí está a sua resposta — diz minha mãe.

— Meu pai sabia?

— Sabia. No início do nosso namoro contei pro seu pai que eu era bissexual. Ele aceitou.

— Ah...

Lisa disse que eu precisava prestar atenção. Acho que percebeu muito antes de mim. Agora que estou pensando, minha mãe e Moe saem muito juntas, e minha mãe sempre fica mais feliz depois de encontrar a Moe. O rosto dela se ilumina quando aquela mulher aparece. No velório de Dre, Moe ficou segurando a mão da minha mãe sempre que estavam juntas, e eu achei que era só para dar apoio.

Estava bem na minha cara o tempo inteiro.

Olho para minha mãe.

— Você ama a Moe?

Os olhos da minha mãe brilham de um jeito que já vi antes.

— Amo. Na verdade, a gente conversou sobre a possibilidade de ela vir morar aqui um dia. Não sem antes falar com você, é óbvio, mas sim. Surgiu o assunto.

— Ah. — A relação é séria mesmo então. — Você ama meu pai?

— Amo. Sempre vou amar o Adonis e ele sempre vai poder contar comigo. Mas tenho que amar a mim mesma também. Esse negócio de fazer absolutamente tudo pelo outro é legal até o momento que você sente que está morrendo porque parou de viver. Adonis tomou decisões que deixaram a vida dele em suspenso. Ele não era obrigado a vender drogas, ele escolheu fazer isso. Eu não devia ter que colocar a minha vida em suspenso também por causa das decisões dele.

Eu me mexo na cadeira, pensando nas minhas próprias decisões.

Minha mãe está olhando para o teto, piscando muito.

— Faz anos que quero contar pra você. Mas eu... Não tinha certeza se você...

Sua voz trêmula me deixa arrasado. Eu me levanto e dou um abraço nela.

— Mãe, tá tudo certo.

Ela me abraça forte também. É quase como se eu estivesse abraçando uma garotinha soluçando.

— Desculpe por não ter te contado.

— Não precisa se desculpar. Você tá feliz?

— Estou. O mais feliz que já estive em muito tempo.

Beijo o topo de sua cabeça.

— Isso é tudo que importa pra mim. Juro.

Não sei por quanto tempo ficamos assim. Vou abraçá-la pelo tempo que precisar.

Mas sinto um aperto no peito pelo meu pai. Não tinha pensado que a vida dele estava "em suspenso" até minha mãe dizer. Faz quase uma década desde que ele foi preso. Eu era um garotinho de oito anos, agora sou quase um adulto com dois filhos. Estamos vivendo nossas vidas enquanto ele está preso, na esperança de receber uma visita nossa.

Ou, pelo menos, um telefonema.

Não fui legal com ele, sério.

Minha mãe se afasta, secando as lágrimas.

— Você está com cheiro de comida de bebê.

Dou um sorriso.

— A culpa é do seu neto. Cuspiu o jantar todo na minha cara. — Dou um beijo na testa dela. — Vou esquentar a comida pra você.

Vou até o armário e pego um prato. Estou feliz que minha mãe esteja feliz. De verdade. Levando em conta todas as coisas que precisou aguentar comigo e com meu pai, ela merece mais do que qualquer outra pessoa.

Também tem o direito de ter um momento feliz sem que eu parta seu coração.

VINTE E QUATRO

Minto para minha mãe pelo resto da semana. Ela acha que vou para a escola todos os dias, mas a verdade é que deixo Seven com a sra. Wyatt e fico vigiando Red de longe.

Conheço sua rotina como a palma da minha mão. Ele começa a manhã comercializando no estacionamento do Cedar Lane. Por volta de meio-dia, almoça em algum lugar nas redondezas e depois vai para o Rose Park montar sua banca. Pego Lisa na escola e vou para o trabalho. Quando saio, ele está desmontando as coisas no parque.

Estou praticamente viciado em vigiar aquele idiota, como se estivesse com medo de que ele fosse desaparecer antes de eu ter a minha oportunidade. Estou irritado porque não vou conseguir espioná-lo hoje. Vou levar Lisa para a visita surpresa ao campus da Markham. É uma viagem de duas horas de carro. Minha mãe me deixou usar o dela, mas não sem antes dar muitas recomendações.

— Devolva meu carro com o tanque cheio. Não estou brincando, Maverick. E coloque gasolina aditivada. Não quero aquela de merd... Aquela normal. Você está me fazendo falar palavrão na frente do bebê.

Dou um sorrisinho enquanto preparo os lanches, na mesa da cozinha. Seven está tomando a mamadeira da manhã, sentado na cadeirinha. Tirei o dia de folga no trabalho e minha mãe aceitou tomar conta dele. Amanhã, vou ficar com ele o dia inteiro para ela passar o Dia dos Namorados com a Moe.

— Já que estamos falando de gasolina, precisa de dinheiro pra isso? — pergunta.

— Não, senhora. — Não preciso pedir dinheiro desde que comecei a vender drogas. O que é uma verdadeira mudança de vida.

— Ótimo. Use o cinto de segurança o tempo inteiro e ligue a seta quando for trocar de pista. A pista da esquerda é pra ultrapassar e a da direita pra tráfego mais lento. Fique na pista da direita na maior parte do tempo e não ultrapasse o limite de velocidade.

Olho para ela.

— Disse a que parece um piloto de Fórmula 1.

— Eu não sou um garoto negro dirigindo na estrada. Não dê à polícia motivos pra te parar. E se pararem...

— Mantenho as mãos visíveis, não faço movimentos bruscos e só falo quando eles falarem comigo. — Conheço o discurso de cor. Minha mãe e meu pai o martelaram na minha cabeça desde que eu tinha sete anos.

— Exatamente. — Ela fica me olhando enquanto preparo os lanches. — Você está bem, querido?

— Estou. Por que a pergunta?

— Ultimamente... Não sei. Você parece estar com um aperto no peito, mais do que o normal.

— Minha vida não é normal, mãe.

— Você sabe do que estou falando — diz, passando os dedos pelo meu cabelo. — Está acontecendo alguma coisa?

Red está indo para o Cedar Lane agora... com o relógio de Dre no pulso.

— Não, senhora. Tá beleza.

— Certo. Bom, provavelmente vai te fazer bem sair desse bairro por um dia. Acho que você vai gostar da Markham. Quem sabe pode ser a sua casa um dia.

— Ainda acha que consigo ir pra faculdade?

Minha mãe põe a mão no meu rosto.

— Acho que você consegue fazer qualquer coisa que quiser.

É difícil olhar nos olhos dela. O filho que eu sou não se parece em nada com o filho que ela acha que tem.

Minha mãe me entrega um pedaço de papel.

— Esse é o caminho pra Markham que peguei naquele site MapQuest. Imprimi no trabalho. Os postos de gasolina estão marcados. Lisa talvez precise parar pra ir ao banheiro algumas vezes no caminho. Não a deixe ir sozinha e não entre com as mãos nos bolsos. Quer saber? Eu devia levar vocês lá de uma vez.

— Mãe, relaxa. Por que você tá surtando?

— Você é pai. Vai entender logo, logo. Espere até Seven começar a andar... você vai perceber em quantos problemas ele pode se meter.

Tudo bem, é verdade, isso é assustador. Olho e aponto para ele.

— Ei, não comece a andar tão cedo.

Seven joga a mamadeira na minha direção.

Que merd...

— Garoto, para de responder — repreendo.

Minha mãe ri e o pega no colo.

— Mostra pra ele como é, bebê. O papai não tem ideia do que o espera. Você vai fazer com ele o mesmo que ele fez comigo e com o pai dele.

É engraçado que ela tenha mencionado o meu pai.

— Ei, mãe, posso perguntar uma coisa?

— Meu bubu-bubu-bubuzinho — diz ela para Seven enquanto mexe os braços dele no ritmo das palavras. Ele se acaba de rir. Não sei que o significa "bubuzinho". Boa parte do que as pessoas falam para os bebês não faz o menor sentido. — Meu bubu-bubu-bubuzinho. O que é, Maverick?

— Se correr tudo bem nessa viagem, posso usar o carro pra visitar meu pai um dia?

Ela olha para mim.

— Sozinho?

— Sim, senhora. Acho que preciso visitar ele pessoalmente já que a gente não anda se falando.

O que ela falou sobre a vida dele estar em suspenso me marcou. Depois de um ou dois dias, eu me dei conta de que preciso agir como homem e conversar com ele.

Minha mãe sorri.

— Ele vai gostar. Vou marcar uma visita.

— Beleza — digo, mas já estou nervoso.

Ela me dá um beijo na bochecha.

— Vocês vão ficar bem. Agora, voltando ao meu carro...

Por volta das oito horas, saio com o carro.

O sol está brilhando e o céu, azul. O clima está perfeito para uma viagem de carro. Faz um pouco de frio, mas liguei o aquecedor e trouxe um cobertor, caso Lisa precise.

Primeiro, faço um pequeno desvio só para checar se Red não saiu da cidade novamente. Mas não, ele está no ponto de sempre, no Cedar Lane. Hoje, King deve me mandar uma mensagem no pager assim que conseguir a arma. Perguntou se eu queria um modelo específico. Desde que mate o Red, não me importa.

Tenho um pressentimento forte de que qualquer coisa que Keisha diga hoje só vai confirmar que foi ele mesmo.

Buzino na frente da casa da srta. Rosalie. Lisa aparece, bocejando, com uma touca no cabelo, sapatilhas, jeans e casaco de moletom. A garota mal se arrumou.

Saio do carro para ajudá-la com a mochila e o cobertor da Hello Kitty.

— Você simplesmente saiu da cama e veio, hein?

— Cala a boca. Seu bebê não me deixou dormir. Olha isso. — Lisa coloca minha mão sobre o casaco. Sua barriga mexe, como se tivesse algo rolando ali dentro.

Arregalo os olhos.

— Caramba!

— Pois é, né? No começo, foi fascinante. Depois de três horas, eu só queria dormir.

Eu me ajoelho na frente dela. Tem dias em que Seven e o bebezinho na barriga de Lisa são as únicas coisas que me fazem sorrir. Dou um tapinha na barriga dela.

— Ei, é seu pai aqui. Fique quietinho aí, sua mãe já tem muita coisa pra lidar.

Lisa bufa.

— Duvido que vá funcionar. Ela é teimosa que nem você.

— Bom, *ele* não tem nada que manter você acordada — digo, e me levanto. — Ele sabe que a gente tem um dia cheio pela frente.

— Vou querer molho extra na minha costela quando vencer a aposta. Você finalmente vai me dizer aonde a gente tá indo?

Abro a porta do carona.

— Precisa entrar pra saber, senhorita.

Lisa inclina a cabeça.

— Como vou saber se você não vai me sequestrar?

— Acha que quero ficar preso em algum lugar junto com você?

Ela abre a boca e dá um soco no meu braço.

— Tô brincando, tô brincando. É surpresa, tá bem? Precisa confiar em mim — digo, rindo.

Lisa me olha com atenção.

— Tá bem — diz, e finalmente entra no carro.

Fecho a porta.

— Que mulher violenta.

Passo pelo Cedar Lane mais uma vez — Red ainda está lá — e saímos do Garden. Agora de manhã, a estrada está vazia. A maioria das pessoas dorme até tarde aos sábados. Não ultrapasso o limite de velocidade, como minha mãe pediu, e balanço a cabeça no ritmo da música no rádio. É uma manhã perfeita para ouvir Outkast.

Lisa desembrulha seu mcmuffin. Antes de pegarmos a estrada, ela me fez parar no McDonald.

— Droga! Você devia ter pedido mostarda.

Que merda é essa?

— *Mostarda*? No mcmuffin?

— Eu gosto de mostarda, beleza?

— Tá bom, Dre.

Nós dois rimos. É bom conseguir voltar a fazer piadas sobre ele.

— Dane-se. É desejo de grávida, o Dre era só esquisito mesmo — diz Lisa, depois morde o mcmuffin e observa o subúrbio passando pela janela. Um monte de shoppings chiques e condomínios fechados. — É difícil de acreditar que nem estamos tão longe do Garden, né?

— Acho que sim. É meio "sofisticado" demais pra mim. Aposto que só tem mauricinho aqui.

— Você não pode ter certeza. Você seria mauricinho se morasse aqui?

— Eu não moro aqui, então nunca vou saber.

— Mas e se morasse? E se você tivesse um trilhão de dólares e pudesse morar aqui, numa mansão gigante. Você seria um mauricinho?

— Não, porque eu não moraria aqui. Moraria numa ilha particular qualquer onde ninguém me encheria o saco.

— Uma ilha particular, é? Beleza. — Ela se vira para mim, o máximo que o cinto de segurança permite. — O que mais você faria?

— Tá falando sério?

— Estou. O que você faria se tivesse um trilhão de dólares?

Pagaria alguém para descobrir se Red matou meu primo e para matá-lo.

Eu me ajeito no assento. Preciso tirar esse idiota da cabeça.

— Eu... Hm... Eu provavelmente reconstruiria o Garden inteiro pra deixar o lugar maneiro. Ninguém teria que me pagar pela casa nova. Depois, eu criaria algum tipo de empresa e contrataria todo mundo, assim todo mundo poderia ganhar dinheiro. Se eu sou rico, minha comunidade toda vai ser rica.

Lisa inclina a cabeça para o lado.

— Então, por que você moraria numa ilha particular?

— Pra não deixar ninguém me matar. Os idiotas ficam com inveja.

Ela ri.

— Beleza, faz sentido.

— Óbvio que faz. Eu moraria numa mansão com muitas janelas pra ver o mar e com um elevador, nada de escadas. Dirigiria um Bentley e um Rolls-Royce. Todos os móveis iam ser de ouro.

— *Eca*! Isso parece cafona pra cacete.

— Beleza. Então eu chamo você pra morar comigo e deixo a decoração por sua conta.

Ela revira os olhos, mas vejo um sorrisinho em seus lábios.

— Sei...

— E você? O que faria com um trilhão de dólares?

— Acabaria com a pobreza e a fome no mundo e destruiria o sistema em que a gente vive. Depois construiria uma casa com o que sobrou, acho — responde, e dá de ombros.

— Caramba. Agora tô me sentindo mal pela minha ilha e meus carros.

— Ah, não se engane. Eu também teria um Bentley. E muitos sapatos e diamantes. — Ela olha para o mcmuffin. — E também contrataria uma cozinheira profissional. Afe, por que você não pegou mostarda?

— Quer que eu pare em outro McDonalds e peça mostarda?

— Não, eu me viro. Você sempre faz tudo por mim.

— Você vale a pena, por que eu não faria?

Ela mantém os olhos no lanche, mas está sorrindo. Olha através da janela de novo. Saímos do bairro de mauricinhos e agora estamos cercados de árvores.

— Ainda não vai me dizer pra onde a gente tá indo?

— Não. Já falei que é surpresa.

— Odeio surpresas — diz Lisa, mexendo nos botões do painel até um deles abrir o teto solar.

— Que merda é essa?! Você tá deixando entrar o ar frio, garota!

— Mas o cheiro é tão bom!

— Ar não tem cheiro, Lisa.

— O ar de fora da cidade com certeza tem um cheiro diferente. Sente só.

A sorte dela é que eu a amo. Respiramos fundo e expiramos juntos. Caramba, é diferente mesmo.

— Viu? Deu pra sentir o cheiro dos pinheiros, né? — pergunta Lisa.

— Ah, era isso?

— Era. — Ela deita a cabeça no encosto e fecha os olhos. — É como estar num mundo totalmente diferente.

Ela fica em silêncio por alguns minutos. Em pouco tempo, ouço um ronco leve vindo do banco do carona. Abaixo o volume do rádio e fecho o teto solar. Depois, passo a mão na barriga de Lisa.

— Não se mexa muito aí. Deixa a mamãe descansar — sussurro.

O bebezinho — ou a bebezinha — escuta. A barriga de Lisa para de se mexer.

Lisa dorme como um bebê durante o caminho inteiro. Odeio ter que acordá-la quando chegamos à Markham.

Preciso dizer que esse campus é bonito pra valer. É exatamente como as faculdades que a gente vê na TV: grandes prédios de tijolos, grama perfeita, estátuas e fontes. A única diferença é que os alunos são negros. Minha mãe me disse que a Markham é uma UHN, ou seja, uma universidade historicamente negra.

Paro no estacionamento de visitantes, como a moça ao telefone me disse para fazer. Vamos encontrar nossa guia às dez e meia, mas chegamos cedo.

Sacudo o ombro de Lisa de leve.

— Acorda, bela adormecida.

Ela se mexe um pouco, mas não abre os olhos.

— A gente já chegou?

— Chegou. Você precisa acordar pra ver a sua surpresa.

Ela se alonga e boceja, depois abre os olhos devagar.

— Onde a gente tá?

— Na Markham State. Marquei uma visita guiada pelo campus.

— O quê? — Lisa olha ao redor mais um pouco. — Meu Deus, você não fez isso!

— Fiz, sim. Sei que essa é a primeira faculdade da sua lista e...

Lisa agarra meu pescoço.

Eu a abraço de volta. Caramba, senti falta de abraçá-la. O cheiro dela é melhor do que qualquer ar fresco.

— Obrigada — murmura.

— De nada — digo, enquanto ela se afasta. — O Connor Sem Graça nunca te fez uma surpresa dessas, hein?

Lisa revira os olhos.

— Você é ridículo.

Ela tira a touca e deixa as tranças caírem sobre os ombros, depois pega uma escova de dente e gel de cabelo na mochila e usa para arrumar seus *baby hairs*. Passa um gloss nos lábios e encosta um lábio no outro, para espalhar.

— Beleza, tô pronta.

Garotas.

A ideia é encontrar a nossa guia na fonte que fica no pátio entre os prédios. Sigo as orientações que anotei e guio Lisa para lá. Ela mal consegue andar de tanto olhar para tudo ao redor.

— Puta merda, esse campus é maravilhoso.

— Definitivamente consigo imaginar você aqui, com sua mochila e seu pisante, toda descolada.

— Você sabe como eu sou. Também consigo imaginar você aqui.

Ainda não tive coragem de contar que não vou me formar.

— Hoje não tem nada a ver comigo. A gente vai fazer uma visita guiada na *sua* faculdade.

— Talvez nem seja minha faculdade. Obviamente eu teria que pular o primeiro semestre e me matricular só no inverno, mas não sei como vou conseguir dirigir duas horas todo dia com um bebê e...

— Ei, sem estresse. Aproveita o dia aqui. A gente resolve o resto depois.

Uma garota negra com um casaco da Markham se aproxima do vão entre os prédios e nos cumprimenta com um sorriso. Diz que se chama Deja McAllister, é veterana na Markham e também está grávida.

Juro que isso não estava planejado. Mas, ei, talvez seja bom para Lisa ver alguém na mesma situação fazendo o que ela quer fazer.

— Já sabe o que vai ser? — pergunta Lisa enquanto andamos pelo campus.

— É um menino e nasce em junho. Eu e meu marido vamos chamá-lo de Justyce, com y. Pode parecer que a gente estuda direito, mas não. Eu estudo biologia. O que você pensa em fazer?

— Em relação ao bebê ou ao curso? — pergunta Lisa.

Deja ri.

— Ao curso.

— Ah, não sei. Quero alguma coisa na área de saúde, mas ser médica? Acho que faculdade de medicina e um bebê pequeno é coisa demais.

— A Markham tem um programa de enfermagem fantástico, com aulas aqui e no campus que fica na cidade. Assim, você poderia trabalhar na área da saúde sem precisar fazer todos os anos da faculdade de medicina.

Lisa gosta da ideia.

— Olha! Não tinha pensado nisso.

— Tá vendo? Você não sabe de tudo.

Ela me dá uma cotovelada.

Passear pelo campus com duas mulheres grávidas é uma viagem. As duas precisam parar o tempo inteiro para ir ao banheiro e, quando não estão falando da faculdade, reclamam de dores nas costas, dos tornozelos inchados e da injustiça que é o fato de os homens não passarem por isso. Sou esperto o bastante para simplesmente ficar de boca fechada.

É muito louco ver só pessoas negras num lugar como este — pessoas negras que não são muito mais velhas do que eu. Passamos por um grupo de caras usando jaquetas esportivas que poderiam muito bem ser eu, King, Junie e Rico.

Por mais bobo que pareça, me imagino aqui. Eu entraria para uma fraternidade, fato. Passamos pela casa da Omega Psi Phi — os caras têm a própria casa! — e algumas pessoas cumprimentam a gente. Dizem que eu deveria me inscrever no outono. Quase me convenço de que vou mesmo.

Até que, durante o passeio, King me manda uma mensagem com três números: 132. *Consegui.*

A Markham não é um lugar para traficantes que abandonam a escola e planejam o assassinato de alguém. Não vim para ficar sonhando. Preciso falar com a Keisha.

Deja termina o tour um pouco depois do meio-dia, mais ou menos o mesmo horário em que Red sai para almoçar. Ela passa seu número de telefone para Lisa e as duas prometem manter contato.

Vamos de carro para um restaurante chinês a alguns quarteirões do campus. A recepcionista diz que vai nos acomodar numa mesa, mas informo que viemos encontrar alguém. Começo a procurar por Keisha e Andreanna quando ouço uma vozinha chamando: "Mavy!".

Andreanna vem correndo na nossa direção. As bolinhas do elástico que prende seu rabo de cavalo batem uma na outra, fazendo barulho. Eu a pego no colo e a rodo no ar. Quando a coloco no chão, ela cruza os braços e faz um biquinho.

— Cadê o meu Sevy?

Finjo ficar chocado.

— Eu não sou o suficiente?

Andreanna faz que não com a cabeça, e Lisa cai na gargalhada.

— Certíssima, querida — diz, batendo na mãozinha dela em um *high five*.

— Suas malvadas! — digo, e faço cócegas em Andreanna. Ela ri e sai correndo de volta para os fundos do restaurante.

Vamos atrás, em direção a uma mesa no canto. Keisha nos recebe com abraços. E, óbvio, põe a mão na barriga de Lisa. Todo mundo faz isso.

— E então, como foi a visita? — pergunta.

— Você sabia? — diz Lisa.

Puxo a cadeira para ela se sentar.

— Óbvio que ela sabia. Quem você acha que me ajudou a planejar? — pergunto.

Keisha levanta a mão.

— Eu sou a culpada. Achei que era uma surpresa fofa. Não sabia que vocês estavam juntos de novo até Mav me ligar.

— A gente não tá, mas posso fazer algo especial pra uma amiga, né? — Olho para Lisa. — Faço *qualquer coisa* que ela quiser.

É *qualquer coisa, qualquer coisa mesmo*, quis deixar óbvio. É, eu disse isso mesmo. Ninguém pode me acusar de não tentar.

Lisa se atrapalha com o cardápio e limpa a garganta.

— Hm... Que prato você recomenda, Keisha?

Ah, aí sim. E ainda a deixei nervosa.

Pedimos rolinhos-primavera e trouxinhas de caranguejo para dividir. Keisha nos conta o que andou fazendo nos últimos meses, e foi basicamente estudar e trabalhar. Andreanna dá um relatório sobre a pré-escola. Diz que um garotinho lá é seu namorado.

— Vou precisar ter uma conversa com ele. Não é assim que funciona — digo.

— Esquece isso — diz Keisha, rindo. — Você é tão ruim nisso quanto o...

Sua voz falha. Dre deveria estar aqui com a gente.

Lisa segura a mão dela.

— Como você tá de verdade?

Andreanna balança a cabeça enquanto come um rolinho. As crianças adoram dançar quando a comida é boa. Keisha passa os dedos pelo cabelo da menina.

— Um dia de cada vez, é só o que dá pra fazer. Sinto tanta falta dele que dói. Era para estarmos lidando com os preparativos do casamento.

Essa é a pior parte. Dre tinha uma vida inteira pela frente, e não vai poder vivê-la.

Lisa se afasta da mesa.

— Ai, desculpa. Preciso correr pro banheiro. Bexiga de grávida é um horror.

— Eu me lembro dessa época. Só vai piorar — diz Keisha.

— Nem me diga — resmunga Lisa. — Já volto.

É minha chance. Espero Lisa entrar no banheiro feminino.

— Keisha, você se importa se eu perguntar uma coisa?

Ela tenta fazer Andreanna beber água, mas Andreanna quer suco.

— Não, pode dizer.

Eu me mexo na cadeira.

— Olha, não quero que você fique chateada, mas queria te perguntar sobre aquela noite. Você se lembra de alguma coisa antes dos tiros?

— Mav, não sei se consigo...

— Eu entendo. Eu mesmo tento não pensar muito nisso, mas os parceiros tão tentando descobrir quem foi. — Ultimamente, consigo mentir com muita facilidade.

Keisha mexe o canudo no copo.

— A gente estava falando sobre os planos pro fim de semana. Ele ia nos levar no aquário. Andreanna estava implorando pra ver os "peixinhos". Tony do Ponto de Ônibus veio e fez uma piada com ele e...

— Ei, espera aí. *Tony?*

— É. Ele pediu dinheiro pra comprar bebida. Dre riu e disse pra deixar ele em paz. Alguns minutos depois, o assaltante apareceu.

Pensei que Tony tivesse ido embora há muito tempo quando Dre foi morto. Ele voltou, então é provável que estivesse por perto quando tudo aconteceu.

Olho para Keisha.

— Você se lembra de alguma coisa sobre o assaltante?

— Mav, eu contei tudo o que ouvi pros policiais. Não deve ter sido suficiente. Eles não estão mais investigando o caso.

Óbvio que não. Nos registros, Dre é só mais uma "vítima do gueto".

— É por isso que eu desejo... Quero dizer, que os parceiros desejam cuidar disso. Qualquer coisa que você lembrar já ajuda.

Keisha pisca várias vezes.

Merda, não devia ter perguntado nada.

— Descul...

— Era uma voz rouca — diz ela, baixinho. — Juro que já tinha ouvido aquela voz antes. Fico aflita tentando lembrar onde.

Eu paraliso.

A voz de Red é rouca.

A garçonete traz o restante dos pratos. Andreanna bate palmas para o macarrão. Sinto o estômago revirando demais para conseguir comer.

Estou quase certo de que Red matou Dre, mas preciso conversar com o Tony antes de tomar uma atitude.

Lisa volta para a mesa. Deixo que ela e Keisha conversem pelo resto do almoço. Mal toco no meu frango com molho de laranja. A garçonete embala o que sobrou e coloca numa sacola de papel. Lisa comeu tudo o que pediu, incluiu mais um prato pra viagem e saiu do restaurante com um sorvete em mãos. Desse jeito, parece estar comendo por quatro. Deus queira que não.

A gente se despede de Keisha e Andreanna no estacionamento. Não entro no carro até ter certeza de que elas estão seguras em seu próprio carro e a caminho da estrada. Dre teria feito o mesmo.

O dia ainda está claro, então provavelmente eu e Lisa vamos voltar para o Garden antes do anoitecer. Minha mãe não quer que eu dirija na estrada no escuro. Diz que as chances de os policiais me pararem são maiores.

Repasso a lista de tarefas: colocar o cinto de segurança, ligar o motor, acender as luzes, controlar o volume do rádio para que não fique muito alto e colocar minha carteira no espaço para copos, assim não preciso procurá-la se for parado. Estou pronto para ir.

Lisa põe o cinto de segurança e se enrola no cobertor da Hello Kitty enquanto toma sorvete. Se está com frio, por que está comendo sorvete?

— Entãooo... O tá acontecendo? — pergunta.

Começo a manobrar devagar.

— Como assim?

— Você ficou muito quieto durante o almoço. E Maverick Malcolm Carter é tudo, menos quieto.

Cutuco as costelas dela.

— Olha quem tá fazendo piadinha.

— Paaara. Assim vou ficar com vontade de fazer xixi, e minha bexiga tá bem fraquinha graças ao seu bebê.

Eu rio e entro na estrada.

— Foi mal. Tá tudo bem. Só não tinha muito o que dizer.

— Parecia que tinha alguma coisa te incomodando. Quer conversar?

Não sei como ela consegue me sacar tão bem.

— Não é nada. Gostou da surpresa?

— Gostei. Não acredito que você planejou tudo.

— Eu disse, faço qualquer coisa por você — digo, batucando no volante. Vou perguntar de uma vez. — Isso significa que vai me dar uma chance?

Lisa respira fundo.

— Mav, eu agradeço muito pelo que você fez hoje, mas já disse que não existe mais "nós".

— Espera aí. Então o Connor cafona te dá um ursinho e é maravilhoso, mas eu te dou isso e...

Lisa se ajeita no banco.

— Ei, espera aí. Em primeiro lugar, não pedi pra você fazer nada. Você fez porque quis. Em segundo lugar, não fico com as pessoas baseada no que elas me dão. Não sou uma interesseira que nem a mãe do seu outro filho.

O carro fica silencioso.

— Eu não devia ter dito isso — Lisa se desculpa.

— Tudo bem. Você tá com raiva e...

— Não é justo com Iesha. Você foi o idiota que transou com ela. O quê? Achou que fazer coisas pra mim faria com que eu transasse com você?

— Óbvio que não! Não é assim que eu te vejo, Lisa. Mas, caramba, eu *estou* fazendo muita coisa. Compro coisas pra você, pego você na escola todo dia, levo comida. Você não me dá nem uma chance.

— Essas merdas não importam em nada pra mim! O que você tá fazendo com a sua *vida*? — pergunta, irritada.

— Foi mal, sinto muito por não ter tudo planejado como você. Tem gente que vive um dia de cada vez, mas não espero que você entenda.

— É isso mesmo que você quer fazer? Vai começar com esse papo de "Lisa é muito patricinha pra entender minhas dificuldades"? Não me venha com essa merda, Maverick. Você não precisa ter tudo planejado, mas devia pelo menos querer melhorar de vida. Mas nããão, você continua numa gangue. E eu devia querer ficar com você?

— É disso que eu tô falando! Você não sabe como funciona. Não posso simplesmente sair da gangue. Preciso fazer algo grandioso, tipo assumir a culpa pelo crime de alguém, ou então ser expulso. Os caras acabam mortos ou quase mortos depois de tanta surra. Não vale a pena.

— Você pode se afastar.

— Mas eles são meus amigos! King, Junie e Rico são pessoas com quem eu posso contar mais do que você imagina.

Lisa me encara fixamente.

— Você tá vendendo drogas com o King de novo, né?

Solto um suspiro.

— Cara, olha...

— Quer saber? Não precisa responder. Faz o que você quiser, Maverick. Eu e meu bebê vamos ficar bem.

— Lá vai você, agindo como se eu não fosse estar presente.

— Porque você não vai estar! Eu faço planos sabendo disso. Meu bebê precisa que pelo menos um de nós pense no futuro.

Ela não entende. Realmente não entende.

— Lisa, me escuta...

Ela se vira de costas e cobre a cabeça com o cobertor.

— Me deixa em paz, Maverick.

Não nos falamos pelo resto da viagem.

VINTE E CINCO

Eu sou um merda.

Traficante, membro de gangue e reprovado no Ensino Médio — o que é ainda pior do que abandonar a escola. Aos 17 anos, tenho dois filhos de duas garotas diferentes. Magoei minha mãe e magoei Lisa, duas das pessoas que mais se importam comigo, porque as fiz pensar que sou alguém que não sou. A verdade é que sou um desses caras que acaba, no noticiário policial ou em um daqueles documentários que exibem na escola para mostrar o que não se deve fazer.

Já que sou um merda, também não tenho merda nenhuma a perder. Posso muito bem matar a pessoa que matou Dre. Mas, antes, preciso ter certeza de que foi o Red.

Na segunda-feira de manhã, vou atrás do Tony do Ponto de Ônibus. Às vezes, no Garden, é mais fácil achar um monte de drogas do que um viciado. Eles são andarilhos. Vou ao ponto de ônibus e encontro um carrinho de supermercado e um cobertor sujo, mas nada de Tony.

Vou ao mercado de pulgas. Tony costuma pedir dinheiro no estacionamento, mas não está ali hoje. Tomo direção para a Magnólia. Às vezes ele faz uma grana lavando o vidro dos carros nos cruzamentos. Nada de Tony. Só me resta mais uma opção, a Casa Branca.

Não a que fica em Washington, e sim uma construção abandonada, que fica na Carnation e que os viciados tomaram conta. Apesar de a pintura estar descascando, ela era branca, então todo mundo no Garden a chama de Casa Branca. Mas vamos falar a verdade: um monte desses políticos age como se estivesse chapado de crack mesmo, inclusive vendendo sonhos impossíveis. Chamar de Casa Branca faz total sentido.

Quando era criança, eu tinha medo de andar por ali. Toda aquela gente entrando e saindo com os olhos vermelhos e a pele escamosa, elas pareciam dragões. Criei uma história na minha cabeça de que a casa era um calabouço de dragões e de que eu era um cavaleiro, Sir Maverick, Príncipe de Garden Heights. Imaginei que era da realeza, afinal meu pai era o rei dos King Lords. Todos os dias, minha missão era passar pelo calabouço sem deixar os dragões me verem. Os viciados não estavam nem aí pra mim, mas eu ficava me escondendo atrás das árvores e dos arbustos. Era a minha própria brincadeira.

Tenho saudade da minha imaginação fértil.

Hoje, entro direto na casa. Faz muito tempo que o jardim não tem mais grama, é só terra coberta de lixo. Uma mulher com roupas encardidas está aninhada num canto da varanda. Ainda bem que está roncando. Do jeito que está quieta, quase pensei que estivesse morta.

A Casa Branca não pertence a ninguém, é tipo o lugar onde os viciados do bairro se escondem. Entro e, caramba, o fedor me atinge em cheio. É um cheiro muito forte de urina misturado com plástico queimado. Levanto minha camisa para cobrir o nariz e a boca.

Tem muita gente deitada em sofás caindo aos pedaços ou pelos cantos do chão na sala escura. Alguns expelem fios de fumaça pela boca e sua pele é escamosa como a dos dragões que eu imaginava.

Assim, eu já vi viciados em crack antes, tipo fazendo besteira na rua ou pedindo dinheiro pelo bairro. Já ri muito de alguns e vendi drogas para outros. Mas não estou rindo agora.

Não há sinal de Tony em nenhum dos cômodos nem no quintal dos fundos. Depois de um tempo, resolvo que o melhor é esperar no ponto de ônibus. Volto para a sala e adivinha quem está entrando?

Tony fica paralisado. Arregala os olhos. Quando estou prestes a chamá-lo, ele sai correndo.

— Ei, Tony! Espera aí.

Viciados são rápidos pra cacete. Tony corre em disparada para a calçada. Está quase virando a esquina, mas consigo agarrar sua camisa.

— Me larga! — diz, tentando se desvencilhar. — Eu não fiz nada!

Levanto os braços.

— Ei, ei, relaxa. Eu não disse que você fez.

— A polícia contou pra você que me interrogaram, né? Eu disse pra eles que não fiz nada! Eles não me escutaram!

Está quase chorando. Os policiais fazem coisas horríveis quando querem informação. Vai saber o que fizeram com um viciado.

— Eu acredito em você. Você não mataria ninguém.

— Não mataria! Dre era um cara legal. Eu nunca faria isso!

— Eu sei. Mas, Tony, você viu alguma coisa naquela noite?

Ele se coça. Parece estar vestindo as mesmas roupas que usava no dia em que falou comigo e com Dre... e o cheiro confirma.

— Não quero ninguém vindo atrás de mim.

— Ninguém vai atrás de você. Você tem a minha palavra.

— Não quero palavra! Quero uma dose!

— Tony, cara...

— Eu sei que você tem alguma coisa aí. Você é o Li'l Don, é igual ao seu pai! Ele sempre me fornecia. Foi ele quem deu a minha primeira pedra de crack — diz Tony, abrindo um sorriso meio sem dentes.

Ele está certo, posso facilmente dar alguma coisa em troca de informação. Começo a levar a mão ao bolso.

Paro. Do jeito que ele é rápido, pode sair correndo e não falar nada.

— Vou te dar, mas primeiro você precisa me dizer o que viu.

Tony fica olhando para o bolso, lambendo os lábios.

— Promete?

— Prometo. O que você viu?

— Eu tava um pouco mais pra frente na rua, depois da sua casa, na porta do sr. Randall. Aquele velho é malvado, né, Maverick?

Concordo com a cabeça. O sr. Randall tem um dos jardins mais bonitos de todo o Garden, e xinga qualquer criança que chegar perto. Uma vez, eu e o King jogamos ovo na casa só para provocar.

— E o que aconteceu depois?

— Eu tava ali na minha. Na minha mesmo, juro, daí ouvi os tiros. Aquilo assustou o Tony pra caramba! Meu coração ficou acelerado! Eu me escondi nos arbustos do sr. Randall e acabei fazendo xixi nas calças.

Bem feito para o sr. Randall.

— Você viu o carro?

— Eu vi. Era vermelho. Parecia um Impala antigo.

Aí está a minha prova. É o mesmo carro que Red dirige.

Filho da puta. Juro, poderia estrangular esse cara. Deixar aqueles olhos sem vida como ele fez com o Dre...

— Agora dá a minha dose!

Volto à realidade, na esquina com o Tony, que está com uma expressão faminta enquanto encara o meu bolso.

Enfio a mão no bolso, pego minha carteira e entrego uns duzentos dólares.

— Compra umas roupas novas, uma comida e aluga um quarto num hotelzinho por algumas noites, tá bem? Você precisa se limpar.

Seus olhos brilham ao tocar o dinheiro. Seguro as notas.

— Tô falando sério, Tony. Não é pra gastar meu dinheiro com drogas. Compra comida, roupas e aluga um quarto. Não me obrigue a ir atrás de você.

— Vou fazer isso, vou fazer isso — promete, e pega o dinheiro, depois conta e comemora. — Uhuuu! Vou comprar umas roupas de marca com essa grana. Tony vai ficar estiloso!

Ele sai assobiando pela calçada.

Foi a primeira vez em muito tempo que alguém disse que sou igual ao meu pai. Quer saber? Não foi tão bom quanto achei que seria.

VINTE E SEIS

Tem muitas coisas que eu nunca quis saber sobre o meu pai. Mas saber é o preço que você paga quando seu pai é o Big Don. Eu preferiria ouvir que ele era do tipo que comprava sapatos para crianças e comida para famílias pobres nos feriados, não que transformava as pessoas em viciados em crack.

Às vezes, o herói de uma pessoa é o vilão de outra, ou, no meu caso, o pai. Mesmo assim, é difícil julgá-lo quando eu mesmo estou arquitetando a morte do pai de alguém. Mas, matar Red é a melhor maneira de fazer justiça ao Dre. Não seria muito diferente se um juiz desse pena de morte para Red.

Acho.

Ainda não sei muito bem o motivo, mas dirijo três horas até a prisão Evergreen. Minha mãe me deixou usar o carro, como prometeu. É muito estranho procurar por uma mesa na área de visitantes sem ela. Escolho uma no canto, com apenas duas cadeiras, para não ocupar o espaço que uma família poderia precisar. Há várias mães com filhos, o que meio que me deixa surpreso porque hoje é sexta-feira, dia de escola. Mas, pensando bem, minha mãe assinava a autorização para que eu saísse mais cedo quando a gente visitava o meu pai. Você vem quando pode, não quando quer.

Todas as crianças parecem ou muito nervosas ou muito animadas. Eu me lembro dessa época. Na primeira vez que visitei meu pai, não dormi na noite anterior. Disse para todo mundo, a semana inteira, que iria ver o meu pai. Minha mãe explicou que eu não poderia brincar com ele, mas eu não ligava. Fiquei quicando no banco do carro durante todo o caminho.

Até avistar a prisão. Aquela montanha alta cercada por arame farpado acabou com toda a minha animação. Os guardas de semblante sério e armas na mão me faziam pensar que eu tinha feito algo de errado. Qualquer criança que continua animada depois disso não sabe muito bem das coisas.

O sinal toca e os detentos entram. Desta vez, meu pai é um dos primeiros a aparecer.

Fico em pé. Meu coração parece bater no ritmo dos passos dele. Meu pai parece mais velho, mas não é possível. Faz poucos meses que estive aqui. Acho que são as bolsas sob os olhos que o envelhecem.

Ele se aproxima da mesa.

— Oi.

— Oi.

Só olhamos um para o outro. Não posso abraçá-lo depois de como o tratei. Ele obviamente não quer me abraçar também, afinal não se mexeu.

Eu me sento.

— Obrigado por concordar em me ver.

Meu pai se senta na cadeira em frente.

— Sempre vou ver você, sabe disso. Faye disse que você queria conversar.

Entrelaço os dedos e fico olhando para eles.

— Hm... É... Eu....

Meu pai traz a cabeça para perto da mesa para que eu o olhe.

— Meu nome não é "Hm" e meus olhos não tão aí embaixo.

Olho para ele. O cara deve estar querendo soltar os cachorros em mim. Se Seven me tratasse como tratei meu pai, eu o colocaria no lugar dele rapidinho.

Nos olhos do meu pai há muitas coisas não ditas, como "Eu te amo" e "Sinto sua falta". "Tô puto com você" não é uma delas.

O que me dá um nó na garganta.

— Desculpa, pai. Não devia ter falado com você daquele jeito.

— Ah, Mav Man, não tô surtando com isso. Você tava certo naquele dia. Foi muita audácia da minha parte dar esporro em você depois de tudo que fiz. No seu lugar, eu também não ia querer falar comigo. Eu te perdoo e também quero deixar tudo isso pra trás. Beleza?

Ele levanta o punho por cima da mesa, mesmo que não seja autorizado. Bato meu punho no dele de leve.

Um sorriso aparece no seu rosto.

— Meu homem de confiança. E como você tá? Como estão o garotinho e a Lisa? A gravidez tá indo bem?

— Minha mãe não te mantém informado?

— Ela mantém. Mas quero saber o que *você* tá pensando. O meu filho. Não me diga que o gato comeu sua língua nos últimos meses, logo você com essa boca grande.

— E de quem eu puxei?

Ele solta uma das suas gargalhadas altas.

— Tá bem, você me pegou, você me pegou.

— Eu sei. O Seven tá bem, começou a engatinhar. Tô morrendo de medo de quando começar a andar. Já quer entrar em todo lugar. A Lisa tá bem. A gravidez está correndo muito bem, na verdade. — Pego a imagem da ultra no bolso e coloco na mesa. É a imagem da consulta do mês passado. O bebê não é mais um borrão, começou a se parecer com um bebê de verdade.

Meu pai pega a imagem.

— Olha isso! Com certeza é um cabeção típico dos Carter!

— Caaara, o resto do corpo dele tá precisando crescer também, né?

— *Ele*? Já disseram que é menino?

— Não, mas eu acho que é. Lisa acha que é menina.

— Então é menina. Sempre confie na intuição das mulheres. Nunca vai te levar pro caminho errado. — Ele faz menção de me devolver a imagem.

Dispenso com um gesto.

— Essa aí é a sua. Imaginei que você ia querer ficar com uma foto do seu novo *neto*.

Meu pai ri.

— Tá bem, seu teimoso. Como sua mãe tá? Ela disse que tá tudo certo, mas sei que não ia querer me preocupar se não estivesse.

— Ela tá bem. Hmmm... Moe talvez venha morar com a gente.

— Ah. — Meu pai fica em silêncio por um instante. — E você concorda?

Sinto que ele desenhou uma linha imaginária com essa pergunta: ele está de um lado, e a minha mãe do outro; e eu tenho que escolher de qual quero ficar.

Tento me manter no meio.

— Concordo com o que deixar minha mãe feliz. Não é nada contra você...

— Eu sei. — Mais um momento de silêncio. — Acha que sua mãe tá apaixonada por ela?

Penso no brilho que só aparece nos olhos da minha mãe quando Moe está por perto. Essa é a resposta, mas pode não ser o que meu pai quer ouvir. Ele e minha mãe estão juntos desde que tinham a minha idade. Estou lidando com vinte anos de amor.

— A gente não devia falar sobre isso.

— Eu tô bem, Maverick. Seja honesto comigo, eu aguento.

— Tá bem. — Faço uma pausa. — Acho que minha mãe tá apaixonada por ela.

Meu pai solta um longo suspiro.

— Eu tinha esse pressentimento.

— Ela ama você, pai, mas...

Ele levanta a mão.

— Você não tem que lidar com isso, Mav Man. Eu não devia mesmo ter perguntado. Eu e sua mãe podemos resolver sozinhos, certo?

— Certo.

Ele limpa o rosto, com a expressão cansada.

— Cara, chega desse assunto. Sobre o que você queria falar comigo?

Tentei descobrir a resposta durante as três horas de viagem. Sinceramente, não tenho muita certeza do motivo de ter vindo aqui. Sei que preciso matar Red, não é uma questão, mas é como se eu *precisasse* falar com meu pai. Preciso ouvir dele que estou fazendo a coisa certa. Preciso que me diga que estou agindo como um homem.

Meus pés não param de quicar. O fato de eu estar numa prisão, cercado de policiais, também não ajuda.

— Eu só... queria te contar que preciso resolver alguns assuntos pelo Dre.

— Que tipo de assunto?

— Eu descobri quem matou ele.

Os olhos do meu pai se arregalam, mas só por um segundo. Ele se ajeita na cadeira, dá uma olhada rápida para os guardas e depois olha para mim.

— Foi um dos verdes?

Em outras palavras, Garden Disciples. Nego com a cabeça.

— Foi Red, na verdade.

— Red — diz meu pai, devagar, e parece ter compreendido. — Tem certeza?

— Tenho.

Meu pai recosta na cadeira, com a mão no queixo.

— Você quer levar esse... *assunto* adiante?

— Você conhece o código, pai.

— Não foi isso que eu perguntei.

Para saber o que quero, só preciso me lembrar de Dre curvado sobre o volante.

— Não posso deixar ninguém se safar dessa.

— Então por que veio aqui me dizer? Não precisa da minha aprovação nem da minha permissão.

No entanto, eu quero. Mas se eu admitir, vou parecer um garotinho que precisa do papai. Não posso mais ser esse garotinho. Então fico em silêncio.

Meu pai se inclina para a frente.

— Ouça, Mav Man. Já estive no seu lugar muitas vezes. O que eu posso dizer é que não é algo que você esquece. Toda vez que fechar os olhos, toda vez que sua mente se distrair um pouco, você vai voltar pra aquele momento. Tem certeza de que quer lidar com isso?

Meus olhos começam a arder.

— Dre era meu irmão, pai.

— Ei, ei, ei. — Ele põe as mãos no meu rosto. Um policial branco reclama do contato físico, mas um outro, latino, diz para nos deixar em paz. De qualquer forma, seria necessário que todos reclamassem para o meu pai me largar.

— Eu tô aqui, cara. Papai tá aqui. Tá tudo bem — diz.

Essas palavras me quebram. Eu as repito para Seven o tempo todo, mas fazia anos que não ouvia de outra pessoa. Era só o que eu precisava.

— Dre devia estar aqui — digo, soluçando.

— Devia.

— Ele merecia algo melhor.

— Merecia.

— Quero fazer isso por ele. Eu preciso.

O sorriso do meu pai é tão triste que é até difícil chamar de sorriso.

— Tem muitas coisas que eu achava que precisava fazer também. Na realidade, eu só precisava estar presente pra você e sua mãe, e falhei nisso.

— Carter — diz o guarda latino perto da gente. — Chega.

Meu pai tira as mãos do meu rosto e se senta de volta.

— Não vou te dar a minha permissão nem a minha aprovação, Maverick. Você tá se tornando um homem independente. Essa é uma escolha que você precisa fazer sozinho. Só precisa se certificar de que pode viver com ela.

É, mas e se eu não conseguir viver com isso? Também não posso seguir a vida sabendo que Red matou meu primo e se safou. Não posso.

O sinal toca mais uma vez. Agora é para avisar que o horário de visita acabou. Os detentos e suas famílias se levantam para se despedir.

Só me levanto depois do meu pai, que desta vez não hesita em me abraçar.

Os abraços dele têm poder. Parece que nada existe fora deles. Depois de um tempo, meu pai me solta e segura os meus ombros.

— Se cuida, tá bem?

— Você também, pai.

Ele se vira muito rápido, mas não o suficiente. Consigo ver as lágrimas em seus olhos.

VINTE E SETE

Dois dias depois, estou pronto para matar Red.

Fecho a porta do quarto. Minha mãe e Moe estão na sala assistindo "Falando de amor" pela centésima vez. Seven está no berço, dormindo. Não me vê abrir o armário e tirar a Glock que King me deu da caixa de sapato.

Coloco a arma na cintura e jogo o casaco por cima. Red encerra as atividades no parque assim que as luzes da rua acendem. Nas noites de domingo, o lugar fica quase vazio porque a maioria dos parceiros está assistindo a algum jogo na TV. Hoje está passando Lakers contra Supersonics. Estou levando uma bandana cinza para esconder meu rosto caso alguém passe. Vou sair do parque e correr para o cemitério. Jogar o casaco e a arma no lago dos fundos. Depois, vou para casa seguir com a minha vida.

Tenho um plano e estou pronto.

Mesmo assim, minhas pernas não param de tremer.

Pego o telefone sem fio na mesa de cabeceira e começo a discar o número que conheço de cor, mas paro. Lisa me conhece muito bem. Vai perceber rapidinho que tem algo errado.

Coloco o telefone de volta no gancho.

Minha mãe e Moe estão abraçadas no sofá, com um balde de pipoca. A sala toda está cheirando à pipoca. Minha mãe solta um

"Mostra pra ele, garota", enquanto a moça na TV tira um monte de roupas de um armário.

Eu me encosto no batente da porta.

— Ei, mãe? Pode dar uma olhada no Seven rapidinho? Lisa me pediu pra levar comida. Sabe como são esses desejos de grávida.

— E como sei! — responde, com os olhos grudados na TV. — Você me fazia querer sorvete o tempo inteiro.

— E qual é a sua desculpa agora? — brinca Moe.

— Shhh! — diz minha mãe, e elas riem. Moe a beija para fazer as pazes, mas ela não cai nessa. — Vai ter que fazer melhorar isso aí. A gente toma conta do Seven, Maverick. Cuidado lá fora, querido.

As palavras me atingem com mais intensidade do que o normal. Engulo em seco.

— Sim, senhora.

Quase dou um beijo na sua bochecha, mas seria como aceitar que talvez eu não volte mais e isso não é uma opção. Assim como ser pego. Jogo o capuz sobre a cabeça e saio de casa.

Quando cai a noite, o Garden se torna um mundo diferente. As sombras se alongam, e coisas que ficam escondidas durante o dia de repente se revelam. Cachorros abandonados e gente viciada, todos aparecem. É muito mais silencioso, o que quer dizer que o barulho de uma sirene ou de um tiro vai ser alto o suficiente para a vizinhança inteira ouvir.

Espero que, seja lá onde estiver, Dre ouça o disparo quando eu puxar o gatilho, e saiba que seu primo sempre esteve ao seu lado.

Quando chego ao Rose, o sol já se pôs e a escuridão está começando a tomar conta do parque. A maioria dos postes de luz foi alvejada pela gangue. Não dá para fazer certos tipos de trabalho às claras, ou os policiais podem ver.

O único poste que funciona é o da quadra de basquete. Fico olhando por tempo demais e juro que consigo ver Dre, King, Shawn e eu jogando há alguns meses. Parece que foi em outra vida.

Nesta vida aqui, tenho assuntos inacabados para resolver. De trás de uma árvore, observo enquanto Red, no estacionamento, enche o porta-malas do carro com as mercadorias. Está assobiando uma musiquinha alegre que não tem nada que sair da boca de um assassino. Faz alguns minutos que o último cliente foi embora, então estamos só eu e ele no parque.

Tenho que fazer isso.

Amarro a bandana no rosto, cobrindo do nariz para baixo, e saco a arma da cintura. É fria e pesada; assim como a sensação no meu peito.

Mas nas ruas existem regras.

Ninguém nunca vai escrevê-las, e você nunca vai encontrá-las em um livro. A partir do momento em que sua mãe te deixa sair de casa, você precisa segui-las se quiser sobreviver. É como respirar, você precisa continuar mesmo que seja difícil.

Se existisse um livro, o capítulo mais importante falaria sobre família e a primeira regra seria:

Quando alguém mata uma pessoa da sua família, você mata esse alguém.

Meu coração está acelerado como se eu estivesse fugindo de alguma coisa. Pelo contrário, estou indo em direção a ela.

Red não me vê chegando por trás. Está pegando uma caixa de CDs do chão. Quando se levanta, pressiono a Glock contra a sua cabeça.

— Não se mexa — digo, ríspido

A caixa cai das suas mãos. Ele levanta os braços, como se estivesse louvando a Deus.

— Merda! Não atira, não atira!

— Cala a boca! — digo, com a voz mais grossa que o normal. — Fica de joelhos e com as mãos pra cima.

Ele se abaixa devagar, com as mãos acima da cabeça.

— Por favor, não atira. Eu dou o que você quiser. Eu tenho um filho, cara — choraminga.

O tremor nas minhas pernas chega aos dedos. Seguro a arma com mais força.

— Devia ter pensado no seu filho antes de matar um parceiro!

Não posso dizer o nome do Dre, senão minha voz vai me entregar.

— Não sei do que você tá falando!

— Você deu um tiro na cabeça do parceiro!

— Não cara! Eu... eu... Eu não... Eu não...

Engatilho a arma e a pressiono com mais força contra a cabeça dele.

— Vai ter coragem de mentir pra mim?

Red começa a soluçar muito.

— Por favor, não atira em mim! Eu tenho um filho!

— O parceiro tinha uma filha também! — E um irmão. — Você matou ele por causa de drogas e de um relógio! Aliás, me dá o relógio agora. Juro por Deus que se fizer um movimento errado, eu estouro seus miolos.

Red está tremendo de tanto chorar. Ele tira o relógio do pulso e segura. Eu tiro da mão dele.

— Seu tempo acabou — digo.

— Ai, meu Deus. Por favor, Deus. Por favor, Jesus. — chora.

Enquanto ele implora por misericórdia, rezo a Deus para conseguir esquecer a súplica.

Coloco o dedo no gatilho. Tenho o poder de tirar a vida dos olhos de Red. De fazer seu sangue e seu cérebro escorrerem no concreto.

Eu só preciso apertar o gatilho.

Eu só preciso finalmente ser o filho do meu pai.

Eu.

Só.

Preciso.

Apertar.

VINTE E OITO

Até assassinos têm suas preces atendidas.

VINTE E NOVE

A vizinhança é só um borrão enquanto corro, com lágrimas nos olhos. A arma voltou para a minha cintura. Tirei a bandana do rosto um quarteirão atrás. E Red...
Se foi.
Chego à casa da srta. Rosalie. As luzes da janela de Lisa estão acesas, e ouço o som abafado de uma música de R&B. Bato no vidro duas vezes.
A cortina se abre e Lisa aparece com o cenho franzido.
— Maverick?
Ela abre a janela. Tomo impulso e escalo, entrando primeiro com a parte superior do corpo. Tropeço para dentro e a abraço, soluçando.
— Maverick. O que aconteceu? — pergunta, com a voz assustada
Estou chorando muito para conseguir falar. Lisa me leva para a cama e nos sentamos juntos. Só o que consigo fazer é soluçar.
— Mav, fala comigo. Nunca vi você assim. O que aconteceu? — implora.
— Não posso — digo, em meio ao soluço. — A srta. Rosalie e a Tammy podem ouvir e...
— Elas tão na igreja. Só tem nós dois aqui. Fala comigo, por favor...
O "por favor" me quebra. Engulo em seco.
— Eu... Lisa, eu... Eu sei quem matou o Dre.
Ela arregala os olhos.
— O quê? Ai, meu Deus, quem foi?

— O Red.

Lisa fica imóvel por um momento.

— Espera aí. Você tá falando do Red, o namorado da Bren...

— Isso.

Silêncio.

Enxugo o rosto com a manga do casaco.

— Naquele dia em que ele veio aqui com a Brenda e o Khalil, percebi que ele tava usando o relógio do Dre. Então, eu investiguei por conta própria. Foi ele, Lisa. Ele matou meu primo. Daí, agora à noite, fui atrás dele no parque.

Ela inspira, trêmula.

— Você...

Olho para meus pés.

— Eu tava com a arma apontada pra cabeça dele. E eu... — Minha voz falha. — Não consegui puxar o gatilho.

Silêncio de novo.

Agora não dá para voltar atrás. Sou pior do que ela imaginava. Sou o bandido que a mãe e o irmão de Lisa sempre acharam que eu era. Vou sair no lucro se ela ainda quiser olhar na minha cara de novo.

Ficamos em silêncio pelo que parecem dias.

Lisa cruza os braços.

— Por que você não atirou?

— Pensei nos meus filhos, na minha mãe e... em você. O que aconteceria com vocês se eu fosse preso ou morto. — Fecho os olhos. As lágrimas começam a cair. — Eu sou uma porra de um covarde.

— Não — murmura Lisa. — Pra mim, você parece um homem de verdade.

Olho para ela.

— Como assim? Aquele idiota matou o Dre, Lisa. E o que eu faço? Eu *deixo* ele fugir. Que tipo de justiça é essa?

— Não teria sido justo você jogar a sua vida fora por isso.

Quase dou uma risada.

— Minha vida não vale muita coisa. Só não queria colocar meus filhos nessa situação. Eu sei o que é não ter o pai por perto.

— Então, tá dizendo que seus filhos merecem ter você?
— Sinceramente? Eles merecem coisa melhor.
Lisa respira fundo e acaricia a barriga.
— Sabe, Maverick... Eu ainda acredito em você. E eu... *A gente* precisa que você acredite em si mesmo.
Olho para ela.
— Você acredita?
— Acredito.
Fico chocado que Lisa diga isso mesmo depois do que eu quase fiz na noite de hoje. É como se ela visse uma versão de mim que ninguém mais vê. Um Maverick que não está preocupado com a gangue nem com as ruas, e que faz alguma coisa de útil com a própria vida. Quero ser esse cara. Não o que está na prisão, dizendo aos filhos como se arrepende.
Acho que é como o sr. Wyatt diz. O fruto não cai longe da árvore, mas pode rolar para distante. Só precisa de um empurrãozinho.
Coloco a mão na barriga de Lisa. Está mexendo de novo, como se houvesse um peixe nadando ali dentro. Meus lábios se curvam num pequeno sorriso.
— Ele tá bem animado hoje, hein?
— É, *ela* tá.
Eu rio e reviro os olhos.
— Beleza, tá bem.
Passo a mão em sua barriga. Meses atrás, Dre me contou sobre a primeira vez que pegou Andreanna no colo. Disse que chorou porque ela estava condenada a tê-lo como pai. A cada dia que passa, entendo mais e mais o que ele quis dizer.
Dre também disse que queria ser o pai que ela merecia.
Acho que também entendo isso agora.
Preciso resolver umas coisas.

Minha mãe e Moe estão dormindo no sofá, no mesmo lugar onde as deixei.
Moe se deitou com as costas no braço do sofá, e minha mãe se aninhou nela. Os braços estão emaranhados, parece que caíram no

sono abraçadas. Pego a manta da poltrona e as cubro, depois vou para o banheiro e fecho a porta.

Meu estoque de drogas deve estar embaixo do armário, onde deixei. Eu me agacho e pego a bolsa atrás do cano. Está repleto de saquinhos cheios de cocaína, crack e maconha.

Posso ser um merda, mas tem umas merdas que não quero mais fazer. Vender drogas está no topo da lista. Vou devolver isso para o...

Ouço duas batidas altas na porta.

Tomo um susto enorme.

A bolsa cai das minhas mãos.

Dentro do vaso.

A maconha começa a boiar.

E algumas das pedras de crack e cocaína começam a se dissolver.

— Merda! — resmungo.

— Maverick? — chama minha mãe, do outro lado da porta. — Você está bem?

Ai, merda, merda, merda.

Finjo estar gemendo.

— Tô. Me dá só um minutinho. Meu estômago não tá muito bom.

— Eu vivo dizendo pra você comer mais verduras. Não se esqueça de espirrar o spray de aroma. Têm mais pessoas que usam esse banheiro.

— Sim, senhora — digo, enquanto mergulho a mão no vaso. Metade do conteúdo da bolsa ou está boiando ou se dissolvendo. Salvo o que sobrou e seco a bolsa com papel higiênico.

Não posso sair segurando isso. Enfio tudo na parte da frente da calça e jogo o casaco por cima. Deus, por favor, não deixe minha mãe perceber.

Dou descarga e metade do estoque desce pelo vaso, depois passo o spray. Abro a porta com o melhor sorriso que consigo dar.

— Foi mal, mãe.

— Tudo bem.

Ficamos olhando um para o outro. Ela levanta a sobrancelha.

— Ah, desculpa. — Saio da frente para ela entrar.

Fico paralisado na porta do banheiro. Juro, meus pulmões pararam de funcionar. Por favor, Deus, por favor, não deixe que ela veja nada.

A descarga é acionada de novo e a porta se abre. Minha mãe sai secando as mãos com uma toalha de papel.

— Por que ainda está parado aqui?

Respiro novamente.

— Nada. Só queria dar boa noite.

— Ah, tudo bem. Você ficou fora um bom tempo. Por que demorou?

— Lisa precisava de mim — digo, e é verdade. Ela ainda precisa.

— Ela está bem? E o bebê, tudo...

— Tudo bem, mãe. Pode voltar a dormir. — Dou um beijo na sua bochecha. — Boa noite.

— Boa noite, querido.

Observo enquanto ela volta para a sala. Vou deixá-la descansar por hoje. Amanhã, conto que não vou poder me formar. Está na hora de assumir.

Abro a porta do quarto com cuidado para não acordar Seven. Não faz diferença, ele está em pé no berço, com a chupeta na boca. Começa a se balançar quando me vê, levantando os braços.

Caio no choro. Cara, virei um bebê chorão. Preciso me recompor, sério mesmo.

Pego Seven no colo.

— Ei, cara. O que você tá fazendo acordado, hein? — Dou um beijo na sua testa. — Tava esperando o papai?

Ele brinca com o cordão do meu casaco. Não posso mentir, estou tão assustado quanto no primeiro dia em que o peguei no colo. Não sei se esse sentimento vai passar algum dia. Não queria dar a ele só o mundo, mas também o sol, a lua e todas as estrelas, e não seria o suficiente.

Definitivamente não sou o suficiente. Sou membro de uma gangue e fui reprovado no Ensino Médio, tudo isso com apenas 17 anos. Mas pode apostar que vou fazer o meu melhor para ser o que ele precisa.

Encosto minha testa na sua.

— Papai quase estragou tudo hoje. Você me salvou, cara. Você e seu irmãozinho, ou irmãzinha. Pensei em vocês e não consegui fazer.

Seven está mais interessado no cordão do casaco do que no que estou dizendo. Que bom. É melhor mesmo não saber o quão perto eu estive de falhar com ele.

Beijo suas sobrancelhas.

— Não vou te decepcionar. Você tem minha palavra.

Eu o coloco no berço e ligo o móbile, assim Seven pode ficar olhando a lua e as estrelas, iguais às que eu gostaria de dar a ele.

Cacete, estou cansado. A onda de adrenalina que tomou conta de mim mais cedo me esgotou. Tiro a Glock e a bolsa de drogas da calça e as escondo na caixa de sapato, no armário, depois me jogo na cama e fecho os olhos, mas logo eles se abrem.

Preciso contar pro King o que aconteceu com as drogas.

O sol ainda nem nasceu por completo quando King estaciona na porta da minha casa. Ontem à noite, liguei para ele e pedi que me encontrasse logo cedo.

Ele vai ficar muito puto por eu ter jogado as drogas fora. Acho que *puto* nem é a palavra certa. Era uma grande quantidade de produto, valia muito dinheiro. Se fosse qualquer outra pessoa que não o King, eu possivelmente acabaria a sete palmos do chão. Ele deve me bater, sejamos parceiros ou não.

Caramba. Preciso reembolsá-lo, mas não tenho ideia de como vou arranjar tanto dinheiro. Estou ferrado pra cacete.

Seco as mãos frias na bermuda e saio de casa. Minha mãe, Moe e Seven estão dormindo. Tem uma mancha na minha regata, onde Seven babou. Ontem ele não queria ficar no berço, então o deixei dormir no meu peito. Era o único jeito de pelo menos um de nós dormir.

Entro no Crown Vic do King e o cumprimento.

— Obrigado por vir tão cedo.

— Sem problemas — diz, com a voz rouca. Ele não deve estar acordado há muito tempo. — Preciso acordar cedo mesmo.

Meu pai costumava acordar antes do sol nascer. Dizia: "Os viciados não dormem, então eu também não posso." É muito louco como ele normalizou algumas coisas para mim.

— Então, o que é? Você disse que era importante.

— É. Primeiro queria te devolver isso. — Coloco a Glock no espaço para copos. — Não preciso mais dela.

King pega a arma e examina.

— Você usou?

— Na verdade, não.

— O quê? Mas você...

— Esquece, King — digo, e olho para ele. — Não foi o Red.

Não se enganem, não estou fazendo isso para salvar aquele covarde. Red vai acabar pagando pelo que fez de um jeito ou de outro, é assim que o carma funciona.

— Se você diz. — King deixa a arma em cima da perna. — Na verdade, fiquei contente que me chamou. Eu queria falar com você.

— Sério?

— É, quero que a gente tome o controle do comércio de drogas da gangue.

Fico chocado.

— O quê?

— P-Nut não sabe o que tá fazendo, Mav. Fato. Ele tá destruindo tudo o que Shawn construiu. Podemos falar com o fornecedor nós mesmos, dizer que a gente vai fazer melhor do que o P-Nut e pronto! Movimentamos o produto e ganhamos o dinheiro.

Olho para ele por um bom tempo.

— Você tá querendo ser o chefe?

King dá de ombros e recosta no assento.

— Seria uma consequência. Tenho um bebê a caminho. Preciso apostar alto.

— Cara, isso é uma sentença de morte — digo.

— Quero ver eles virem atrás da gente.

A gente.

— Não, eu tô fora — digo.

— Ah, porra! Que é isso, Mav!? A gente consegue! Pode levar um tempinho, mas daqui a um ano vamos mandar no Garden inteiro, que nem nossos pais. Li'l Zeke e Li''l Don mandando ver.

É. Big Zeke numa cova com a mulher, enquanto Big Don está na prisão.

Nego com a cabeça.

— Pra mim, já deu de vender drogas. Agora é de vez.

King dá uma risadinha.

— Lá vamos nós de novo. Você tá botando muita banca pra alguém que tá com o segundo bebê a caminho. O que vai fazer pra ganhar dinheiro? Trabalhar naquele emprego de merda do sr. Wyatt?

— Acho que sim. Desculpa, mas preciso fazer isso, cara.

— Esse não é o Mav que eu conheço. *Meu* melhor amigo tá sempre pronto pra tudo. Deixa eu adivinhar, sua mãe descobriu que você tá traficando. Ou foi o velhote do sr. Wyatt? Espera aí, não. — Ele estala os dados e aponta para mim. — Foi a Lisa, né? Você é um pau-mandando daquela vadia.

— Do que você chamou ela?! — grito.

King cai na gargalhada.

— Caramba, você tá acorrentado mesmo.

— Continua falando que vou te mostrar quem é o acorrentado.

— Beleza, beleza — diz ele, levantando os braços. — Relaxa, *Li'l Don*. Não precisa ficar todo irritado por causa de uma mulher que não te quer. Você vai me implorar pra te deixar voltar pro esquema logo, logo. Aguarde. Mas, enquanto isso, fico com seu estoque.

Essa era a parte que eu mais tema. Tiro a sacola do bolso e passo para ele.

King a olha para a sacola e depois para mim.

— Cadê o resto?

— Aconteceu um acidente. Deixei cair no vaso.

King se ajeita no assento devagar.

— Só pode ser o Dia da Mentira porque eu sei… eu sei que não tem a menor chance de você ter jogado minhas paradas no vaso, Mav!

— Eu disse que foi um acidente, ok? Me dá alguns meses e vou te pagar cada centavo de volta. Eu te dou minha palavra.

— Sua palavra não vale nada! Eu *te* fiz um favor — diz ele, cutucando meu peito com a Glock. — Trouxe você pro esquema e você me recompensa jogando meu dinheiro no vaso?

Olho para arma e depois para ele.

— Entendo que você fique irritado, mas é melhor afastar esse negócio de mim.

King engatilha a arma e aponta para mim de lado.

— Ou o quê? Você não vai fazer nada! Todo mundo sabe que você é uma mulherzinha. Aposto que o Red matou mesmo o Dre. E você deve ter ficado assustado demais pra atirar nele.

— Para. De. Apontar. Essa. Arma. Pra. Mim — rosno.

Aos poucos, um sorriso toma conta do rosto de King.

— Relaxa, *Maverick*. — Ele diz meu nome como se fosse uma piada. — Tô te zoando, parceiro. Caramba, você tá tenso. — King dá uma risadinha enquanto abaixa a arma.

— Nunca mais na merda da sua vida aponte uma arma pra mim!

— Não me dê motivos pra isso — diz, entre os dentes.

Não sei quem é a pessoa olhando para mim, mas com certeza não é o meu melhor amigo.

Pra ser honesto, minha relação com o King está abalada há muito tempo, desde que o teste de DNA provou que Seven não era seu filho. Agora, o abalo parece um terremoto gigantesco.

Acho que estou perdendo mais um irmão. E dói tanto quanto o que eu enterrei.

Olho para a frente.

— Não se preocupe. Vou te pagar — murmuro.

King faz um barulho de "tsc" com os dentes.

— Tá de boa, Mav. Tô disposto a deixar o passado pra trás. Não quero o dinheiro.

Olho para ele.

— Não quer?

— Não — diz King, com um sorriso e um brilho sombrio nos olhos. — Um dia você vai dar um jeito de me recompensar.

Seja lá o que ele está pensando, não é coisa boa. Ficou bem óbvio. Engulo o nó na minha garganta e saio do carro.

— Vejo você por aí, King.

TRINTA

Eis o que aprendi sobre jardinagem com o sr. Wyatt:

Flores, frutas e vegetais podem crescer em qualquer lugar, no meio de qualquer adversidade. Foram feitos para isso. Quer dizer, pensa bem, quando Deus criou essas merd... — coisas, preciso parar de falar tanto palavrão — quando Ele fez essas coisas, não as colocou em lotes de jardim. Ele as colocou na natureza selvagem ou algo assim, e deu tudo de que precisavam para sobreviver. Eu não deveria ficar surpreso ao ver que as rosas do sr. Wyatt floresceram antes mesmo de terminar o inverno.

Elas chamam a minha atenção logo na calçada enquanto King vai embora. Estão tão lindas que me aproximo para admirá-las.

Abro o portão e entro no jardim dos Wyatt. Há algumas semanas, colocamos cercas de arame em volta de alguns lotes e jogamos uns ramos de pinheiro para protegê-los até a primavera. Não fizemos nada para as rosas. Imaginei que estariam mortas a esta altura, mas estão com botões do tamanho da palma da minha mão.

Eu me abaixo para olhar mais de perto.

— Caramba. Vocês tão se saindo muito bem, hein? Talvez precise cortar esses galhos, acho que tão mortos. Tudo bem por vocês?

Cara, eu tô conversando com as flores como se fosse um...

A porta dos fundos dos Wyatt se abre com um ruído.

— Caramba, garoto! — diz o sr. Wyatt, soltando um longo suspiro. — Devia saber que não pode entrar no jardim dos outros a esta hora da manhã! Achei que fosse um ladrão.

Olho por cima do ombro.

— O que um ladrão roubaria aqui? Plantas?

— Quem sabe? — responde, descendo os degraus e amarrando o roupão. — Sua sorte é que eu não estava com a minha arma.

— O queeê? O diácono Wyatt tem um cano?

— Por Deus, sim!

Caio na risada. Esse homem nunca fala palavrão.

— O que está fazendo aqui no jardim tão cedo? — pergunta.

Eu me viro para as rosas.

— Eu tava ali na porta e notei que elas começaram a desabrochar. Tive que entrar pra ver.

O sr. Wyatt geme enquanto se abaixa ao meu lado.

— Aiii, esses joelhos velhos. Eu não disse? Rosas florescem mesmo nas condições mais difíceis.

— Sem dúvidas. — Passo os dedos pelas pétalas. — Posso podar se quiser. Esses galhos não parecem muito bons.

Ele afasta um pouco a cabeça.

— Parece que você sabe bem o que tá fazendo.

— Eu tenho que saber, de tanto que você fala.

— É, acho que sim. Estou surpreso que você me ouça. — Ele dá uma olhada nas rosas. — Acho que você está certo. Esses galhos precisam ser cortados.

— Por que eles não vão ajudá-las a crescer, certo?

— Isso. É o que precisamos fazer com as nossas vidas. Descartar o que não nos faz bem. Se não ajuda a rosa a crescer, tem que desaparecer. Ei, ei... Olha aí, estou fazendo rap novamente.

Dou uma risada.

— Beleza, MC Wyatt.

— Gostei. — Ele se levanta gemendo de novo. — Eu e minha esposa andamos conversando, Maverick. Você tem ajudado bastante na loja e no jardim. Em breve, Jamal vai embora pra começar o primeiro ano de faculdade, e preciso de alguém pra assumir o lugar. O que você acha de virar funcionário em tempo integral?

— Sério mesmo?

— É. Eu sei que o salário não é nada comparado ao que seus amiguinhos ganham nas ruas...

— Dinheiro rápido, morte rápida.

O sr. Wyatt levanta as sobrancelhas.

— Você estava realmente ouvindo. Achei que tudo entrava por um lado desse cabeção e saía pelo outro.

— Caramba, sr. Wyatt. Não me sacaneia.

— Um pouquinho de humor logo de manhã cedo não faz mal a ninguém. Pode começar o trabalho em tempo integral depois de se formar. Que tal?

Coloco a mão na nuca.

— Hm... Não vou me formar, sr. Wyatt. Eu meio que me reprovei.

— Como assim se reprovou? Quer dizer que abandonou a escola?

— É. Semana passada eu descobri que seria reprovado em todas as matérias e teria que repetir o último ano. Mas não vai dar pra fazer tudo de novo, então parei de ir pra escola.

— Entendi. A Faye sabe disso?

— Não, senhor, ainda não — digo, e ele fica em silêncio. — Mas eu vou conseguir o diploma do supletivo — completo, rapidamente. — O orientador da escola disse que posso fazer aulas no centro da cidade. Só preciso me inscrever.

Ei, eu disse a Seven que não iria decepcioná-lo. Conseguir o diploma do supletivo é o primeiro passo.

— Entendi — repete o sr. Wyatt, e não sei se está decepcionado ou o quê. Ele respira fundo. — Vamos fazer o seguinte: você vai agora de manhã no centro da cidade, se inscreve nas aulas e depois volta pra começar seu turno integral na loja.

Eu arregalo os olhos.

— O trabalho ainda é meu?

— Por que não seria? Não é comigo que você precisa se preocupar, e sim com a Faye.

Verdade.

Ele toca meu ombro.

— Vá fazer o que precisa ser feito, filho. Espero que venha direto pro trabalho depois. Não fique...

— Vagabundeando por aí — digo, terminando a frase. — Sim, senhor, eu sei.

— Já que está ouvindo tão bem, eu devia começar a recitar uns versículos pra você repetir.

Ai, merda.

— A gente pode ficar só nas coisas de trabalho por enquanto, sr. Wyatt.

Ele ri.

— É o que você pensa. Minha empreitada com você não acabou ainda, garoto — diz, subindo as escadas.

Finalmente contei para minha mãe sobre a escola.

Ela ficou com raiva? Com certeza.

Soltou os cachorros em cima de mim? Fato.

As mentiras só pioram as coisas? É óbvio.

Fiquei feliz por Moe estar lá para testemunhar? Certamente. Ela provavelmente salvou a minha vida.

Quando jurei para a minha mãe que conseguiria o diploma do supletivo, ela se acalmou um pouco. Saiu de casa para trabalhar e mal falou comigo. Eu mereço.

Eu me arrumo para ir ao centro da cidade. Seven está no cercadinho, na sala, balbuciando para os Teletubbies na TV. Não entendo por que os bebês amam esses negócios assustadores.

O telefone toca e eu atendo.

— Alô?

— Alô! — diz a gravação automática. — Você tem uma ligação a cobrar de...

— Adonis.

Aceito a ligação.

— Pai?

— Mav Man? Não tinha certeza se tinha alguém em casa. Ganhei um telefonema e decidi arriscar. Você... Você tá bem?

Esse é o jeito dele de perguntar se fui em frente com o plano.

— Tô bem, pai. Não tem nada rolando; não aconteceu nada.

Ele solta um suspiro profundo.

— Que bom.

Eu me sento na lateral da cama.

— É difícil pra mim dizer isso. Meio que sinto que decepcionei a família.

— Não, cara. A família precisa de *você*. Eu tô preso aqui, e Dre se foi. Você precisa estar presente, entende? Custe o que custar.

— Eu sei — murmuro, enquanto tiro um fio do cobertor. Esse é meu objetivo principal. Não é exatamente do tipo que o sr. Wyatt me disse para pensar, mas mesmo assim. O negócio é que não sei como vou conseguir dar conta enquanto for um King Lord. — Acho que quero sair da gangue, pai.

A ligação fica em silêncio.

— Não é nada contra você, contra Dre ou contra ninguém. Eu sei que tá no nosso sangue. Mas essa não é a vida que... Não quero que meus filhos...

— Ei, ei. Você não precisa se explicar para mim. Como te disse no outro dia, você tá se tornando um homem independente. Não precisa da minha permissão nem da minha aprovação.

— Sim, senhor.

Meu pai respira fundo de novo.

— Quer saber a real, filho? Tem muitos homens adultos que não querem mais fazer parte do esquema. Eles não têm coragem de admitir como você tem. Estão muito envolvidos ou têm muito medo do que as pessoas vão pensar. Acabam aceitando que não têm outra saída.

Por um segundo, parece que ele está descrevendo a si mesmo.

— Você admitir que quer sair? Significa que tá pensando por si próprio, como um homem deve fazer. Eles deviam começar a chamar você de Big Mav em vez de Li'l Don.

— Para de brincadeira — digo, rindo, enquanto ele ri também. — Sempre vou ser o Li'l Don por aqui.

— Bom, veremos. Faça o que tiver que fazer, filho. Eu amo você. Não importa o que aconteça.

Eu sorrio.

— Também te amo, pai.

A inscrição nas aulas do supletivo não foi tão ruim. A moça da secretaria de educação já tinha meus dados, graças ao sr. Clayton. Ela me colocou na turma para "jovens abaixo de 19 anos". Disse que seria bom que eu convivesse com outros adolescentes.

Foi a primeira vez em muito tempo que alguém me chamou de adolescente. Acho que vou ter mais alguns meses disso, porque quando você tem dois filhos, você é adulto. Vou aproveitar enquanto posso.

As aulas são às segundas, quartas e sextas à noite. A secretaria de educação também tem cursos de desenvolvimento de carreira para jovens. Eu me inscrevi na aula de paisagismo. Posso ganhar um certificado quando conseguir o diploma, e aí poderia ser um jardineiro profissional. Já é alguma coisa, eu acho.

Pego o ônibus e vou direto para a loja, como prometi ao sr. Wyatt. Cuido do caixa enquanto ele faz um "intervalo" do outro lado da rua com o sr. Reuben e o sr. Lewis. Pelo jeito que está rindo, não está nem aí pra longa fila de clientes que tenho aqui.

Registro as compras da sra. Rooks e, desta vez, não derrubo os ovos. Pode apostar que ela fica me olhando com atenção para ver se não vou fazer de novo. Os garotinhos melequentos do conjunto habitacional contam as próprias moedas e, quando pergunto por que não estão na escola, perguntam por que eu também não estou. Aí eles me pegaram.

— Tenha um bom-dia — digo para a última cliente, depois de quase meia hora. A garota alugou meu ouvido, cara. Me mostrou uma foto dos filhos e disse, com orgulho, que se chamam Dalvin e DeVante, em homenagem aos caras do Jodeci. Olhei para ela segurando a risada, mas não posso dizer nada. Meu filho tem o nome de um número.

Quando ela sai, o sr. Wyatt volta para a loja.

— Tudo bem por aqui, Maverick?

— Sim, senhor — digo, abrindo meu pacote de salgadinhos de sal e vinagre. Agora que sou funcionário em tempo integral, tenho desconto. — Sobrevivi ao horário de pico. Você achou que eu não ia conseguir, hein?

— Espere aí, eu não disse isso.

— Fala sério, sr. Wyatt. Você sabe que tava me testando. Não sou idiota.

— Está bem, talvez um pequeno teste — admite, mostrando um espacinho entre os dedos. — Eu e os caras fizemos uma aposta. Cletus disse que você me chamaria depois de dois minutos, eu disse cinco e Reuben disse dez. Todo mundo perdeu.

— Caramba! Bem feito pra vocês. Não confiam nenhum pouco num irmão.

— Eu admito, você me surpreendeu. Pra falar a verdade, estou surpreso de que tenha durado tanto nesse trabalho. Achei que a esta altura já teria ganhado sua terceira advertência.

Não posso mentir, eu também achei.

Mas talvez seja hora de começar a surpreender a mim mesmo.

EPÍLOGO

BROTO

Lisa come seu churrasco na mesa da cozinha de casa, mastigando mega-alto.

— Cacete! O sr. Reuben mandou bem nessa. Tem certeza de que não quer um pedacinho, perdedor? — Ela balança uma costela na minha frente.

Empurro-a devagar para longe.

— Cara, você não para com isso. Já ganhou a aposta, beleza? Não precisa esfregar na minha cara.

— Na verdade, preciso. Não quero dizer que eu avisei, mas... — Ela solta uma risada. — Quem eu tô querendo enganar? Eu. Avisei! Bam!

Caaara. Lisa não para quieta desde que a dra. Byrd disse que vamos ter uma menina. Eu a levei ao Reuben's para pagar a aposta e ela contou a todo mundo no restaurante que eu tinha perdido. Enquanto andávamos para casa, contou para cada vizinho por quem passamos. Tirando onda sem nenhum motivo.

Estendo a mão e faço carinho em sua barriga.

— Garotinha, por favor, não seja como a sua mãe.

— Como é que é?

— Tô brincando, tô brincando. Espero que a nossa filha seja exatamente como você.

— Nossa *filha*. Porque adivinha só? Eu tava cer-ta!

Arranco o boné do Braves de sua cabeça.

— Paaara — reclama Lisa, e coloca o boné de novo sobre o rabo de cavalo. — Você sabe que não fiz o cabelo.

Eu rio e dou uma olhada para Seven na cadeirinha de alimentação. Ele está devorando o macarrão com queijo que comprei. Roubo um pouquinho para mim. Minha mãe diz que você não é pai de verdade até comer a comida do filho.

— Sua sorte é que eu sei perder.

— Ah, tá! Desde quando? Você ficou de nariz torcido a consulta inteira.

— Não tava de nariz torcido! Tava surpreso.

Lisa faz um gesto de descrença com a boca.

— Suuuper.

— É verdade! Fico feliz de ser uma menina. Também posso brincar de panelinhas e bonecas.

— Ei, ela pode gostar de esportes. Eu usava minhas bonecas como bolas de futebol. — Lisa passa o dedo pela imagem da ultrassonografia. — Ela é tão linda.

— Mesmo com o meu cabeção? — brinco.

— É, mas espero que Deus me ajude na hora do parto. Espero que ela tenha os seus cílios, e os meus olhos. Eu gosto dos meus olhos. Muito convencida?

Caio na gargalhada.

— Não, de jeito nenhum. Nossa garota vai ser perfeita, não importa como seja.

— Vai sim — murmura Lisa, depois tira os olhos da imagem e bate na mesa. — Beleza, chega de distrações. Você me pediu pra te ajudar a estudar.

— É, isso. — Eu me sento à mesa e abro a apostila do supletivo. — Eles abusaram passando uma prova já pra amanhã. Só tem uma semana de aula, cara.

— Você tá gostando? — pergunta Lisa.

Dou de ombros.

— Gosto da ideia de ser mais rápido do que um dia de escola normal. A aula de paisagismo é muito maneira. Sei mais do que todo mundo, com exceção do professor — digo, com um sorrisinho.

Lisa revira os olhos.

— Coitado do professor, então.

— Para com isso — digo, rindo. — Gosto da maioria das aulas. Mas preciso me acostumar a estudar de noite. E é estranho não ter meus amigos por perto.

— É compreensível. Você contou pra eles o que contou pra mim?

— Que eu quero sair da gangue? Ainda não. — Passo a mão no meu durag. — Preciso criar coragem pra fazer isso, Lisa. Vai ter consequências. E eu já tô devendo dinheiro pro King.

— É — concorda. Eu contei tudo a ela. É a única amiga que me restou. — Vai dar tudo certo.

— Com certeza. Eu vou fazer dar certo.

Lisa abre um pequeno sorriso.

— Olha você, cheio de confiança em si mesmo.

— Bem, você sabe como é — digo, levantando a gola da camisa.

Lisa cai na gargalhada.

— Cheguei! — avisa minha mãe da sala. Ela vem andando pelo corredor, tirando os sapatos de salto alto. — Caraca. Meus pés estão pedindo arrego. Como foi a consulta?

O que ela realmente quer perguntar é "Qual é o sexo?".

— Lisa ganhou a aposta — digo.

— Eba! Eu sabia! — Minha mãe abraça Lisa. — Estava com medo de ter que lidar com três Mavericks.

Que merd...

— Mãe!

Lisa ri.

— Não vai precisar. Uma garotinha tá vindo aí pra nos salvar.

— Aleluia! — Minha mãe passa a mão na barriga de Lisa. — A vovó já comprou umas roupinhas lindas pra você, Ursinha.

— Caramba, mãe. Ela nem saiu da barriga ainda! Espera a gente escolher um nome antes de sair dando um apelido.

— Fica quieto, Bumbum Fedido.

— Ai, meu Deus, *Bumbum Fedido*? — pergunta Lisa.

— Mãe, você disse que ia parar de dizer isso! Poxa!

— Você vai sobreviver. — Ela passa por trás de mim para chegar ao Seven, que levanta os braços para ela. Minha mãe o pega no colo.

— Já pensaram num nome?

— Não, senhora. A gente ia colocar Andre se fosse menino. Podemos colocar Andrea, talvez? — arrisca Lisa.

— Pode ser, mas já temos uma Andreanna na família — argumenta minha mãe. — A menininha devia ter seu próprio nome. Alguma coisa que diga a ela quem ela é.

— Podemos fazer uma homenagem a mim. Mavericka — brinco.

— O que? — diz minha mãe.

— Ah, de jeito nenhum! — complementa Lisa.

— Dre batizou a filha em homenagem a ele!

— Andreanna é um nome bonito. Mavericka é um horror — diz Lisa.

— O maior horror de todos. Parece nome de tempero.

Como elas se viraram contra mim?

— Vocês são muito cruéis.

Minha mãe me entrega o Seven.

— Fica aí pensando nisso. Eu vou tomar um banho de banheira e beber um negocinho pra espairecer. Aquele pessoal do hotel quase me fez perder a cabeça.

— Não vai pro outro trabalho? — pergunto.

— Não, vou tirar a noite de folga. Na verdade, estou pensando em pedir demissão. Com Moe morando aqui e você ganhando mais dinheiro, as coisas estão menos apertadas.

Fico me sentindo mal, cara. Eu e meu filho somos o motivo por que as coisas ficaram apertadas. Meu dinheiro minguou novamente, agora que não estou mais traficando. Minha mãe e Moe não deviam ter que sustentar a gente.

— Um dia vou arranjar minha própria casa, mãe. Vai ficar mais fácil pra você e pra Moe.

Minha mãe põe a mão no quadril.

— Quem disse que você precisa sair de casa? Estamos dando conta, não estamos?

— Meu filho é minha responsabilidade, assim como a minha filha. Vou me estabelecer e cuidar dos dois.

Minha mãe põe a mão na minha bochecha.

— Só precisa se concentrar no diploma do supletivo e no certificado de paisagismo. A gente pode se preocupar com o resto depois. — Ela me dá um beijo. — Dre estaria orgulhoso de você.

Já não dói tanto ouvir esse tipo de coisa. Consigo até sorrir.

Minha mãe pega uma garrafa de vinho na geladeira e vai para o quarto.

— Boa noite, pessoal.

— Não precisa de uma taça?

— Não depois do dia que eu tive — diz e fecha a porta.

Balanço a cabeça. Aquele vinho vai apagá-la.

Coloco Seven sentado no meu colo. Ele observa cada movimento de Lisa enquanto ela come.

— Entãããoo... Onde a gente vai morar? — pergunto.

— O que você tá querendo dizer? Quer um pouquinho, Abobinha? — Lisa põe um pingo de molho barbecue no dedo e oferece a Seven, que agarra e coloca na boca como se fosse uma costela.

— Você ouviu. Eu disse pra minha mãe que quero arranjar um lugar. Acho que a gente devia comprar aquela mansão na ilha particular, com os elevadores e os Bentleys.

Lisa coloca mais um pouquinho de molho no dedo e oferece de novo a Seven, que abre a boca com vontade. Ela ri.

— Alguém aqui gosta de churrasco. Quem disse que a gente vai morar junto, Maverick?

— Eu tô dizendo. E aposto que um dia você vai ser a sra. Carter.

Lisa faz cara de quem duvida.

— Lá vem você fazendo apostas. Não aprendeu nada com a primeira?

— Não tenho nenhuma dúvida desta vez.

— Hm, não somos nem um casal, entããão... — Lisa dá de ombros.

— Você tem muito trabalho pela frente se quiser que isso aconteça.

— Tô pronto pro desafio. Tenho um plano.

— Ah, é mesmo?

— É. Uma vez, uma garota linda e inteligente me disse que preciso ter um. Mas não conta pra ela que eu elogiei, senão vai subir à cabeça.

Lisa revira os olhos.

— E qual é o plano, espertinho?

— Primeiro, vou conseguir o diploma e o certificado enquanto trabalho pro sr. Wyatt. Depois, vou arranjar um segundo emprego à noite. Vou usar o dinheiro pra alugar minha própria casa e economizar pros cursos de administração. O objetivo é me tornar um empreendedor. Não tenho tudo esquematizado ainda, mas...

— É um começo — diz Lisa, com um pequeno sorriso. — Mas não entendi o que isso tem a ver comigo.

— Bom, com tudo isso eu espero mostrar que você pode contar comigo — digo e abro um sorriso.

Lisa tenta esconder um sorriso.

— Vamos ver... *Bumbum Fedido*.

— Ah, não! Você também, não!

Ela ri, o que faz com que Seven também comece a rir.

— Eu *nunca* vou deixar você esquecer esse apelido — diz.

— Eu vou me lembrar disso. — Finjo que vou comer o queixo de Seven, que cai na gargalhada. — Vou me lembrar disso!

Lisa ajeita o boné do Braves.

— Cara, a Tammy precisa arrumar meu cabelo urgente.

Olho para ela.

— Deixa que eu arrumo.

Ela me encara, com a boca meio aberta, e depois começa a dar risada.

— Você não pode estar falando sério.

— Tô sim. Preciso aprender antes da nossa menininha chegar, afinal eu vou desembaraçar o cabelo dela.

— Quem disse que você precisa sair de casa? Estamos dando conta, não estamos?

— Meu filho é minha responsabilidade, assim como a minha filha. Vou me estabelecer e cuidar dos dois.

Minha mãe põe a mão na minha bochecha.

— Só precisa se concentrar no diploma do supletivo e no certificado de paisagismo. A gente pode se preocupar com o resto depois. — Ela me dá um beijo. — Dre estaria orgulhoso de você.

Já não dói tanto ouvir esse tipo de coisa. Consigo até sorrir.

Minha mãe pega uma garrafa de vinho na geladeira e vai para o quarto.

— Boa noite, pessoal.

— Não precisa de uma taça?

— Não depois do dia que eu tive — diz e fecha a porta.

Balanço a cabeça. Aquele vinho vai apagá-la.

Coloco Seven sentado no meu colo. Ele observa cada movimento de Lisa enquanto ela come.

— Entããão... Onde a gente vai morar? — pergunto.

— O que você tá querendo dizer? Quer um pouquinho, Abobinha? — Lisa põe um pingo de molho barbecue no dedo e oferece a Seven, que agarra e coloca na boca como se fosse uma costela.

— Você ouviu. Eu disse pra minha mãe que quero arranjar um lugar. Acho que a gente devia comprar aquela mansão na ilha particular, com os elevadores e os Bentleys.

Lisa coloca mais um pouquinho de molho no dedo e oferece de novo a Seven, que abre a boca com vontade. Ela ri.

— Alguém aqui gosta de churrasco. Quem disse que a gente vai morar junto, Maverick?

— Eu tô dizendo. E aposto que um dia você vai ser a sra. Carter.

Lisa faz cara de quem duvida.

— Lá vem você fazendo apostas. Não aprendeu nada com a primeira?

— Não tenho nenhuma dúvida desta vez.

— Hm, não somos nem um casal, entãããão... — Lisa dá de ombros.

— Você tem muito trabalho pela frente se quiser que isso aconteça.

— Tô pronto pro desafio. Tenho um plano.

— Ah, é mesmo?

— É. Uma vez, uma garota linda e inteligente me disse que preciso ter um. Mas não conta pra ela que eu elogiei, senão vai subir à cabeça.

Lisa revira os olhos.

— E qual é o plano, espertinho?

— Primeiro, vou conseguir o diploma e o certificado enquanto trabalho pro sr. Wyatt. Depois, vou arranjar um segundo emprego à noite. Vou usar o dinheiro pra alugar minha própria casa e economizar pros cursos de administração. O objetivo é me tornar um empreendedor. Não tenho tudo esquematizado ainda, mas...

— É um começo — diz Lisa, com um pequeno sorriso. — Mas não entendi o que isso tem a ver comigo.

— Bom, com tudo isso eu espero mostrar que você pode contar comigo — digo e abro um sorriso.

Lisa tenta esconder um sorriso.

— Vamos ver... *Bumbum Fedido*.

— Ah, não! Você também, não!

Ela ri, o que faz com que Seven também comece a rir.

— Eu *nunca* vou deixar você esquecer esse apelido — diz.

— Eu vou me lembrar disso. — Finjo que vou comer o queixo de Seven, que cai na gargalhada. — Vou me lembrar disso!

Lisa ajeita o boné do Braves.

— Cara, a Tammy precisa arrumar meu cabelo urgente.

Olho para ela.

— Deixa que eu arrumo.

Ela me encara, com a boca meio aberta, e depois começa a dar risada.

— Você não pode estar falando sério.

— Tô sim. Preciso aprender antes da nossa menininha chegar, afinal eu vou desembaraçar o cabelo dela.

— Você vai, sr. Condicionador-É-Coisa-de-Garota?

— Vou, sim. Tô 100% dentro, e é 100% *mesmo*. Desembaraçar o cabelo, dar banho, cortar a unha, o que for. Você não vai ter que fazer tudo.

Lisa assente devagar, como se estivesse absorvendo a informação.

— Tá bem, Bumbum Fedido. Acho que você pode praticar no meu cabelo hoje. A Tam conserta amanhã... Coitada.

— Só por causa disso, vou deixar você parecendo uma bobona.

Preparo Seven para dormir e o coloco no berço. Ele lambe os dedos e franze a testa, como se não entendesse por que não estão com gosto de churrasco.

Dou um beijo bem no meio da ruguinha em sua testa.

— Bons sonhos, cara. Não tente resolver todos os problemas do mundo essa noite, tá bem? Deixa que a gente cuida disso.

Lisa está me esperando na varanda dos fundos com um pente, uma escova e uns produtos de cabelo que pegou emprestados da minha mãe. Eu me sento nos degraus atrás dela. É a primeira noite um pouquinho mais quente que temos em muito tempo. O Garden está tão silencioso que dá para ouvir os carros passando na estrada. A lua está cheia e tem um monte de estrelas brilhando ao redor. Provavelmente centenas.

Lisa folheia a edição mais recente da revista *Ebony* da minha mãe.

— Não importa o que aconteça, Mav, não entre em pânico. Tem conserto.

— Nossa, garota! Você faz parecer uma coisa tão séria.

Ela vira a cabeça e olha para mim.

— O cabelo de uma mulher negra é *sempre* coisa séria.

— Tá bem, tá bem. O que você quer que eu faça?

— Vou te ensinar a fazer uma trança. Tire meu rabo de cavalo e desembarace.

Tiro o elástico de borracha — espera aí, isso não é de borracha —, o prendedor de cabelo... ou seja lá o que for do cabelo dela. Pego o pente e passo nos fios.

Lisa se encolhe.

— Ai! — Ela se vira. — Não seja tão bruto!

— Como é que você sempre diz? "Eu não sou bruto, a sua cabeça que é sensível" — falo, com uma voz fina.

A garota agarra a minha camisa e torce meu mamilo.

— Ai!

— E isso? Foi bruto? Penteia o meu cabelo como você pentearia o da nossa menininha.

— Tá bem, está bem. — Tomo bastante cuidado ao passar o pente de novo. — A gente não pode chamar ela de "menininha" pra sempre. Precisamos pensar em um nome em algum momento.

— É, eu sei. A gente podia usar o nome do meio do Dre, Amar, e chamá-la de Amara. Mas Amara Carter não sai com naturalidade. Parece que falta alguma coisa.

— Esse poder ser o nome do meio — sugiro.

— E qual seria o primeiro?

Gentilmente — *gentilmente* — desfaço um nó do cabelo dela.

— Meus pais me chamaram de Maverick porque significa "pensador independente". Era o que eles queriam que eu fosse. O que a gente quer que ela seja?

— Inteligente, independente, alguém que expressa suas opiniões. Duvido que exista um nome que signifique tudo isso.

— Tá bem, vamos pensar no que ela já é pra gente. Dei esse nome pro Seven porque significa perfeição. Ele é perfeito pra mim. O que ela é pra gente?

Lisa acaricia a barriga.

— Uma das poucas coisas boas durante um período muito difícil.

Coloco os braços ao redor de Lisa e minhas mãos sobre as dela.

— Ela tem sido isso pra mim também.

Lisa descansa a cabeça no meu braço, e é como se tivéssemos criado nosso próprio mundo, onde não importa que sejamos dois adolescentes que não sabem direito o que estão fazendo. Só o que importa somos nós.

Olho para o céu. Está completamente escuro e, de algum jeito, isso faz com que as estrelas brilhem mais forte. Centenas de luzes no meio de toda aquela escuridão.

Espere aí.

Uma luz no meio da escuridão.

Sorrio e olho para Lisa.

— Acho que tenho um nome.

AGRADECIMENTOS

De muitas maneiras, este livro também foi uma rosa, e foram necessários muitos jardineiros para ajudá-la a florescer:

Minha mãe, Julia, é o motivo pelo qual a rosa existe. Obrigada por me ajudar a crescer.

Minha editora, Donna, que viu potencial em todo o concreto que apresentei e o lapidou até que a flor conseguisse desabrochar.

Meu agente, Brooks, que regou os botões e me lembrou que se tratava mesmo de uma flor, mesmo quando estava em péssimas condições, e também a minha equipe da Janklow & Nesbit: Roma Panganiban, Emma Winter, Stephanie Koven e Cullen Stanley.

Minha agente cinematográfica, Mary, que é a personificação da luz do sol.

Minha família da Balzer +Bray/HarperCollins, sempre dispostos a arrancar as ervas daninhas e nutrir a rosa para que ela pudesse florescer e todos pudessem vê-la: Suzanne Murphy, Ebony LaDelle, Valerie Wong, Jenna Stempel-Lobell, Alison Donalty, Jennifer Corcoran, Aubrey Churchward, Kathryn Silsand, Mark Rifkin, Allison Brown, Tiara Kittrell, Patty Rosati e muitos outros.

Minha assistente, Marina, que deixa tudo em ordem para que eu possa focar o jardim.

Cathy Charles, pela linda representação de Maverick que está na capa do livro.

Russel Hornsby, que deu vida à Maverick de uma maneira tão fenomenal nas telas do cinema que, de repente, me fez perceber que havia uma história a ser contada.

Tupac, a rosa original que brotou do concreto. Que suas palavras permaneçam vivas para sempre.

E você. Cada rosa que está lendo este livro, brotada ou não do concreto. Continue sobrevivendo, continue prosperando. Sua beleza é um presente para o mundo.

Este livro foi composto na tipologia Sabon LT Std,
em corpo 11/16, e impresso em papel off white,
no Sistema Cameron da Divisão Gráfica
da Distribuidora Record.